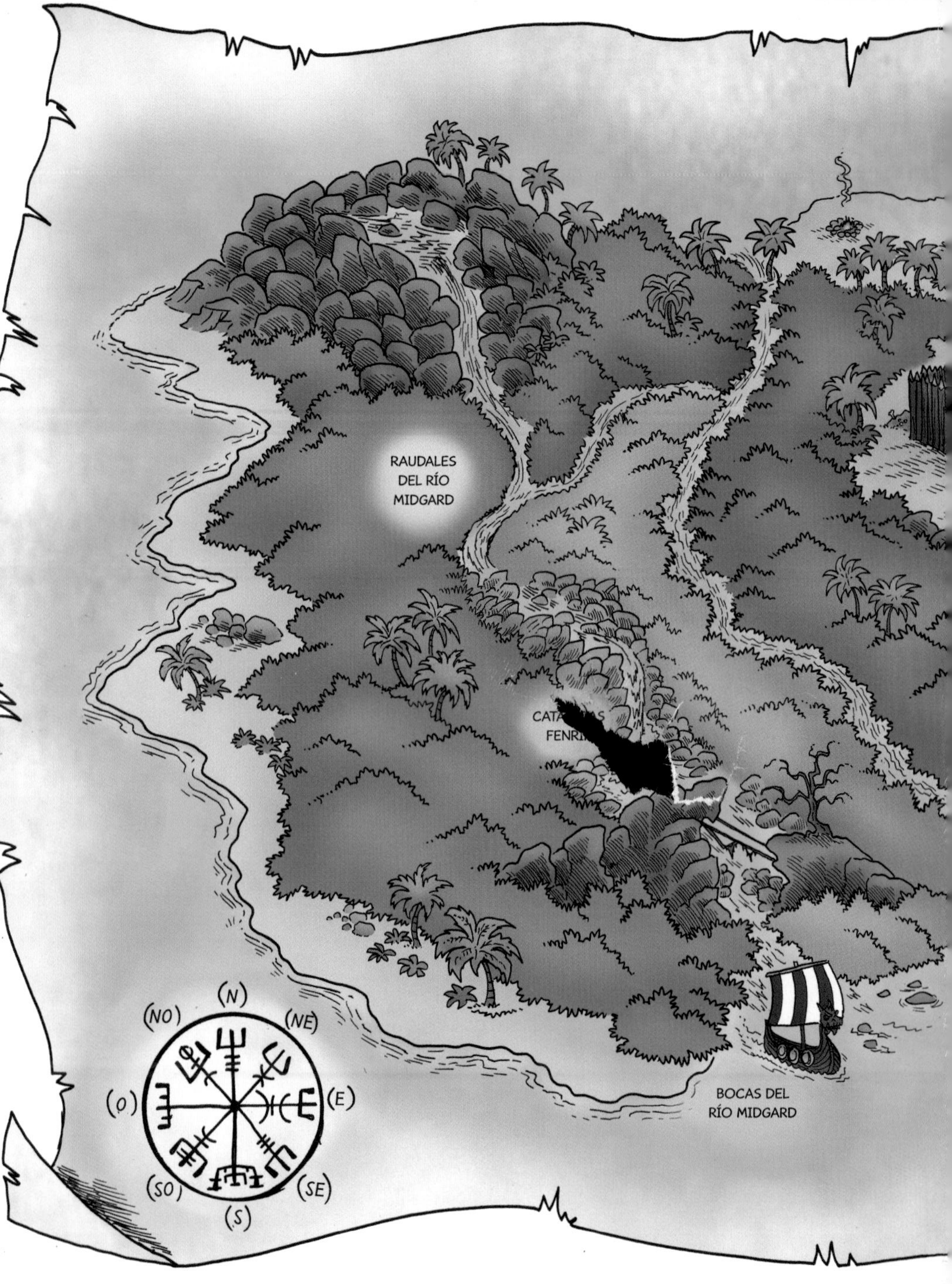
RAUDALES
DEL RÍO
MIDGARD
(N)
(NO)
(NE)
(O)
(E)
(SO)
(SE)
(S)
BOCAS DEL
RÍO MIDGARD

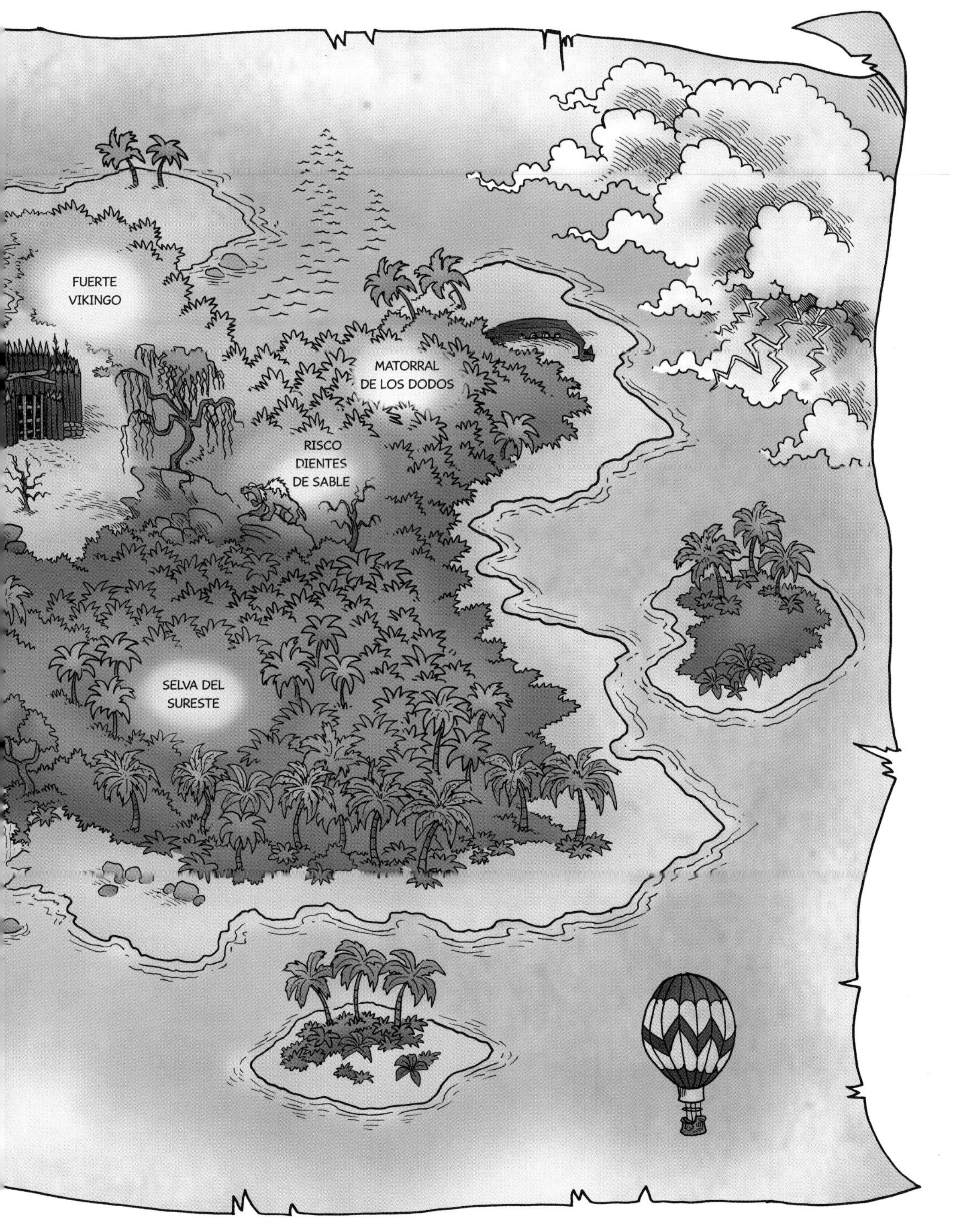
FUERTE VIKINGO
MATORRAL DE LOS DODOS
RISCO DIENTES DE SABLE
SELVA DEL SURESTE

# Poptrópica 1. El misterio del mapa

Título original: *Poptrópica 1. Mistery of the Map*

© 2016 Sandbox Networks, Inc.
© 2016 Jack Chabert (texto)
© 2016 Kory Merrit (ilustraciones)

Diseño: Chad W. Beckerman
Traducción: Mercedes Guhl y Alfredo Villegas Montejo

Publicado originalmente en 2016 por Amber Books, un sello de Abrams.
Amulet Books y Amulet Paperbacks son marcas registradas de Harry N. Abrams, Inc.

D.R. © Editorial Océano, S.L.
Milanesat 21-23, Edificio Océano
08017 Barcelona, España
www.oceano.com

D.R. © Editorial Océano de México, S.A. de C.V.
Eugenio Sue 55, Polanco Chapultepec
Miguel Hidalgo, 11560, México, D.F., México
www.oceano.mx • www.oceanotravesia.mx

Primera edición: 2016

ISBN: 978-607-735-911-1

IMPRESO EN MÉXICO / *PRINTED IN MEXICO*

# Poptrópica®

## EL MISTERIO DEL MAPA

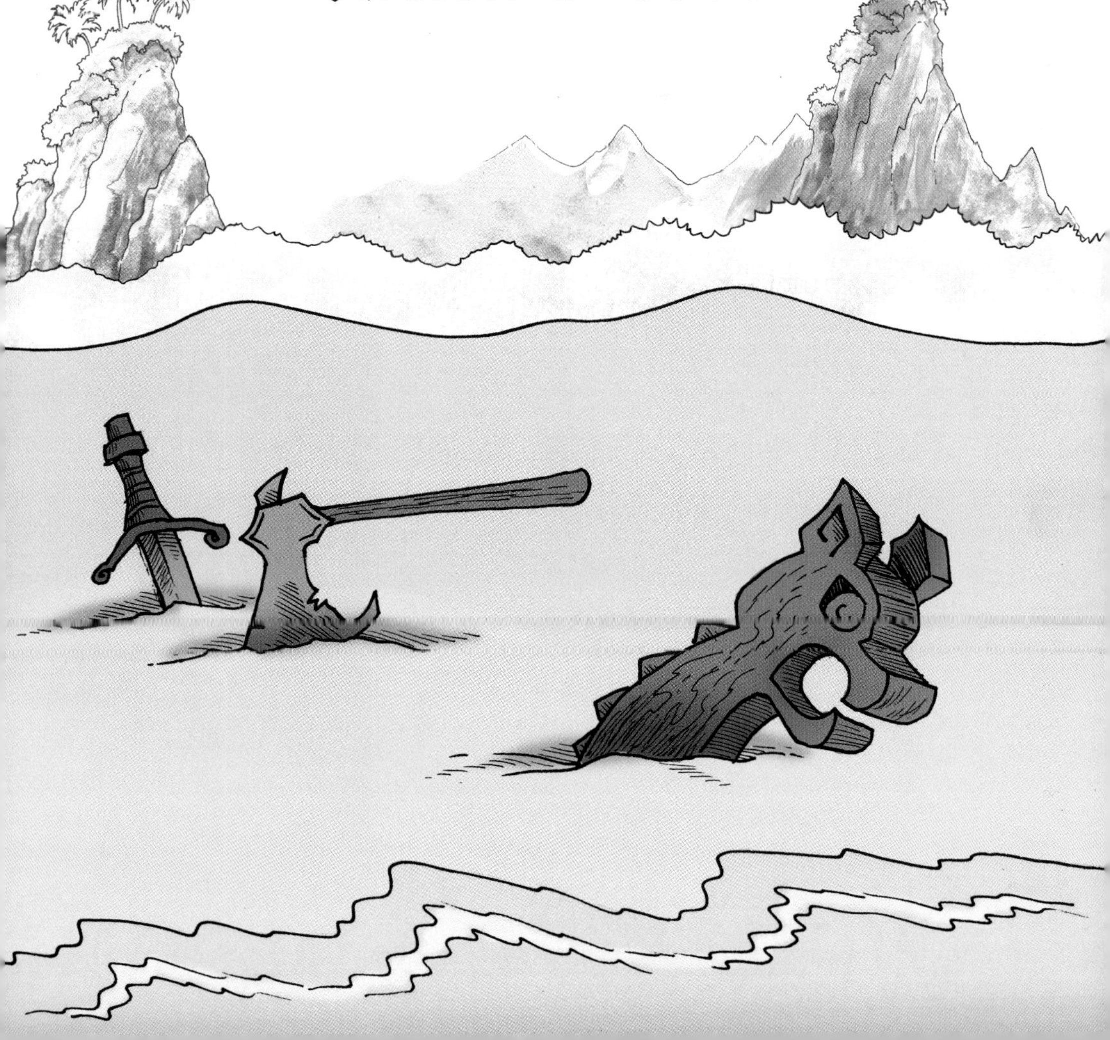

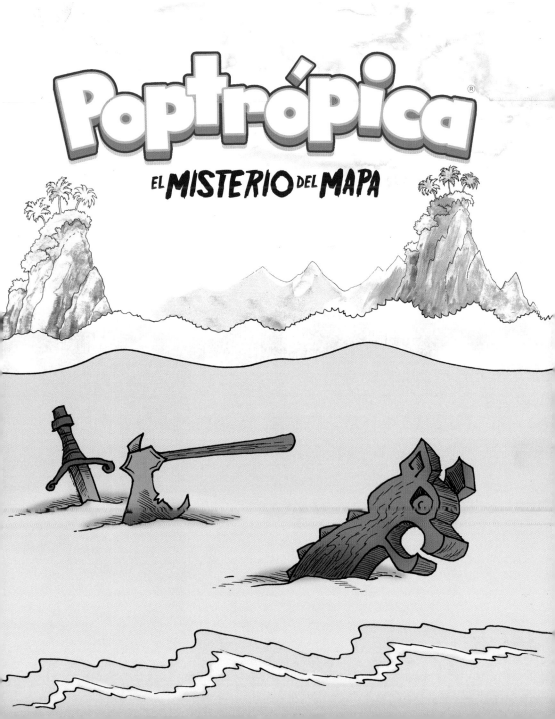

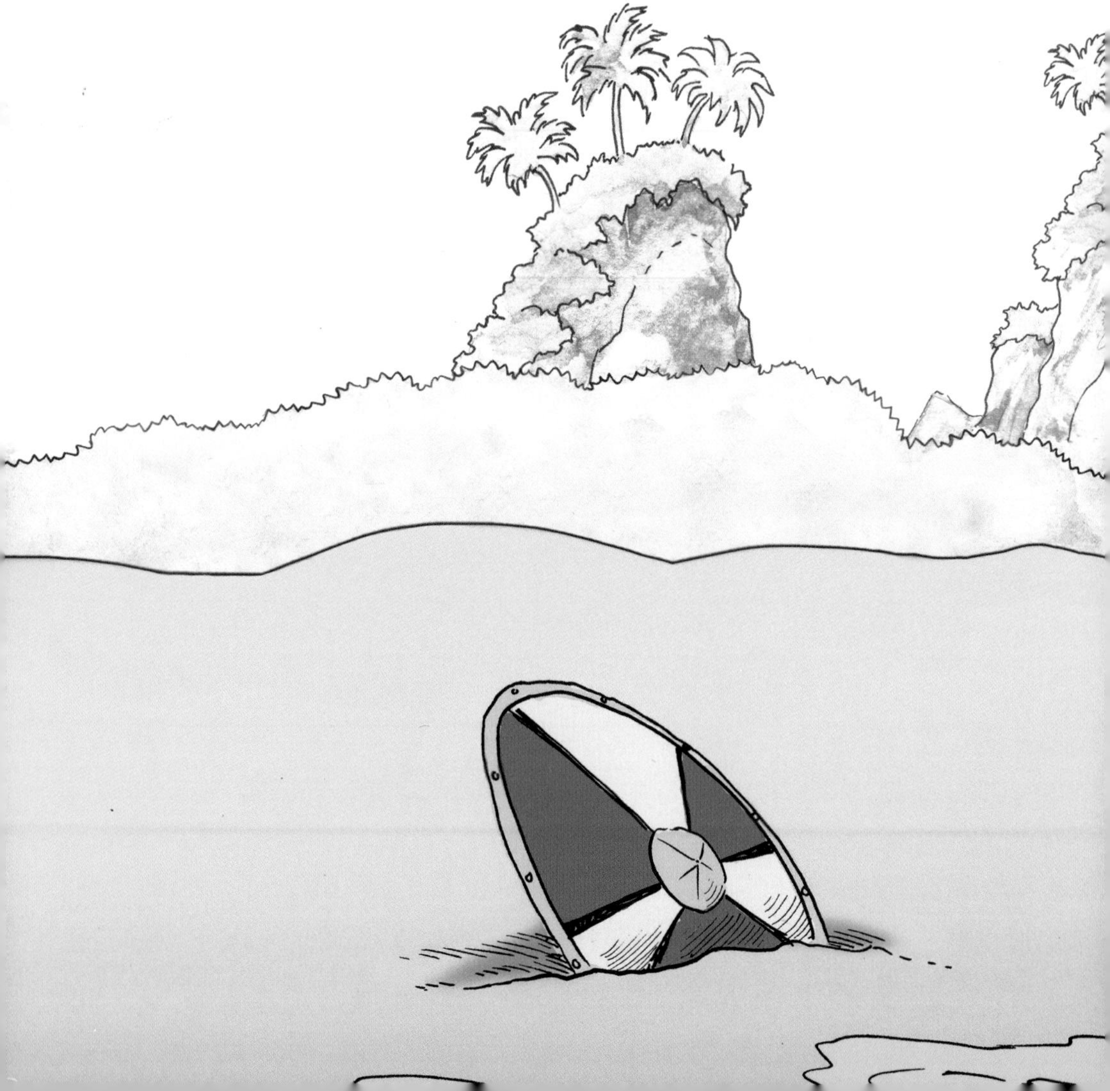

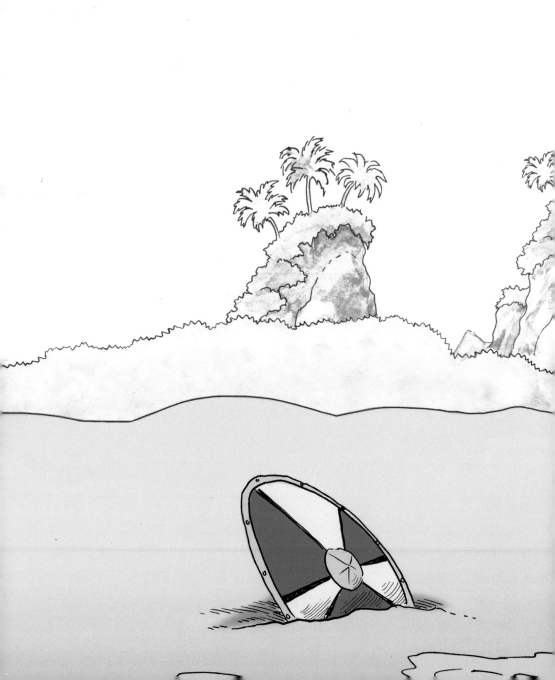

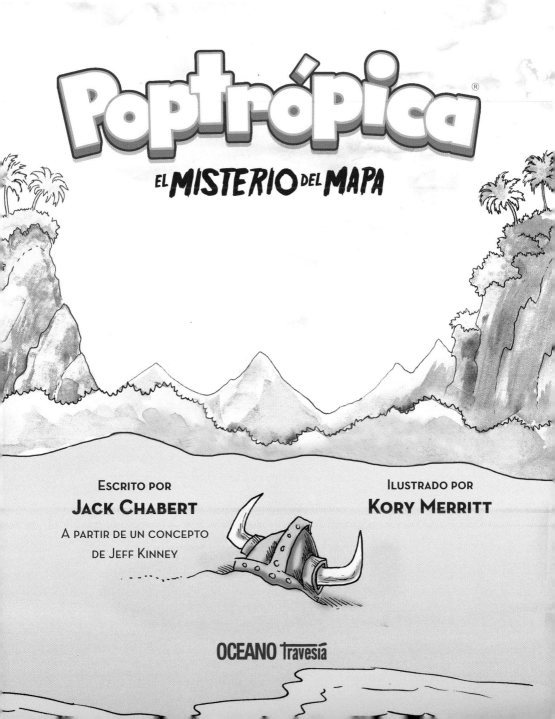

# Poptrópica®

## El misterio del mapa

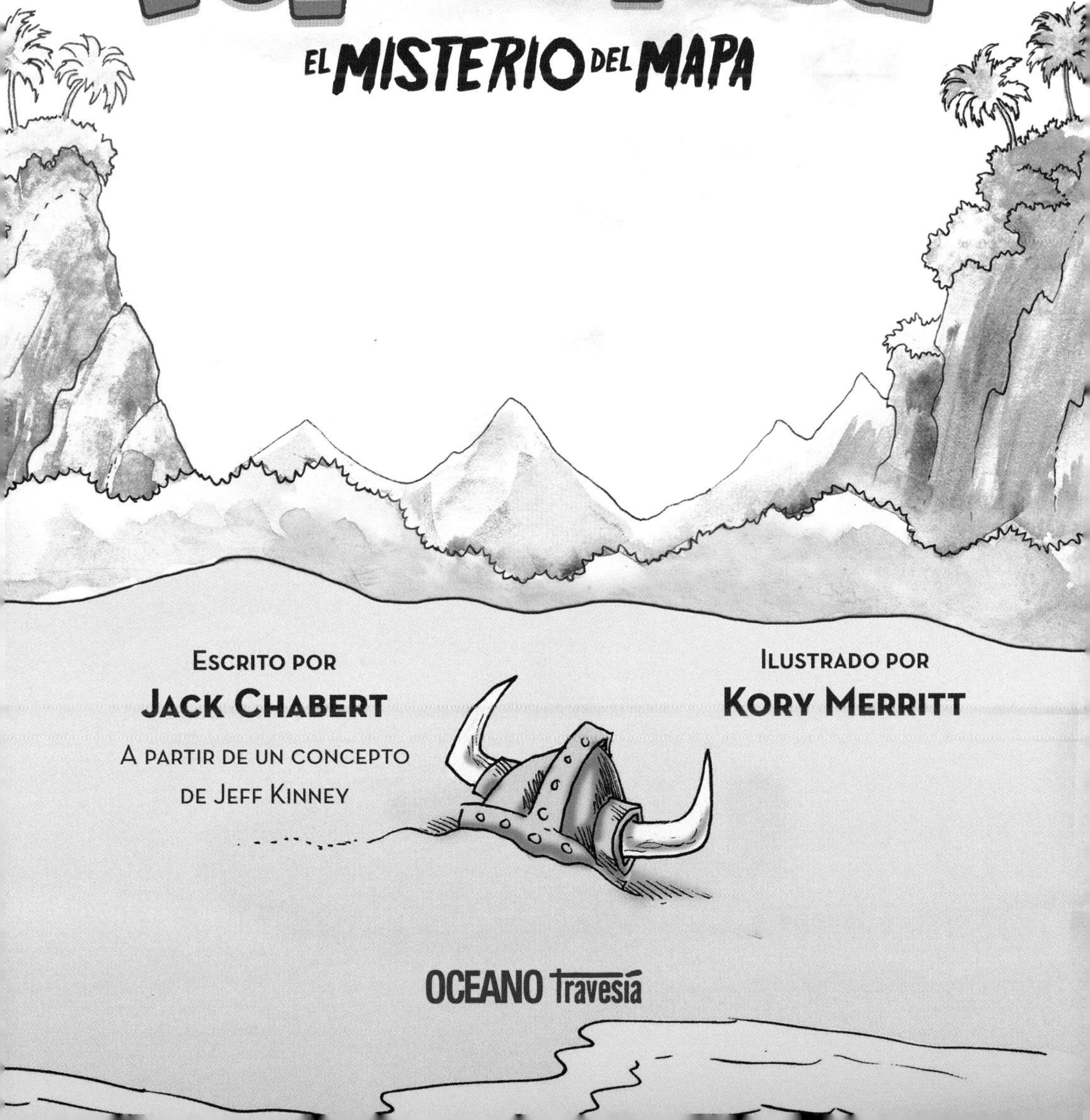

Escrito por
**Jack Chabert**
A partir de un concepto de Jeff Kinney

Ilustrado por
**Kory Merritt**

OCEANO Travesía

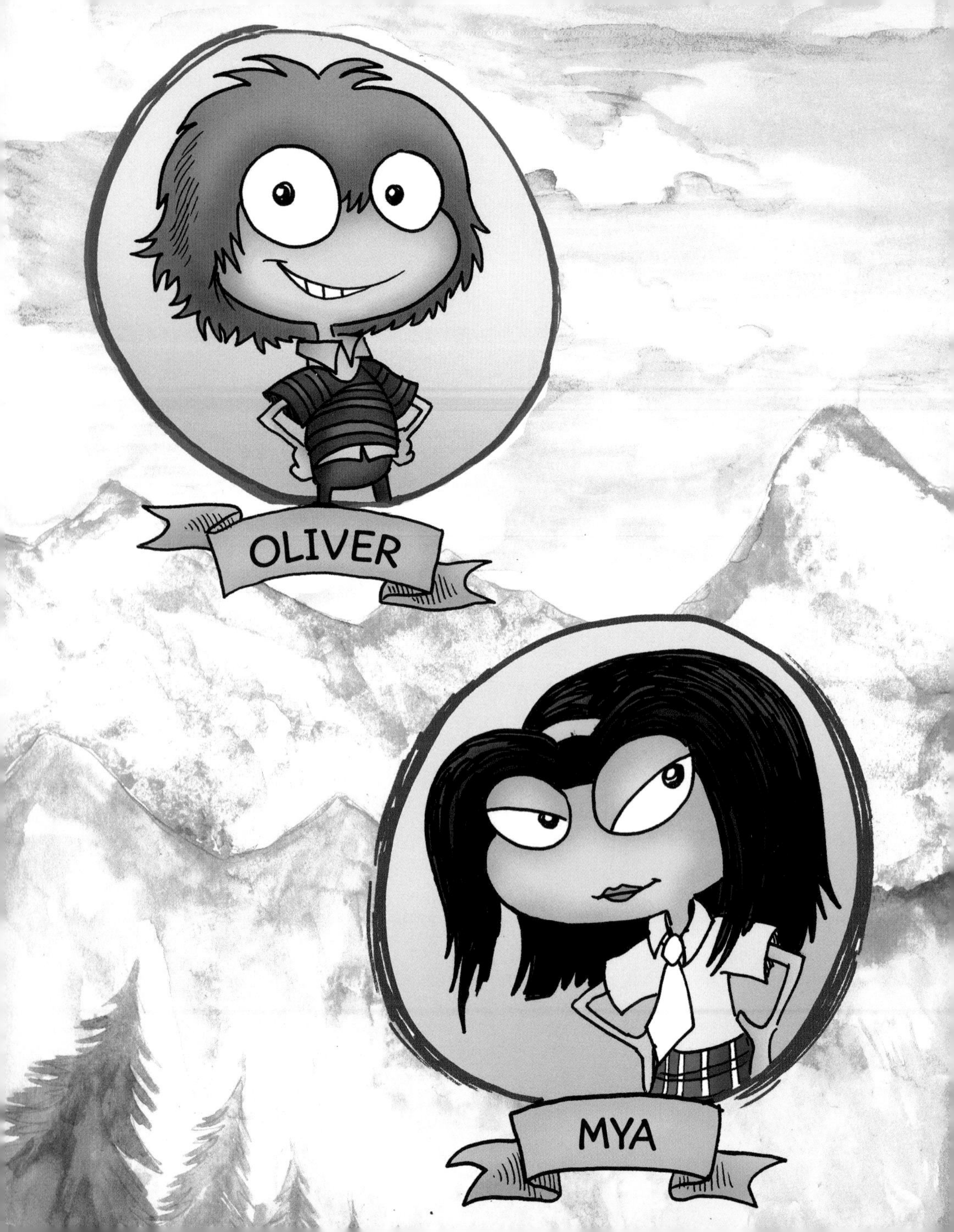
OLIVER
MYA

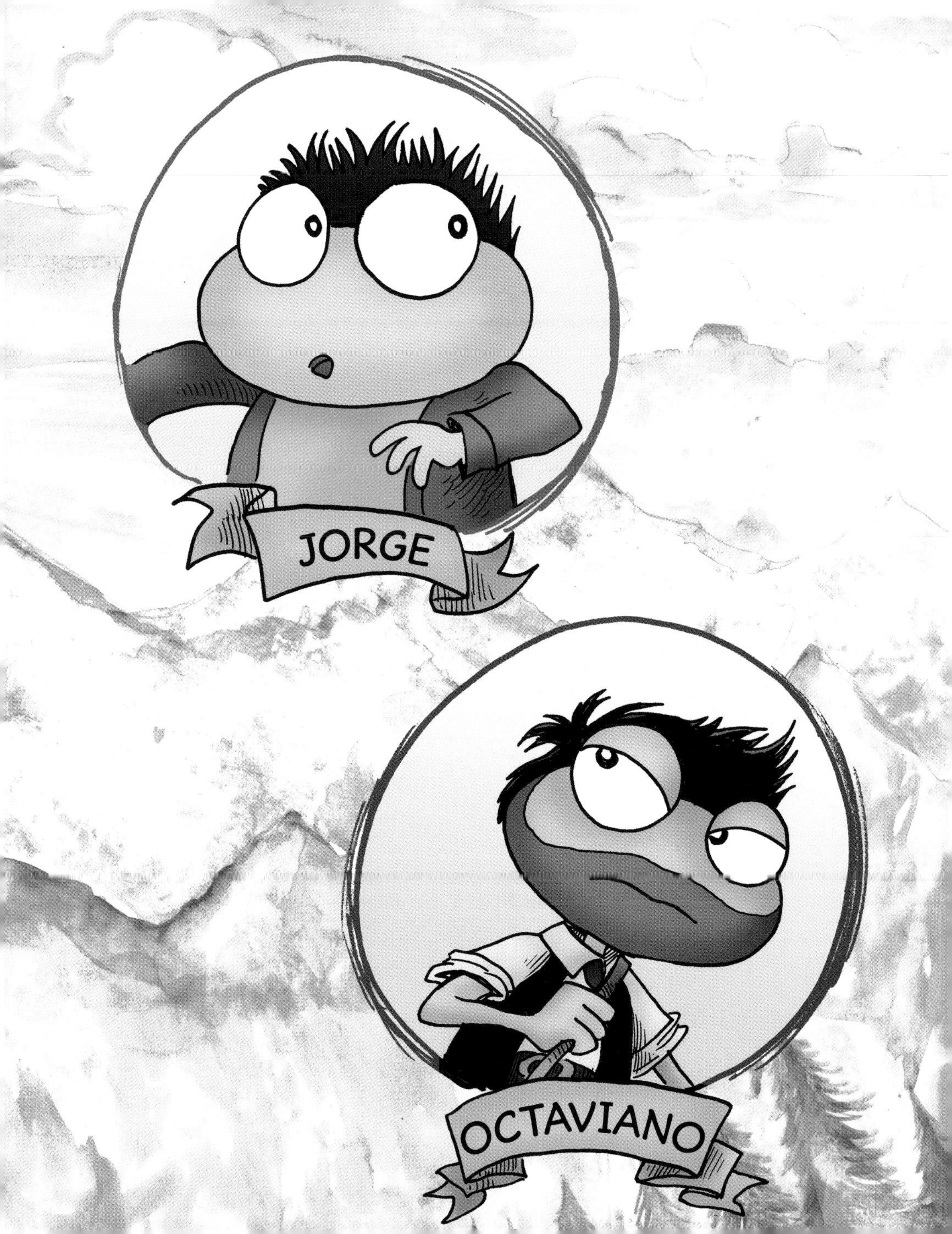
JORGE
OCTAVIANO

# Prólogo

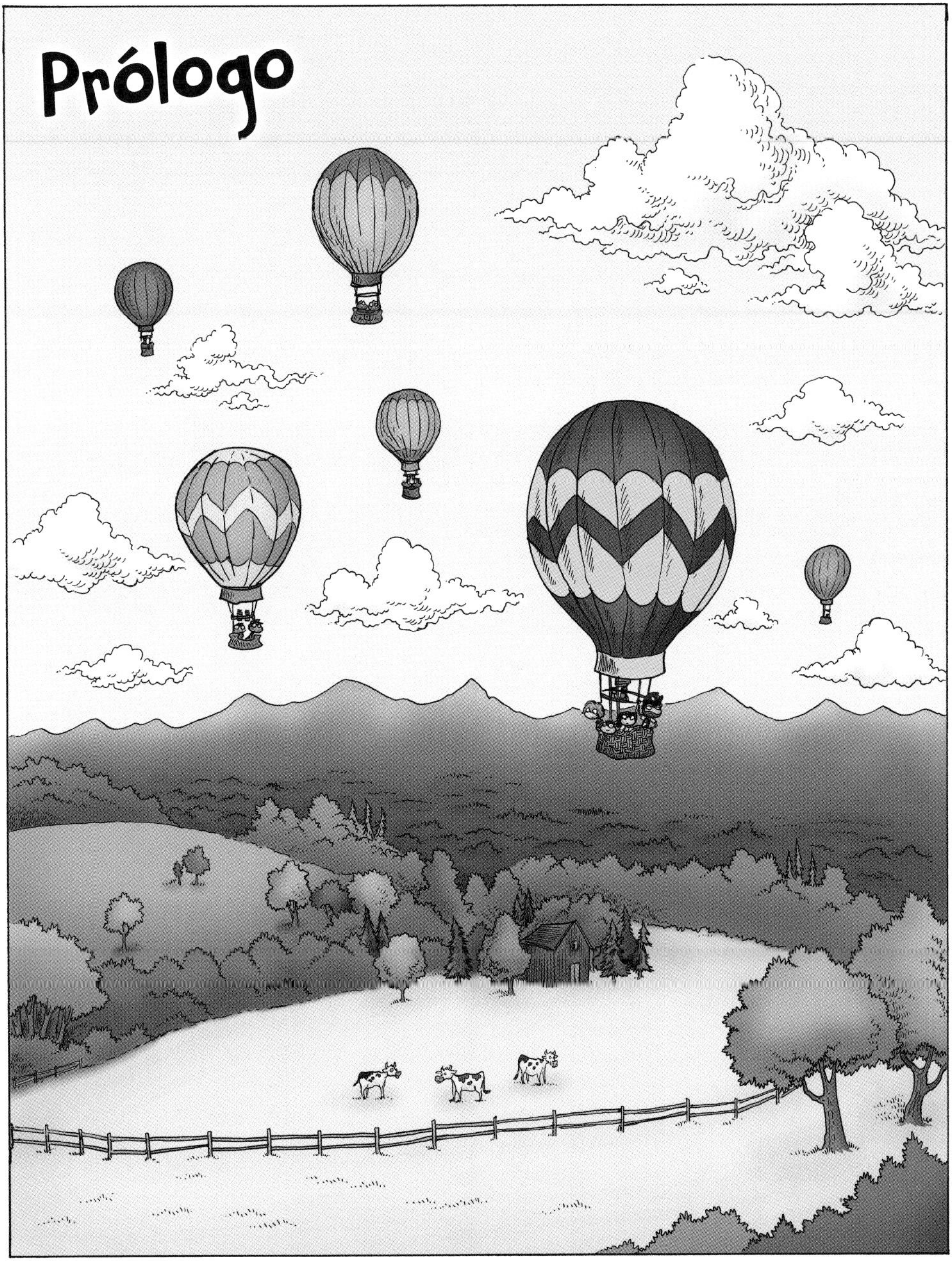

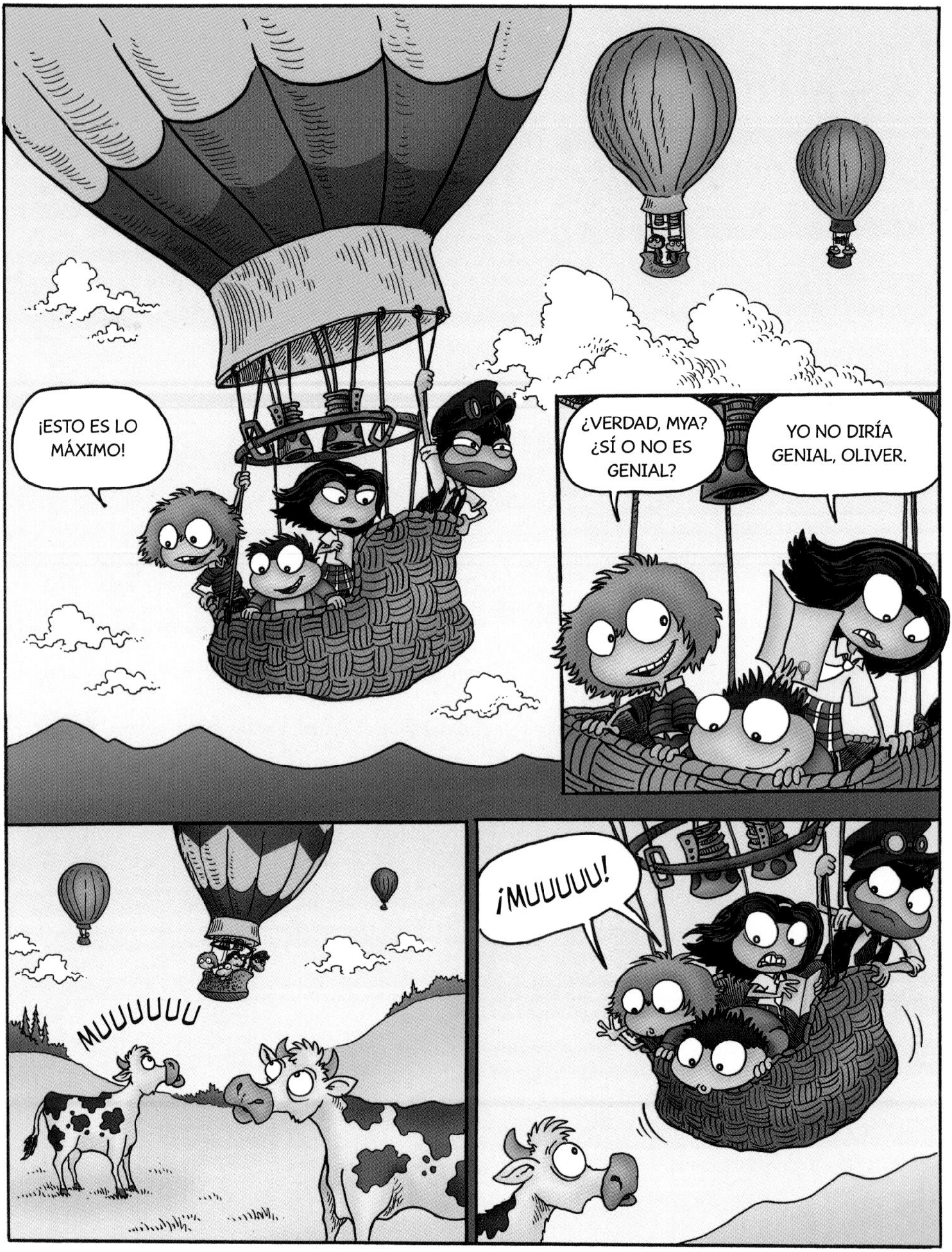
¡ESTO ES LO MÁXIMO!
¿VERDAD, MYA? ¿SÍ O NO ES GENIAL?
YO NO DIRÍA GENIAL, OLIVER.
MUUUUUU
¡MUUUUU!

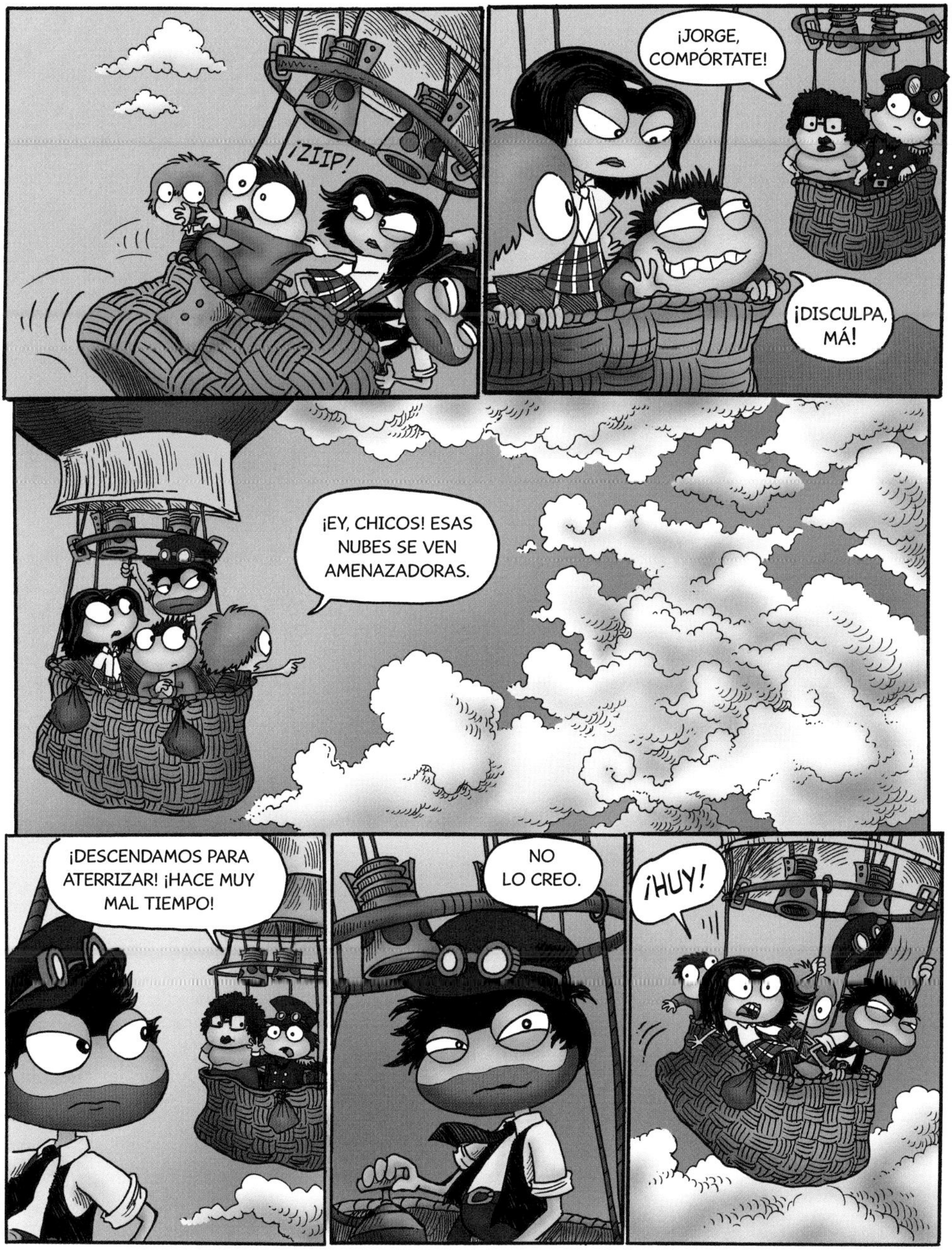
¡ZIIP!
¡JORGE, COMPÓRTATE!
¡DISCULPA, MÁ!
¡EY, CHICOS! ESAS NUBES SE VEN AMENAZADORAS.
¡DESCENDAMOS PARA ATERRIZAR! ¡HACE MUY MAL TIEMPO!
NO LO CREO.
¡HUY!

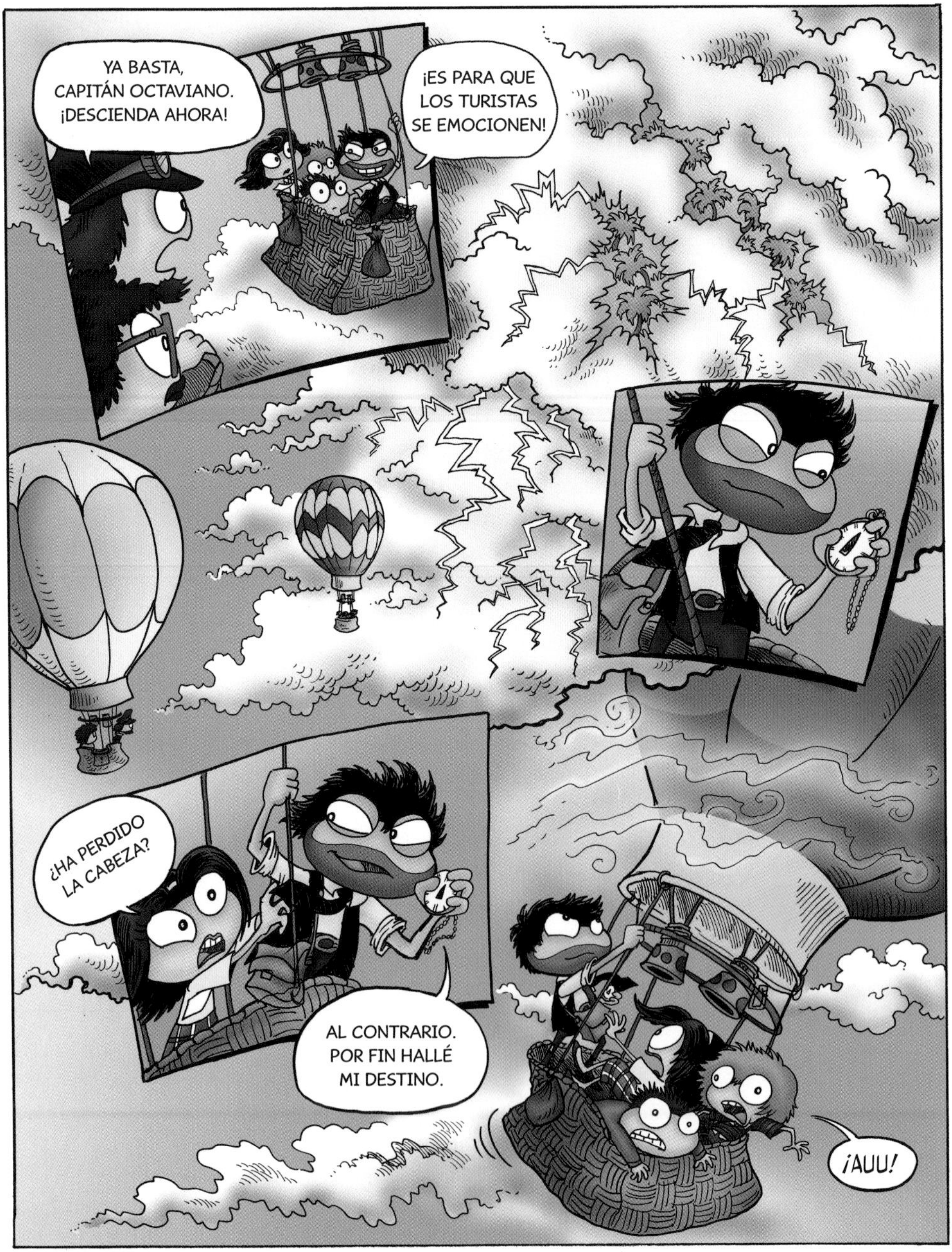
YA BASTA, CAPITÁN OCTAVIANO. ¡DESCIENDA AHORA!
¡ES PARA QUE LOS TURISTAS SE EMOCIONEN!
¿HA PERDIDO LA CABEZA?
AL CONTRARIO. POR FIN HALLÉ MI DESTINO.
¡AUU!

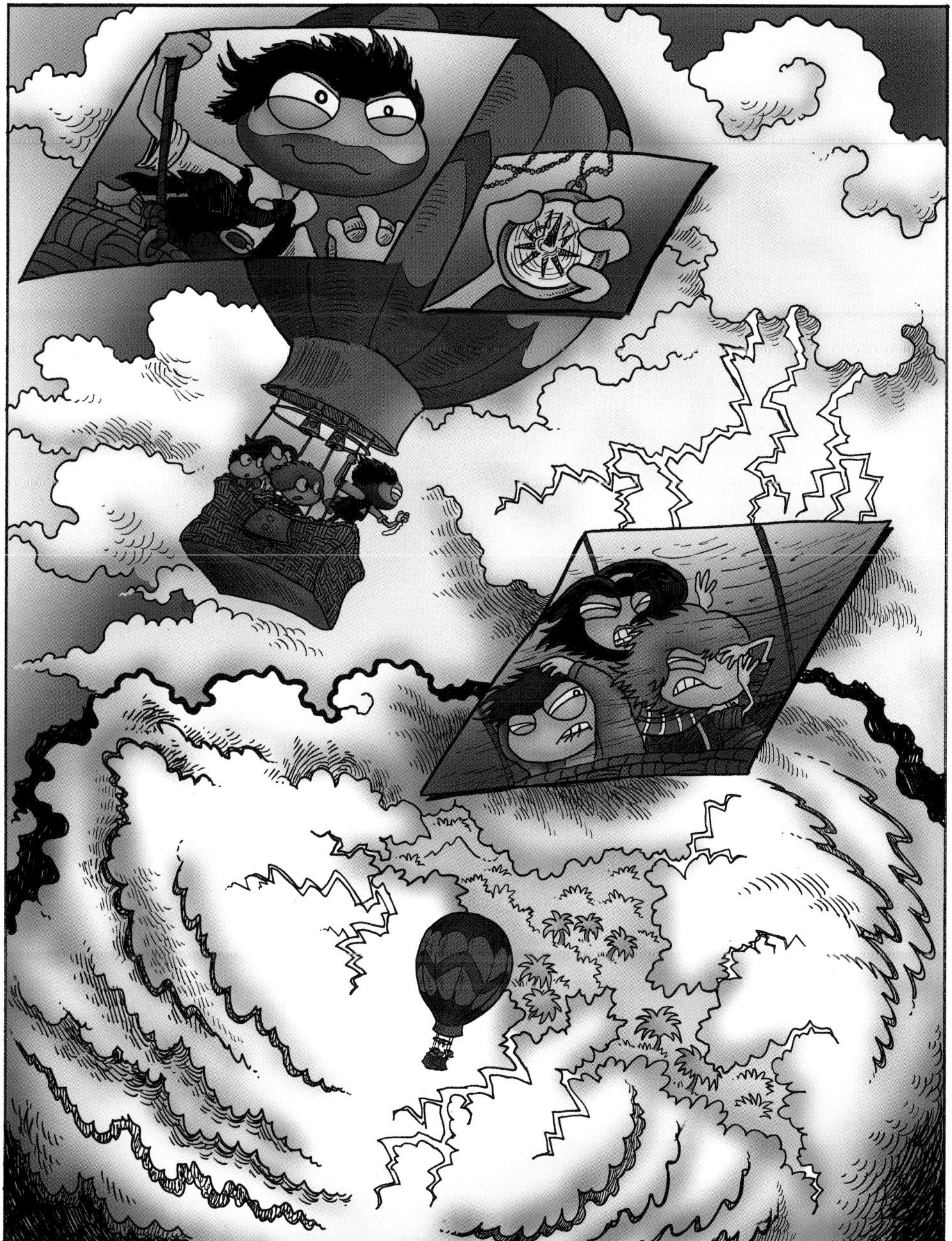

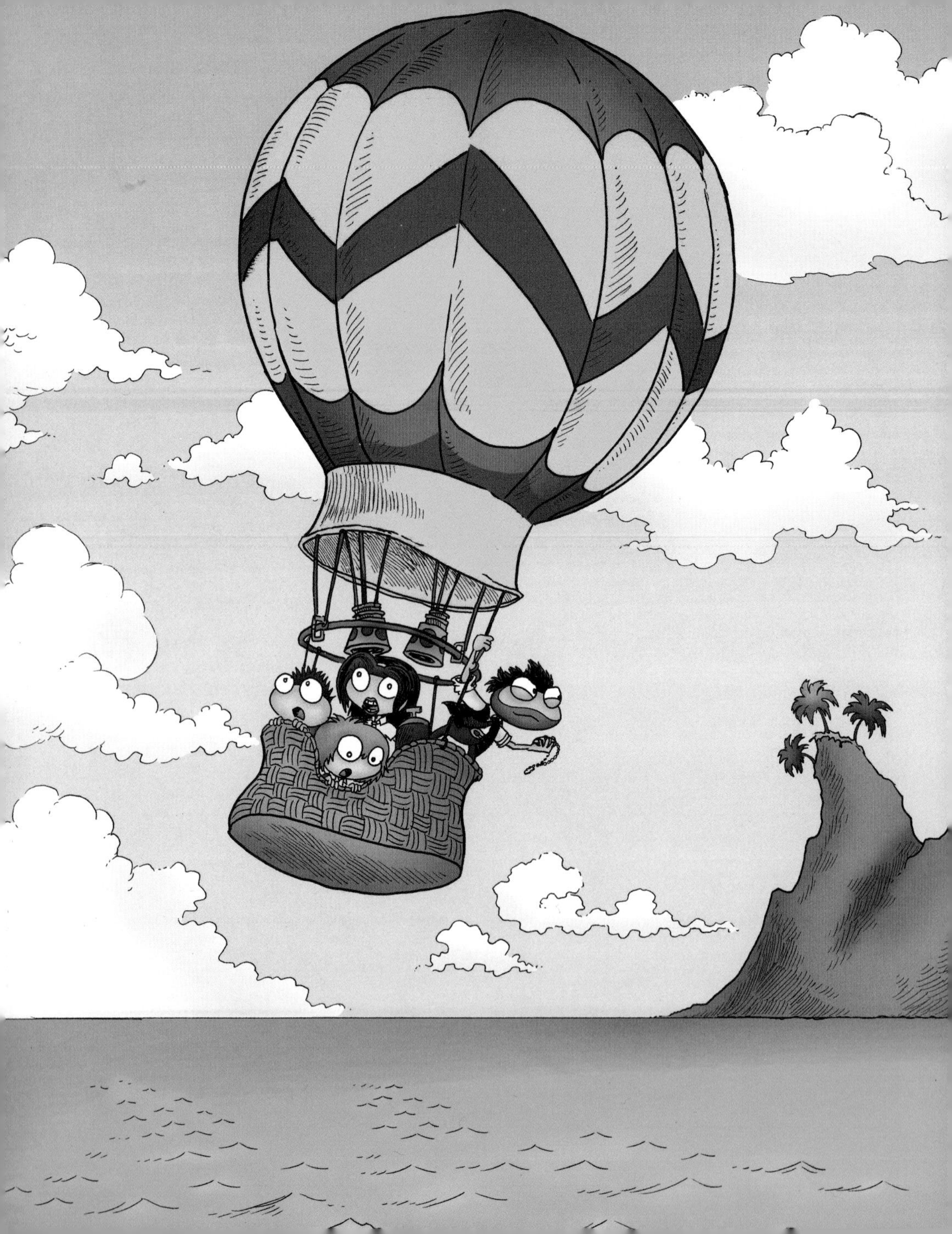

# Capítulo 1

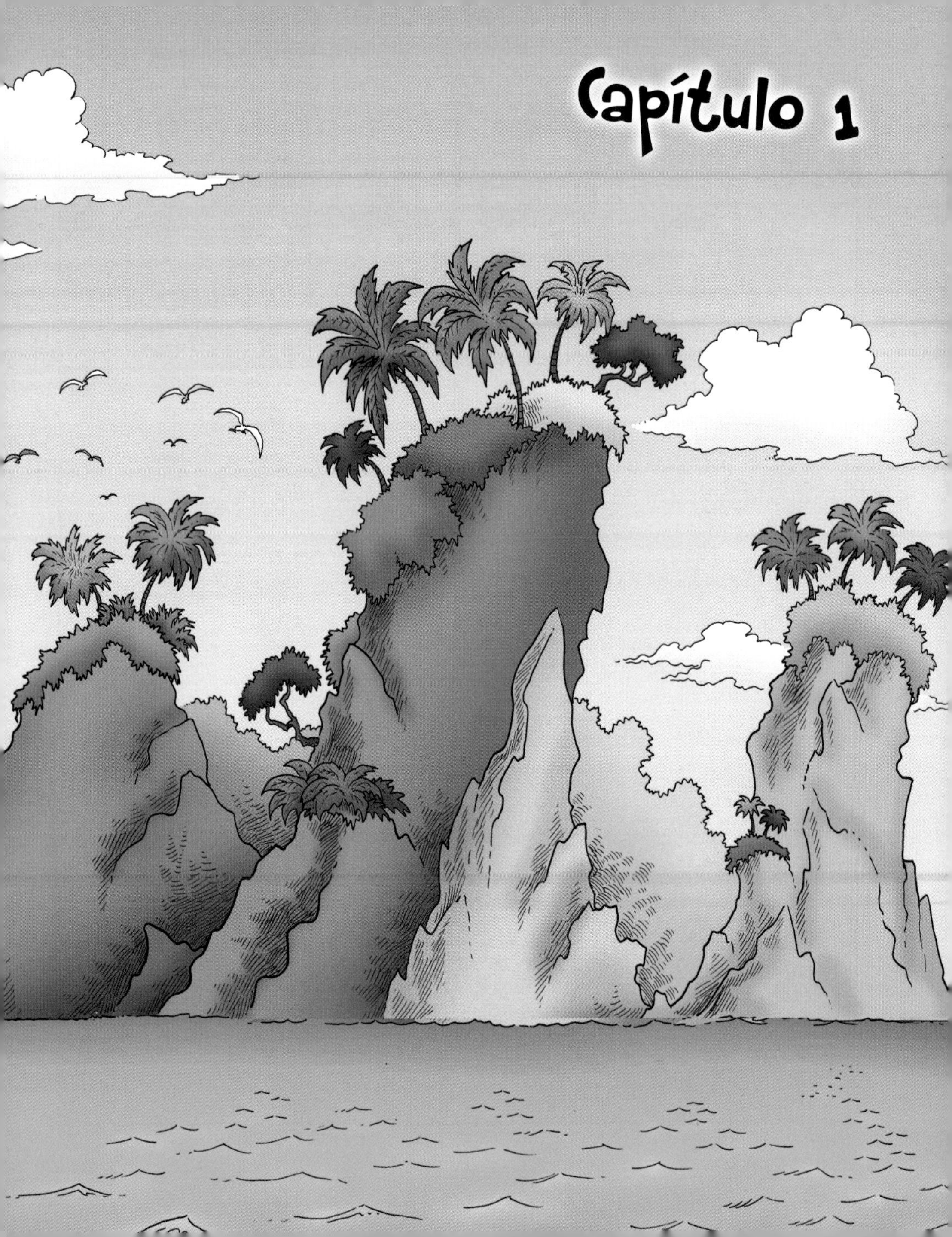

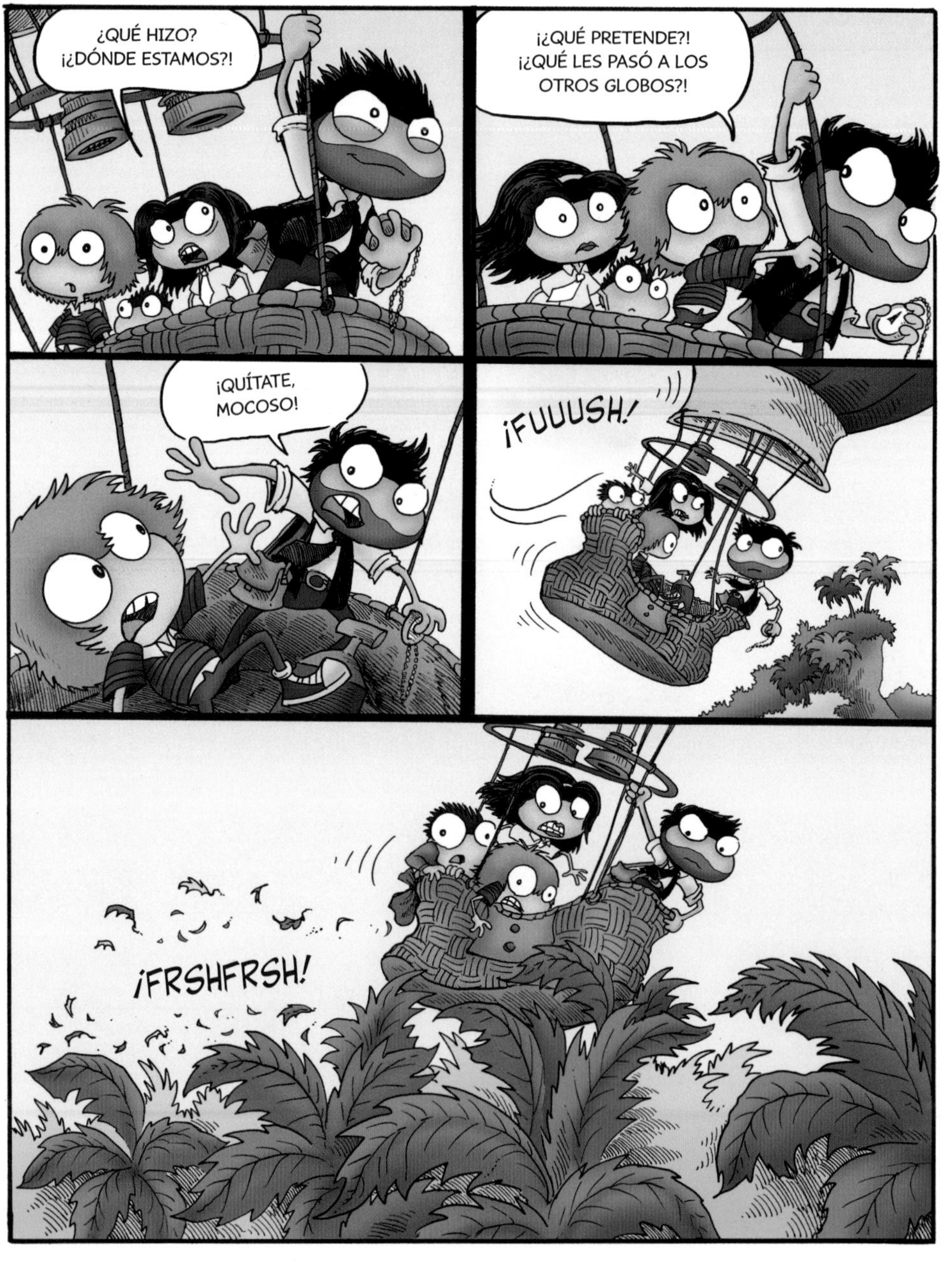
¿QUÉ HIZO?
¡¿DÓNDE ESTAMOS?!
¡¿QUÉ PRETENDE?!
¡¿QUÉ LES PASÓ A LOS
OTROS GLOBOS?!
¡QUÍTATE,
MOCOSO!
¡FUUUSH!
¡FRSHFRSH!

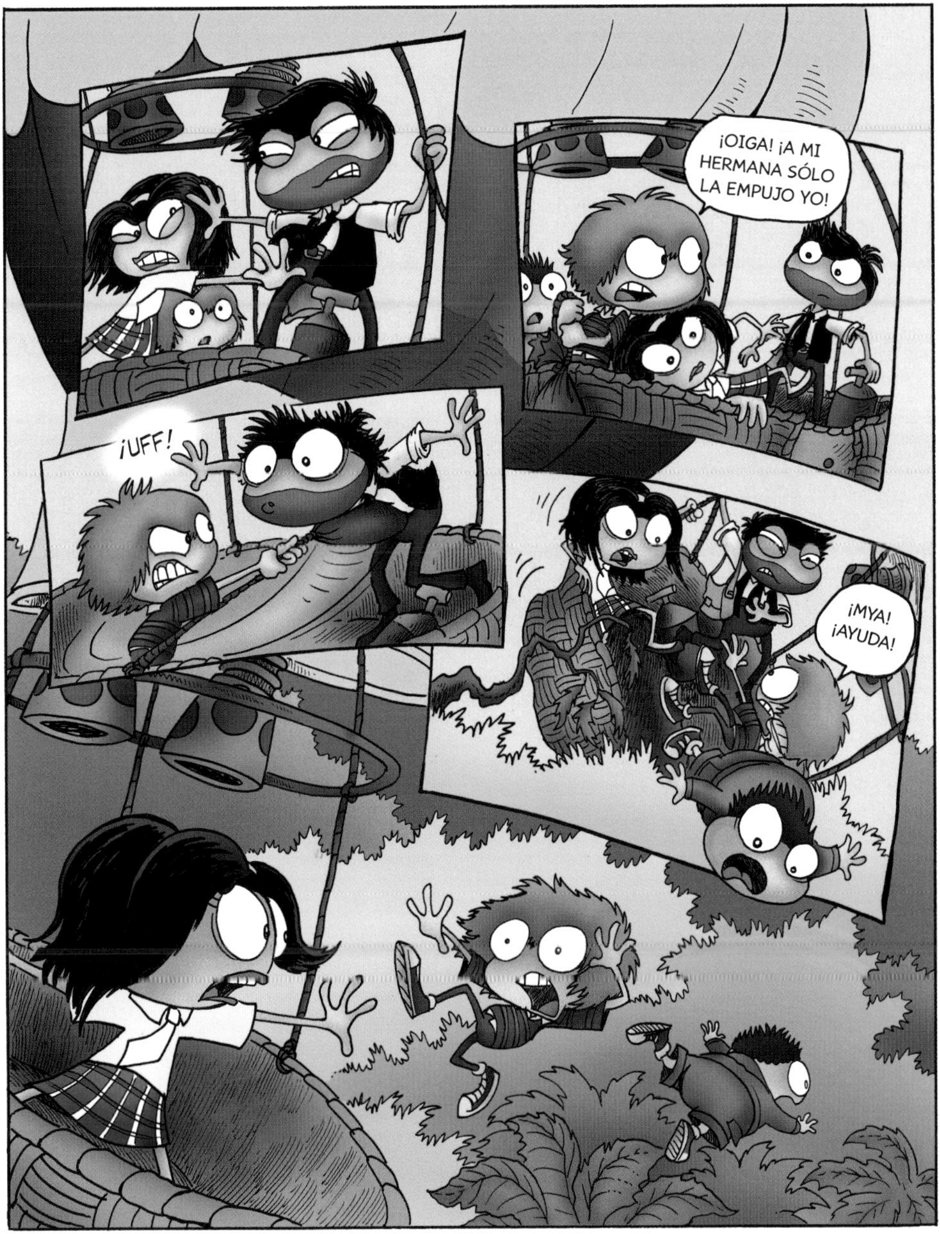
¡OIGA! ¡A MI HERMANA SÓLO LA EMPUJO YO!
¡UFF!
¡MYA! ¡AYUDA!

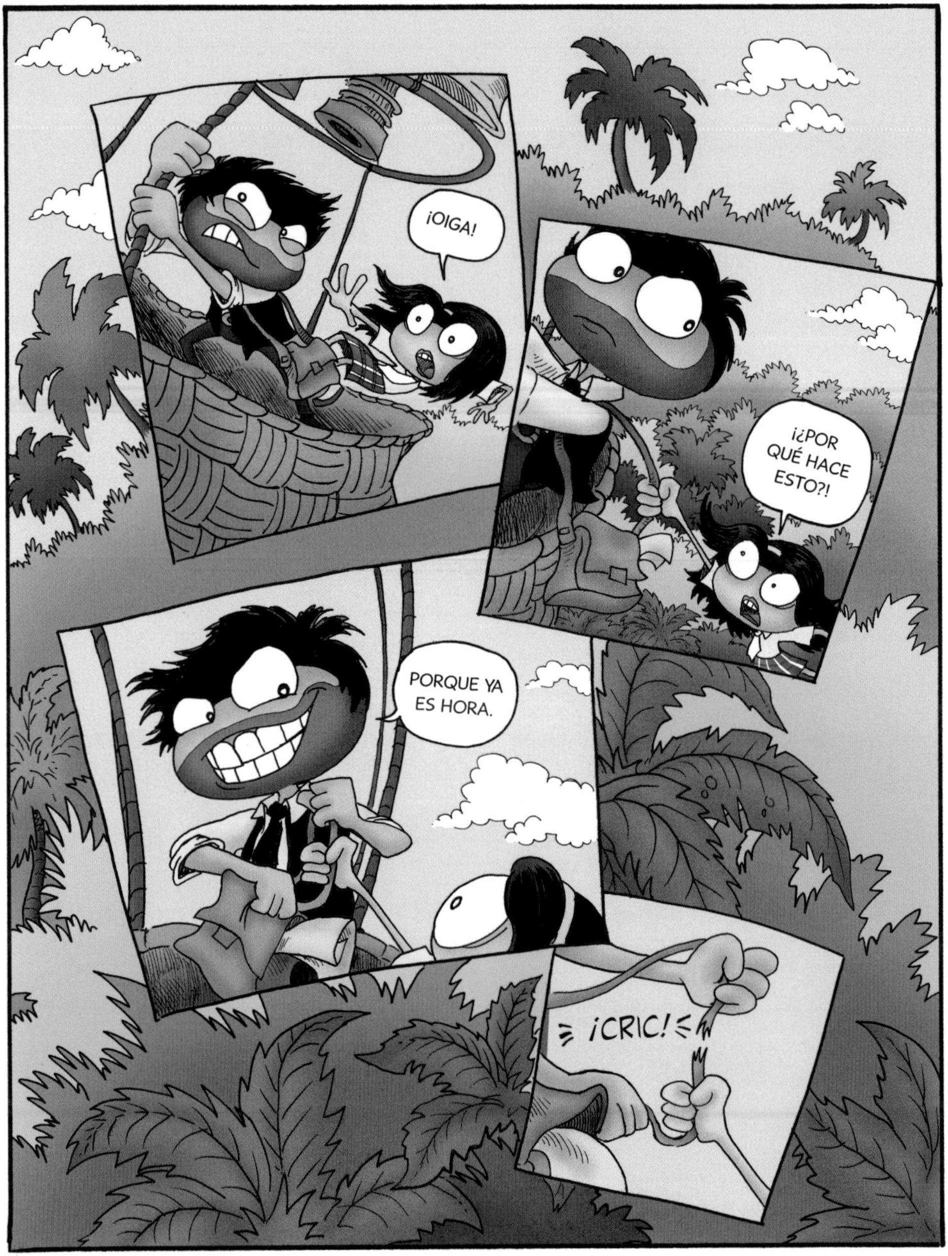
¡OIGA!
¡¿POR QUÉ HACE ESTO?!
PORQUE YA ES HORA.
¡CRIC!

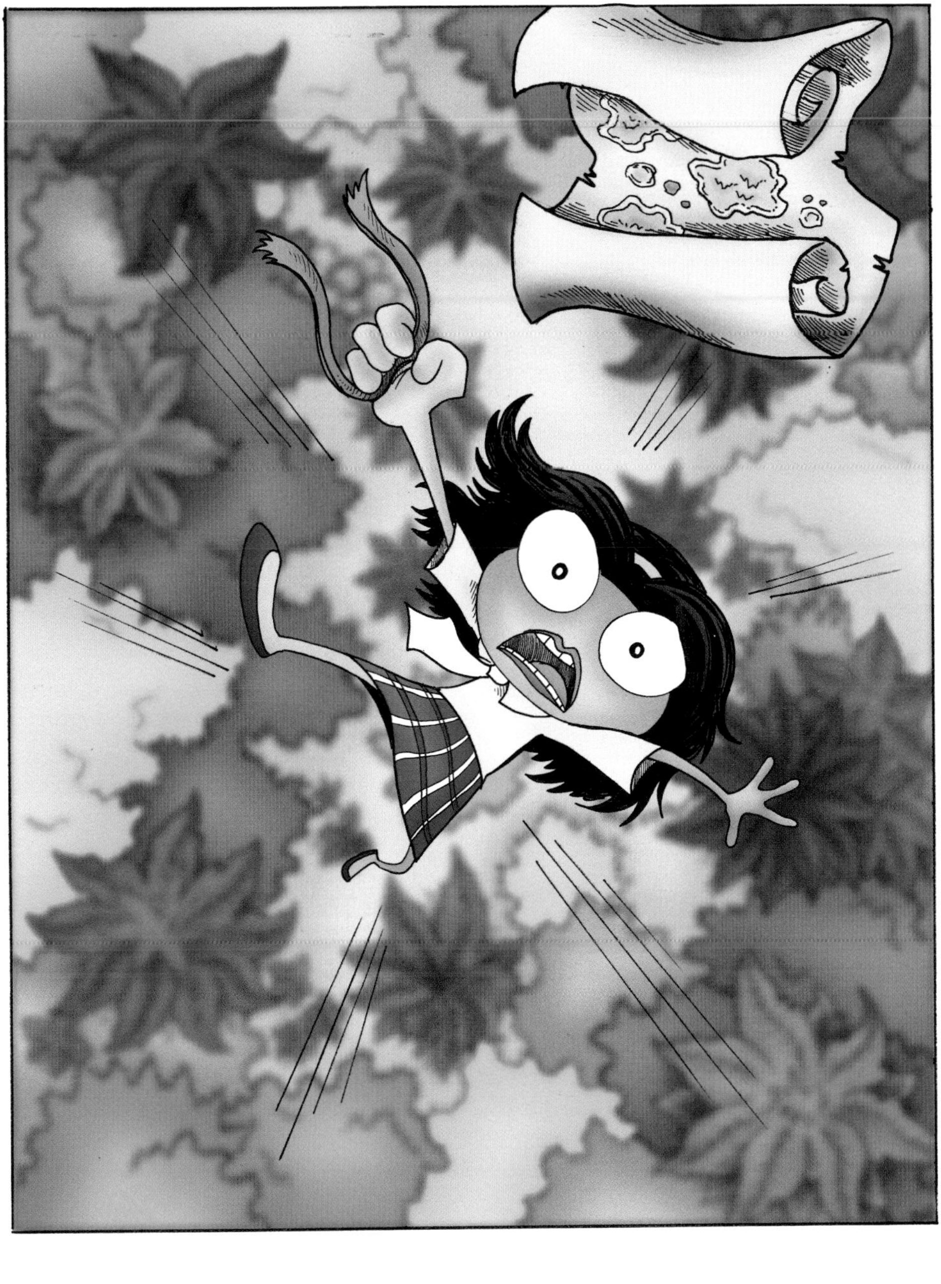

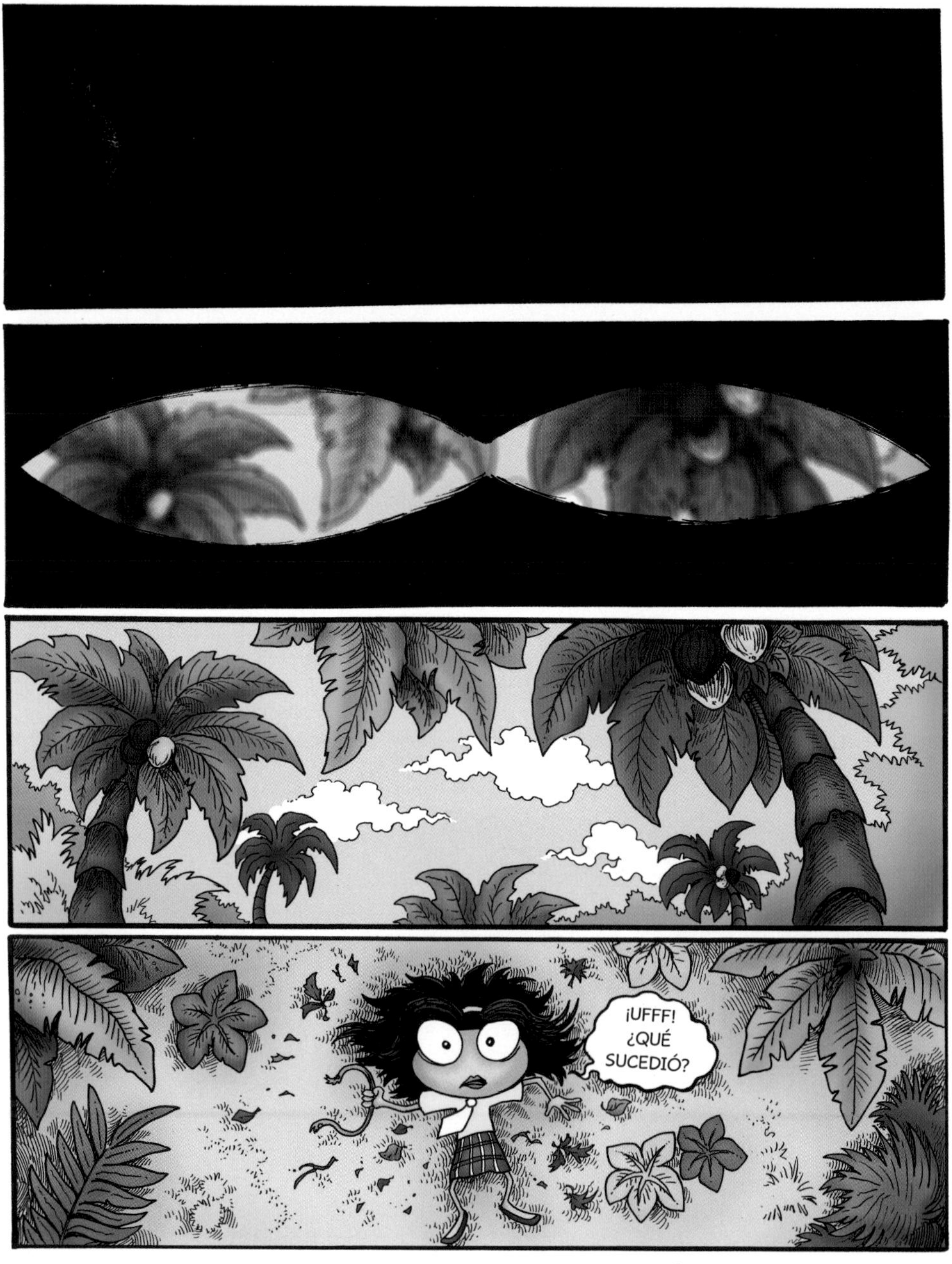
¡UFFF!
¿QUÉ
SUCEDIÓ?

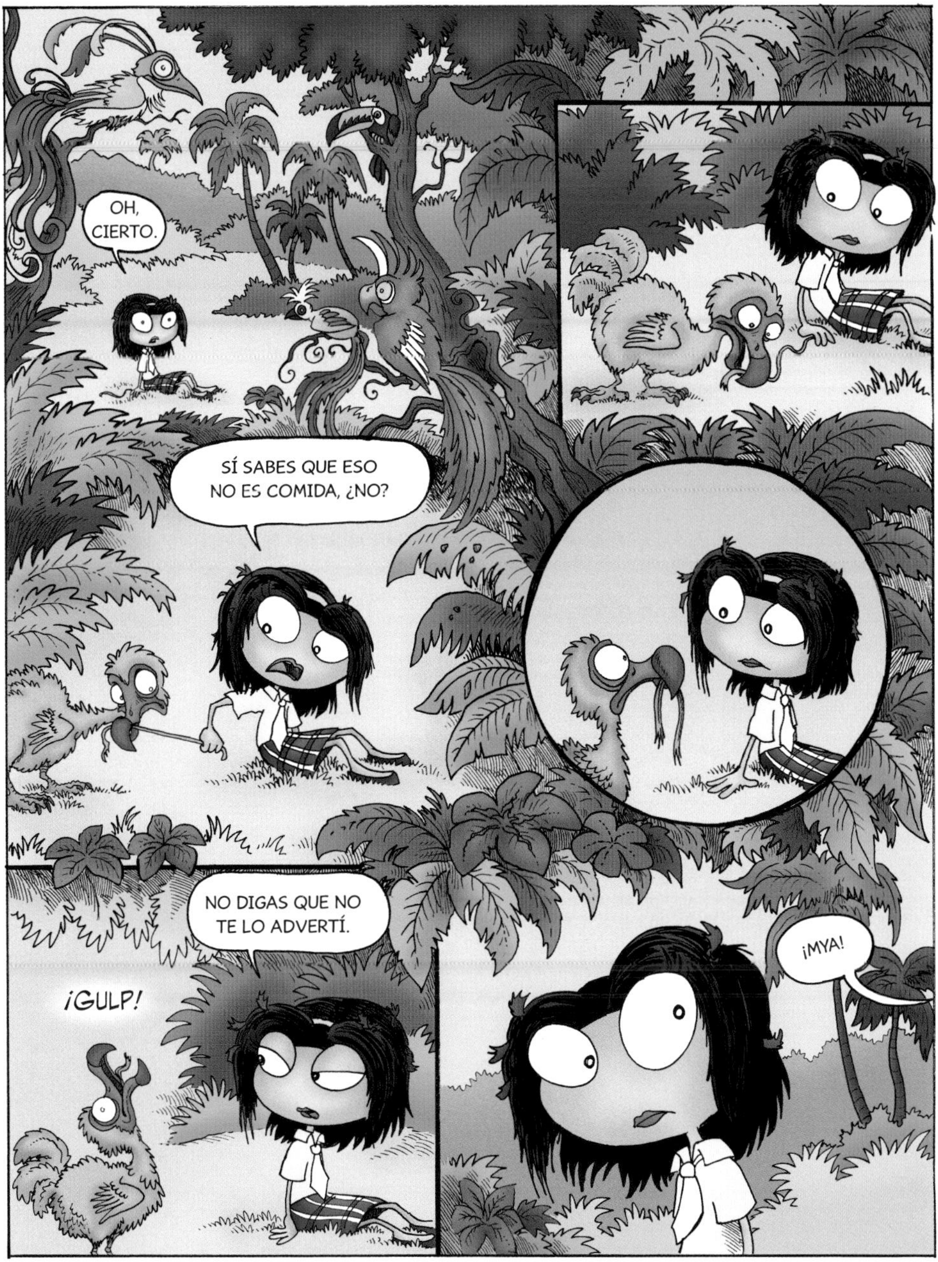
OH, CIERTO.
SÍ SABES QUE ESO NO ES COMIDA, ¿NO?
NO DIGAS QUE NO TE LO ADVERTÍ.
¡GULP!
¡MYA!

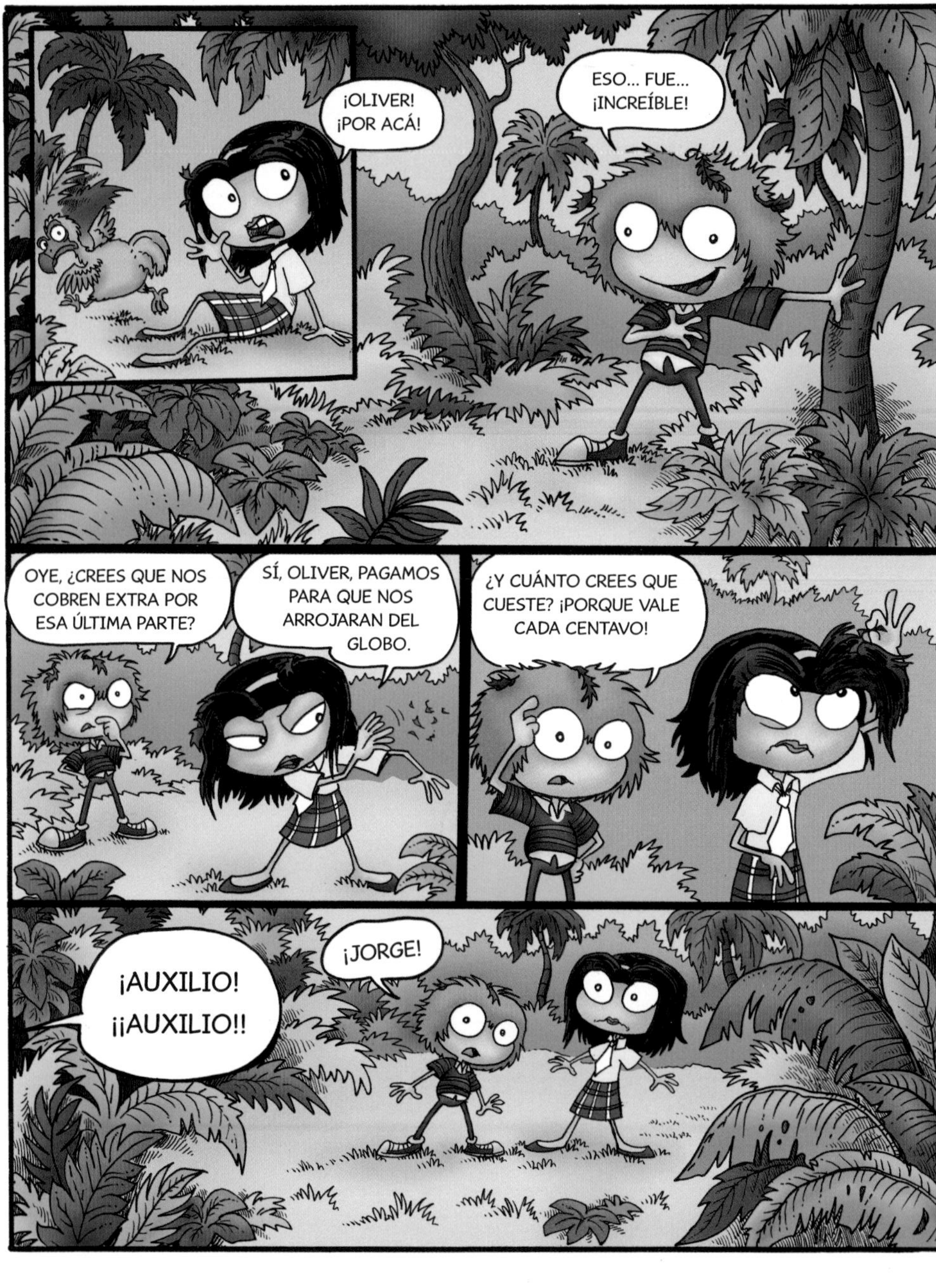
¡OLIVER! ¡POR ACÁ!
ESO... FUE... ¡INCREÍBLE!
OYE, ¿CREES QUE NOS COBREN EXTRA POR ESA ÚLTIMA PARTE?
SÍ, OLIVER, PAGAMOS PARA QUE NOS ARROJARAN DEL GLOBO.
¿Y CUÁNTO CREES QUE CUESTE? ¡PORQUE VALE CADA CENTAVO!
¡AUXILIO! ¡¡AUXILIO!!
¡JORGE!

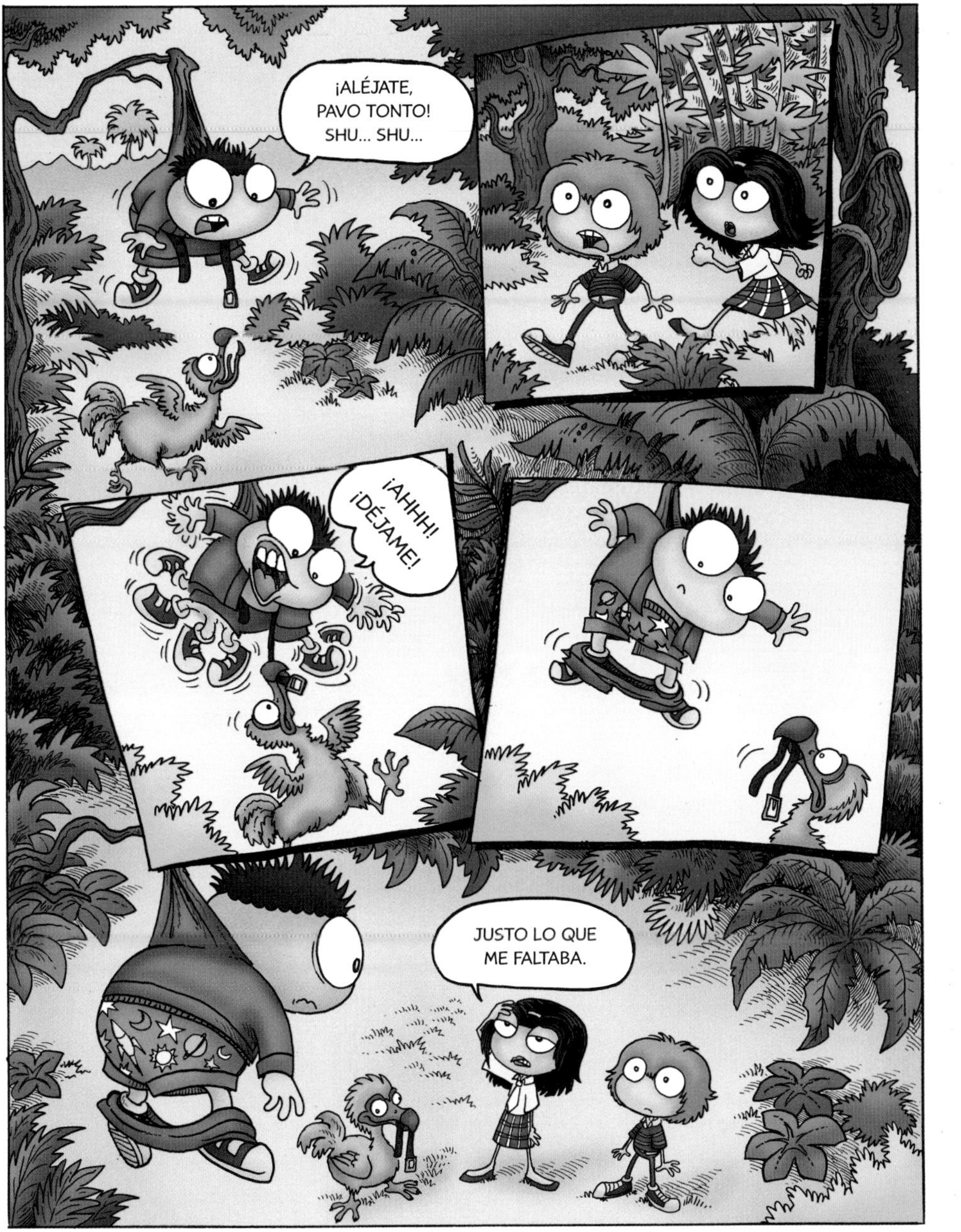
¡ALÉJATE, PAVO TONTO! SHU... SHU...
¡AHHH! ¡DÉJAME!
JUSTO LO QUE ME FALTABA.

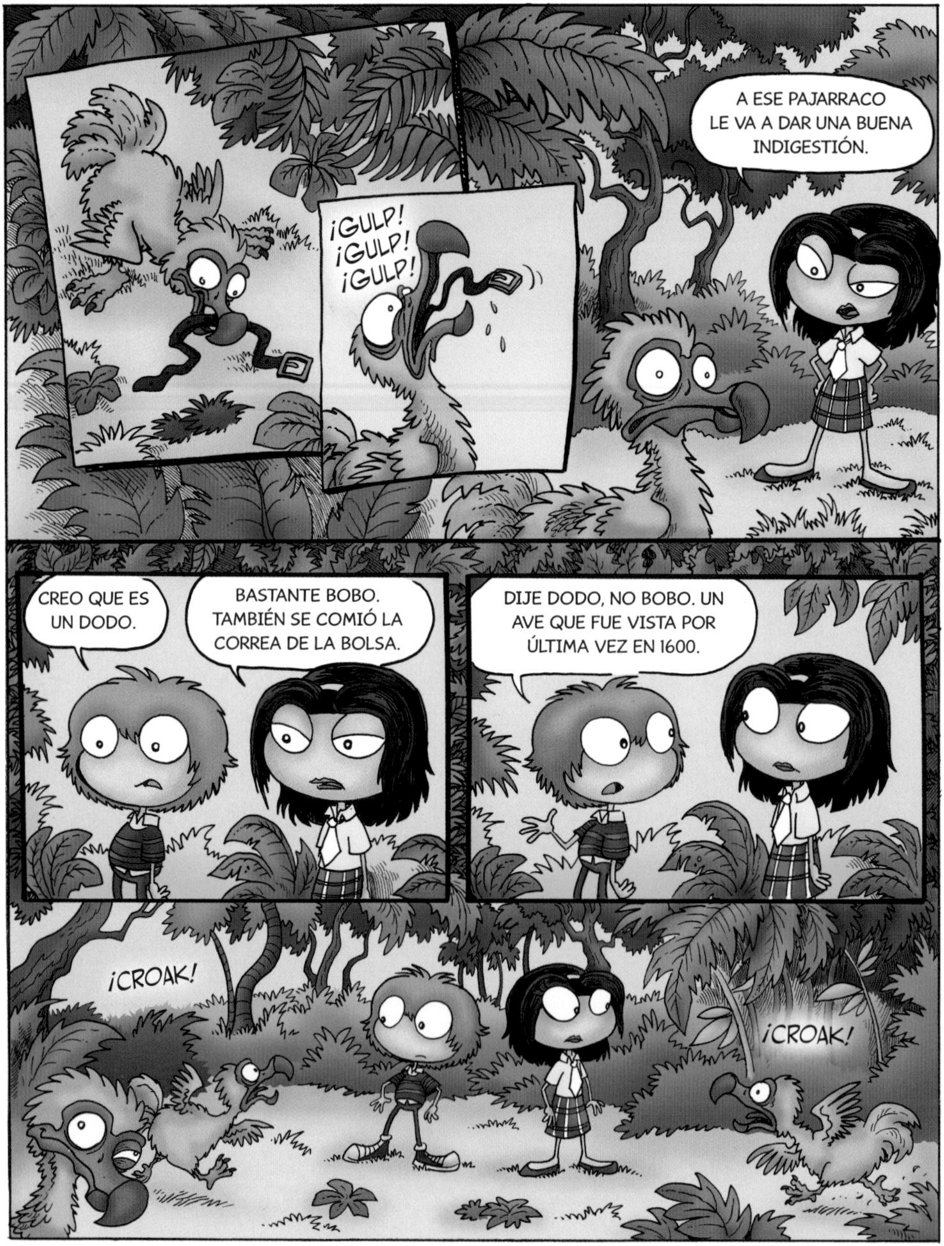
¡GULP! ¡GULP! ¡GULP!
A ESE PAJARRACO LE VA A DAR UNA BUENA INDIGESTIÓN.
CREO QUE ES UN DODO.
BASTANTE BOBO. TAMBIÉN SE COMIÓ LA CORREA DE LA BOLSA.
DIJE DODO, NO BOBO. UN AVE QUE FUE VISTA POR ÚLTIMA VEZ EN 1600.
¡CROAK!
¡CROAK!

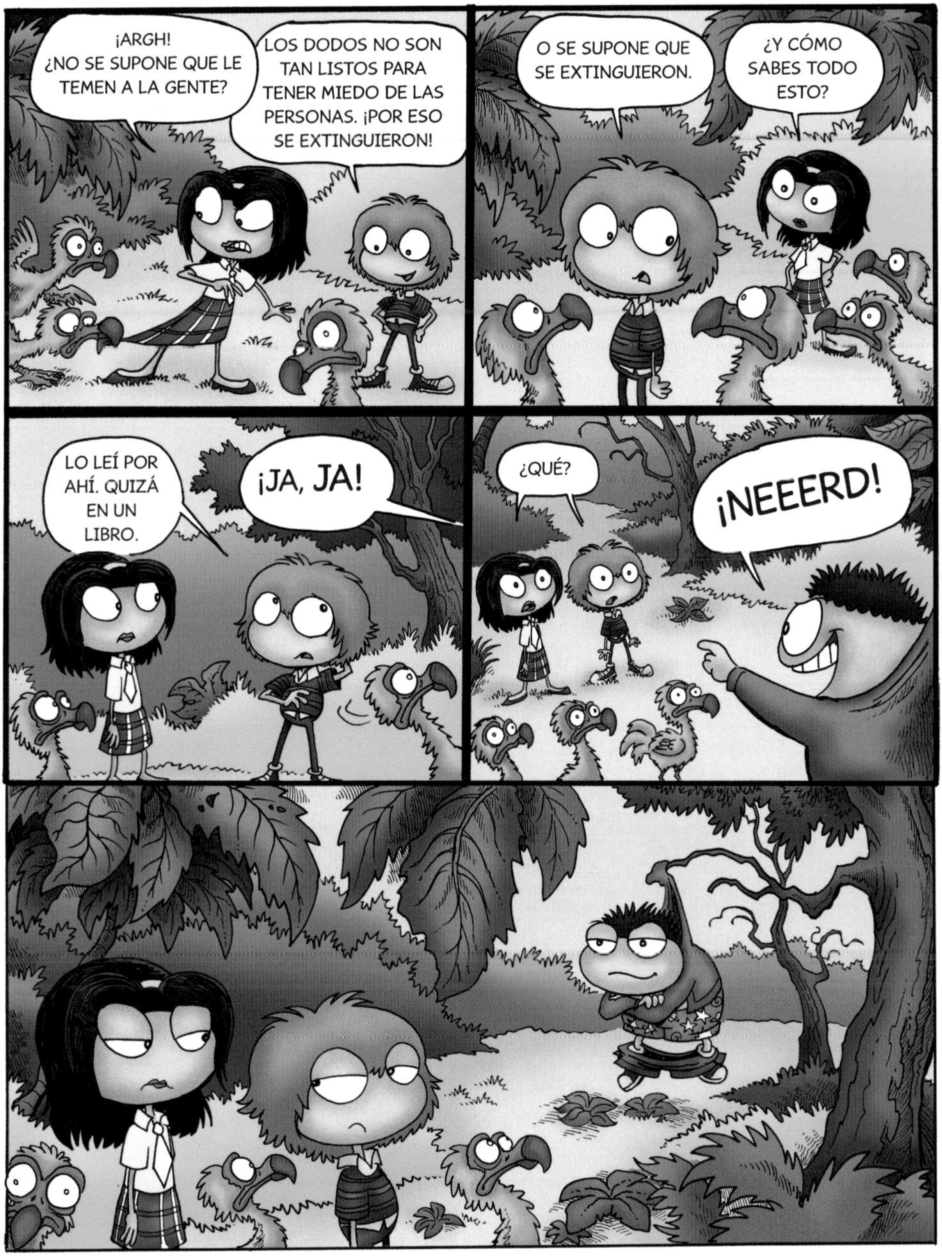
¡ARGH! ¿NO SE SUPONE QUE LE TEMEN A LA GENTE?
LOS DODOS NO SON TAN LISTOS PARA TENER MIEDO DE LAS PERSONAS. ¡POR ESO SE EXTINGUIERON!
O SE SUPONE QUE SE EXTINGUIERON.
¿Y CÓMO SABES TODO ESTO?
LO LEÍ POR AHÍ. QUIZÁ EN UN LIBRO.
¡JA, JA!
¿QUÉ?
¡NEEERD!

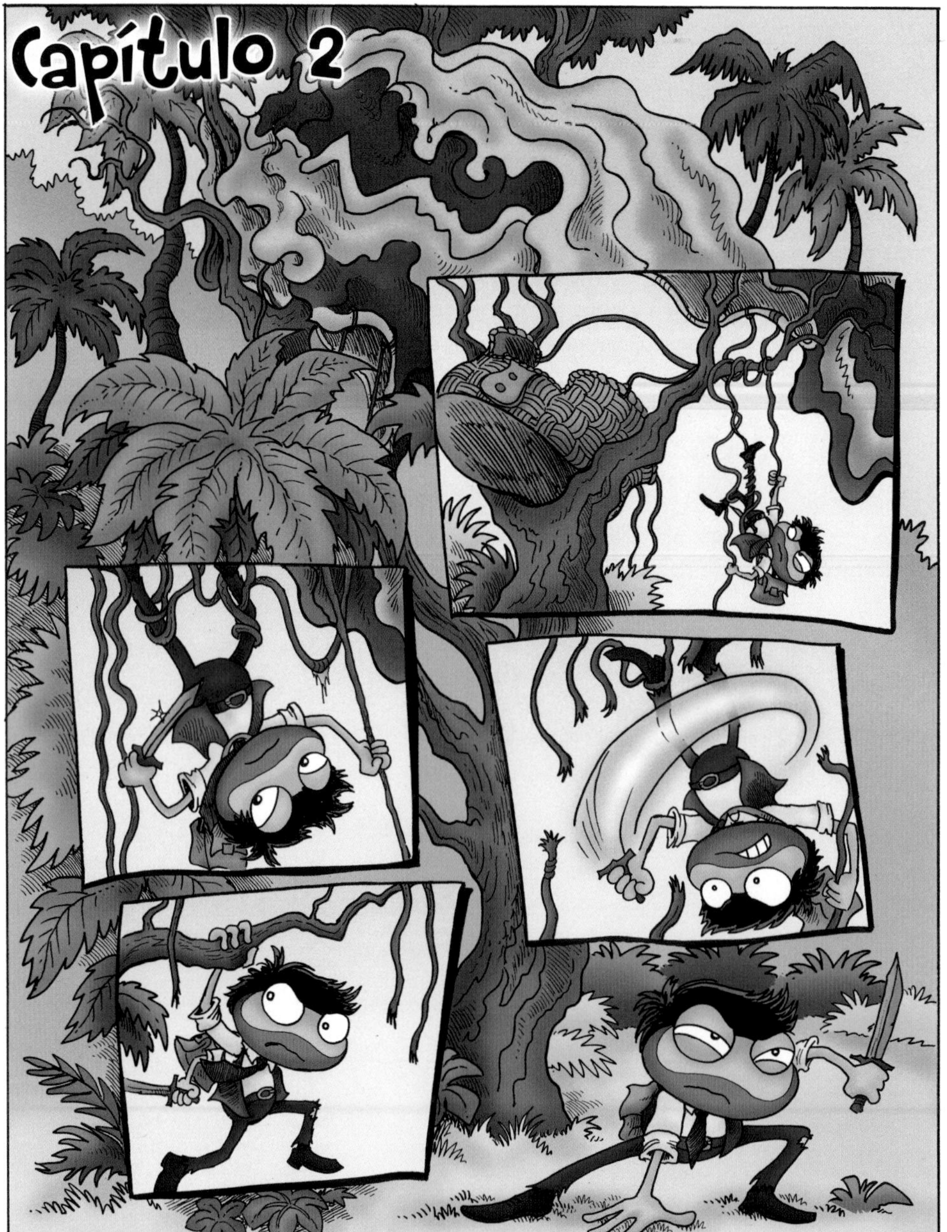
Capítulo 2

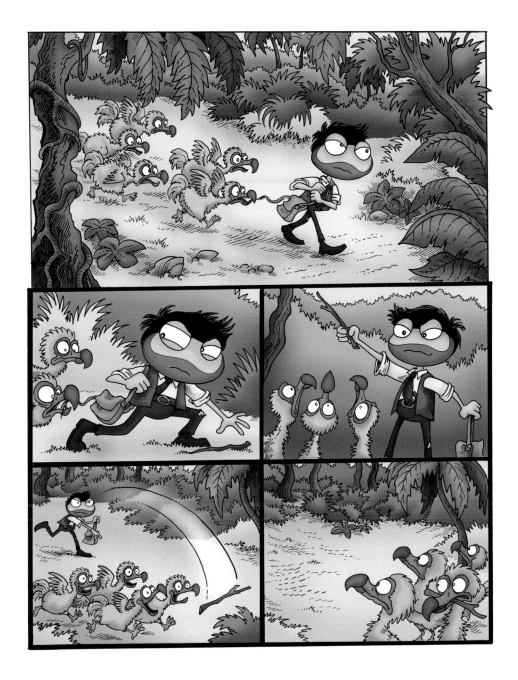

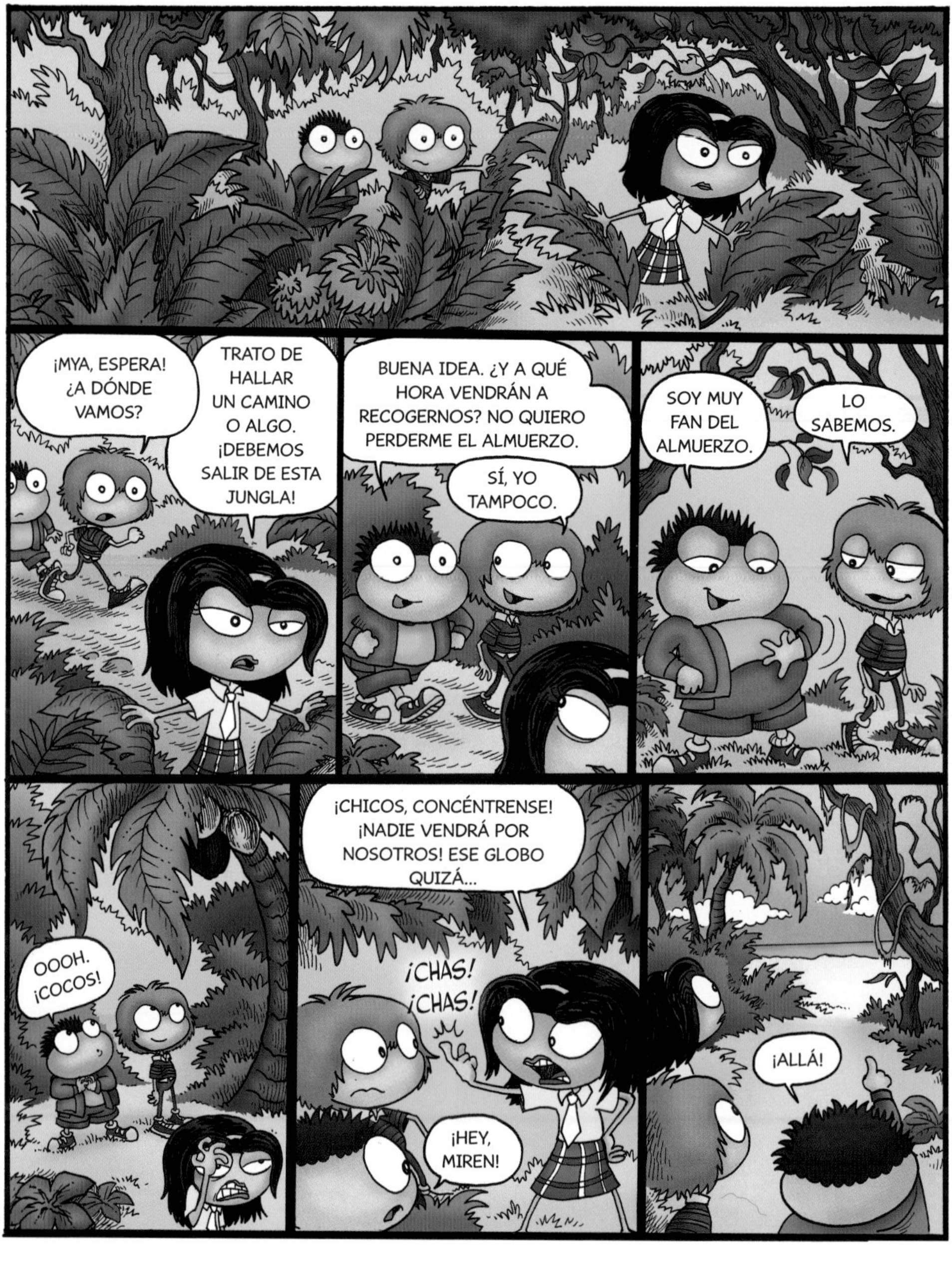
¡MYA, ESPERA! ¿A DÓNDE VAMOS?
TRATO DE HALLAR UN CAMINO O ALGO. ¡DEBEMOS SALIR DE ESTA JUNGLA!
BUENA IDEA. ¿Y A QUÉ HORA VENDRÁN A RECOGERNOS? NO QUIERO PERDERME EL ALMUERZO.
SÍ, YO TAMPOCO.
SOY MUY FAN DEL ALMUERZO.
LO SABEMOS.
OOOH. ¡COCOS!
¡CHICOS, CONCÉNTRENSE! ¡NADIE VENDRÁ POR NOSOTROS! ESE GLOBO QUIZÁ...
¡CHAS! ¡CHAS!
¡HEY, MIREN!
¡ALLÁ!

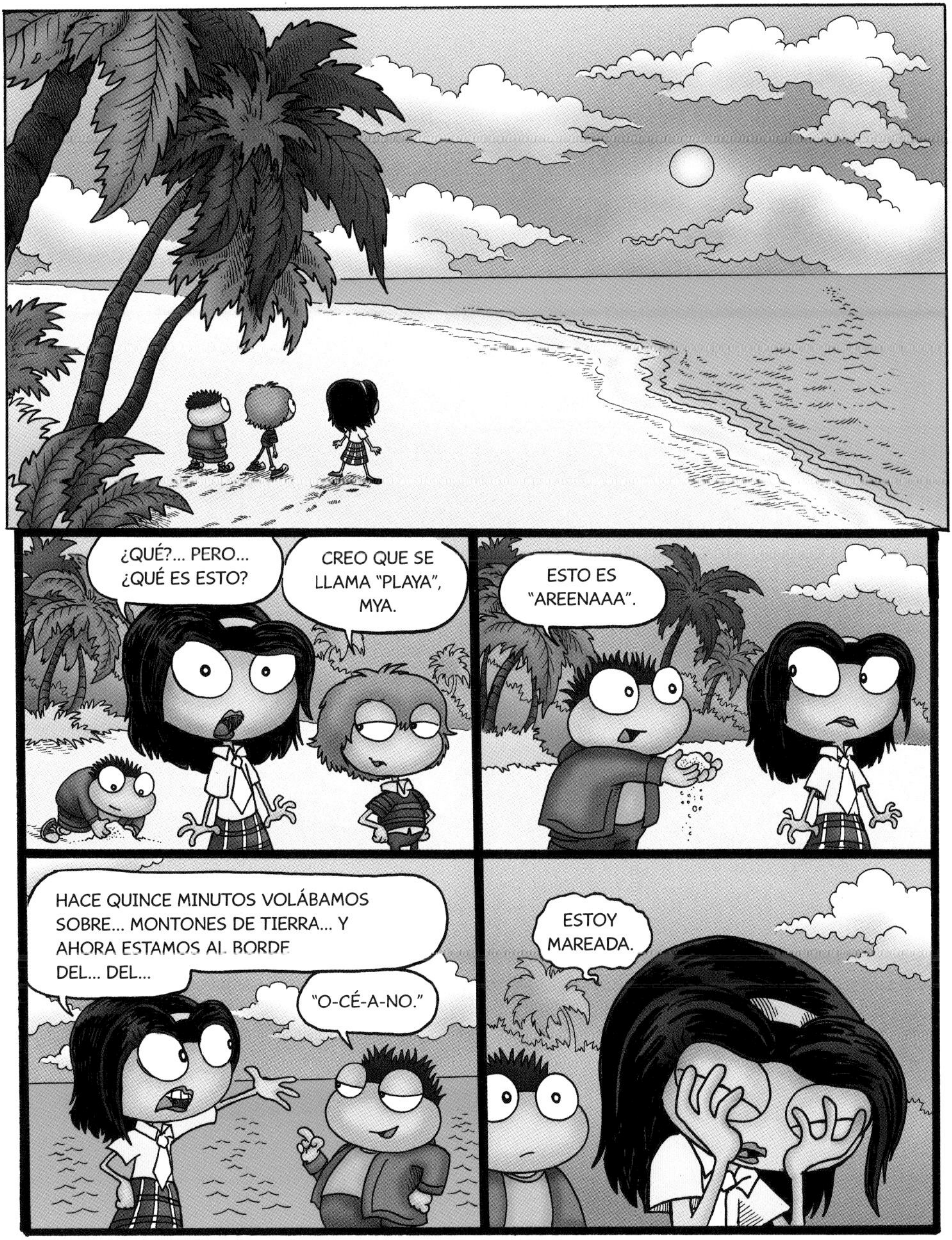
¿QUÉ?... PERO... ¿QUÉ ES ESTO?
CREO QUE SE LLAMA "PLAYA", MYA.
ESTO ES "AREENAAA".
HACE QUINCE MINUTOS VOLÁBAMOS SOBRE... MONTONES DE TIERRA... Y AHORA ESTAMOS AL BORDE DEL... DEL...
"O-CÉ-A-NO."
ESTOY MAREADA.

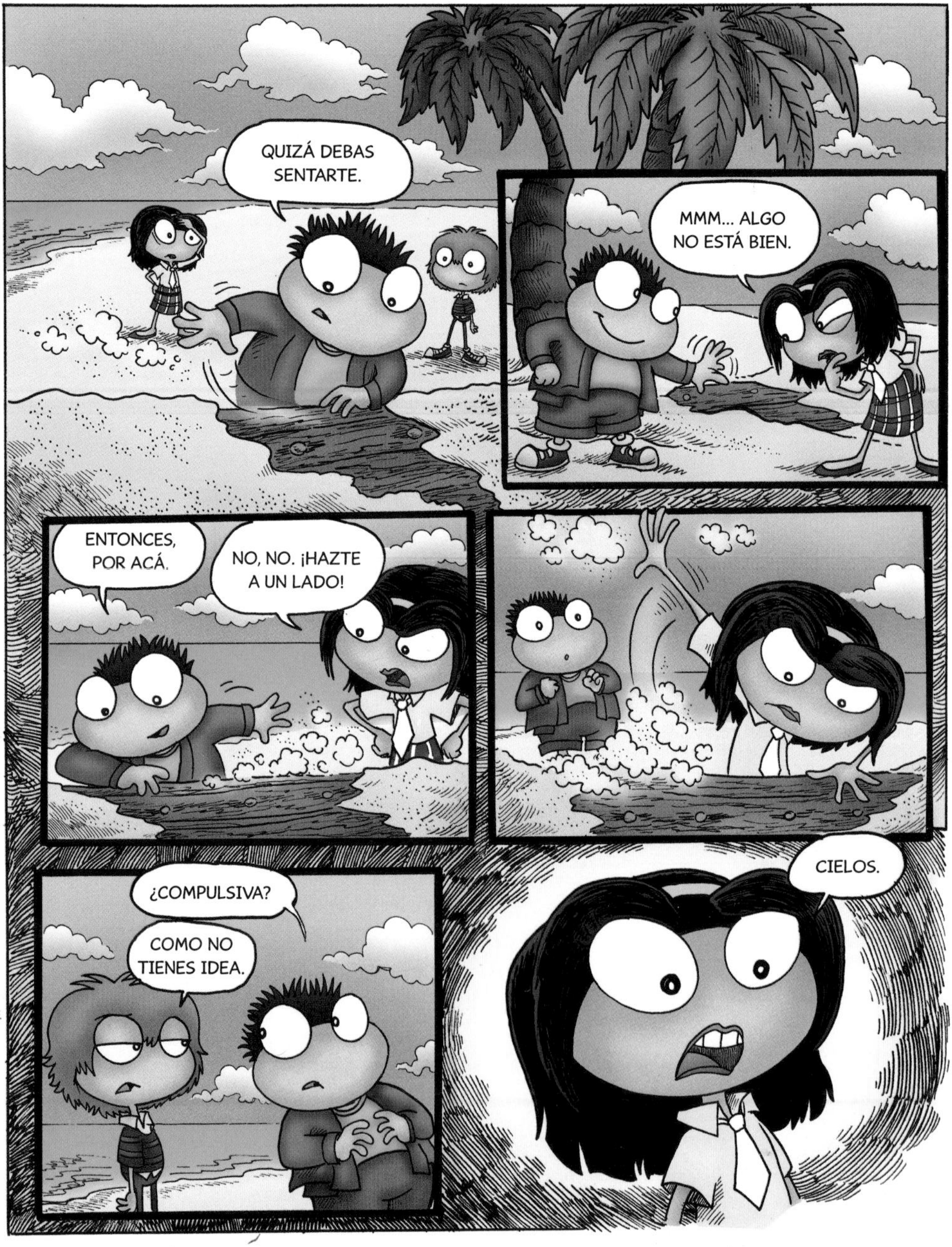
QUIZÁ DEBAS SENTARTE.
MMM... ALGO NO ESTÁ BIEN.
ENTONCES, POR ACÁ.
NO, NO. ¡HAZTE A UN LADO!
¿COMPULSIVA?
COMO NO TIENES IDEA.
CIELOS.

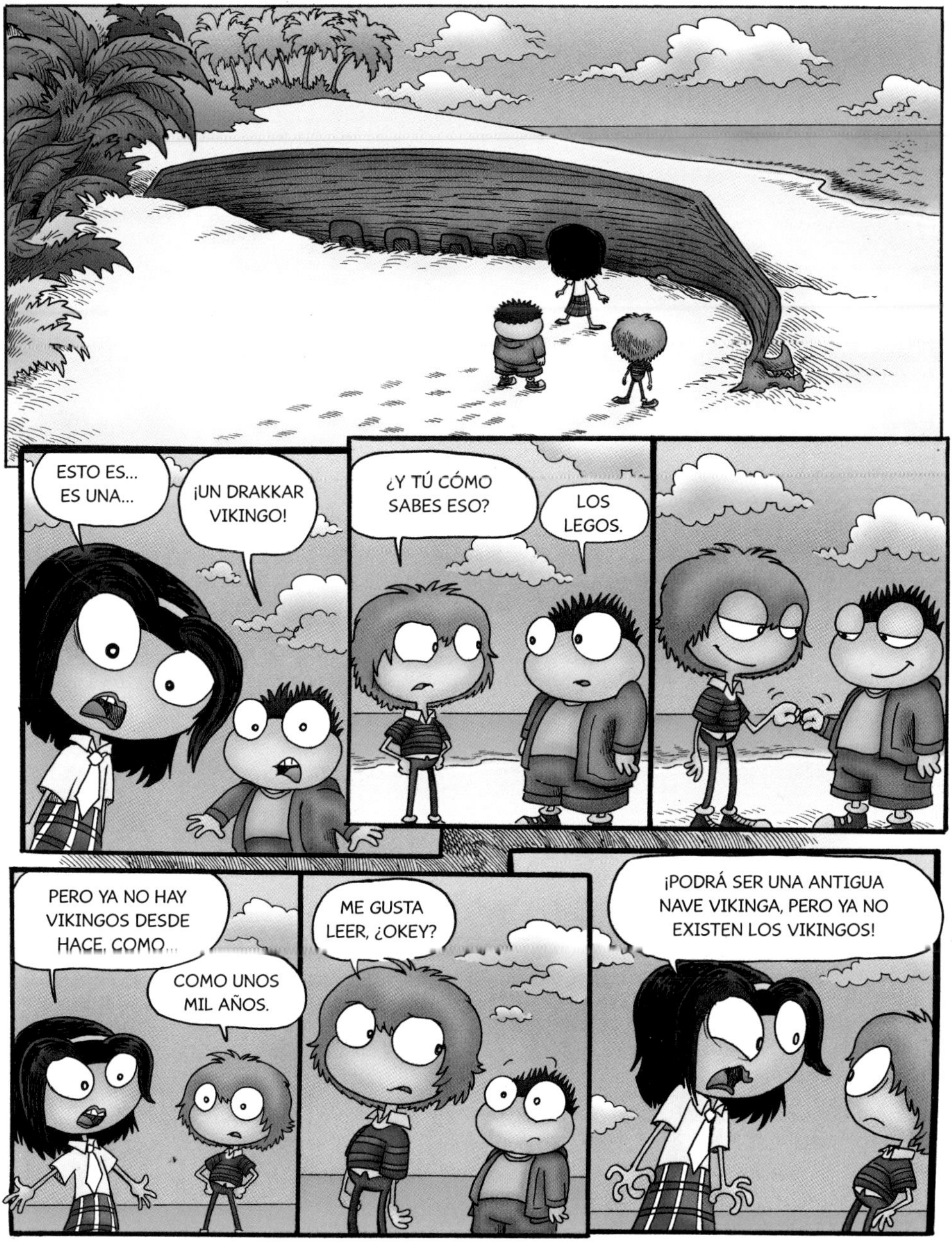
ESTO ES...
ES UNA...
¡UN DRAKKAR VIKINGO!
¿Y TÚ CÓMO SABES ESO?
LOS LEGOS.
PERO YA NO HAY VIKINGOS DESDE HACE, COMO...
COMO UNOS MIL AÑOS.
ME GUSTA LEER, ¿OKEY?
¡PODRÁ SER UNA ANTIGUA NAVE VIKINGA, PERO YA NO EXISTEN LOS VIKINGOS!

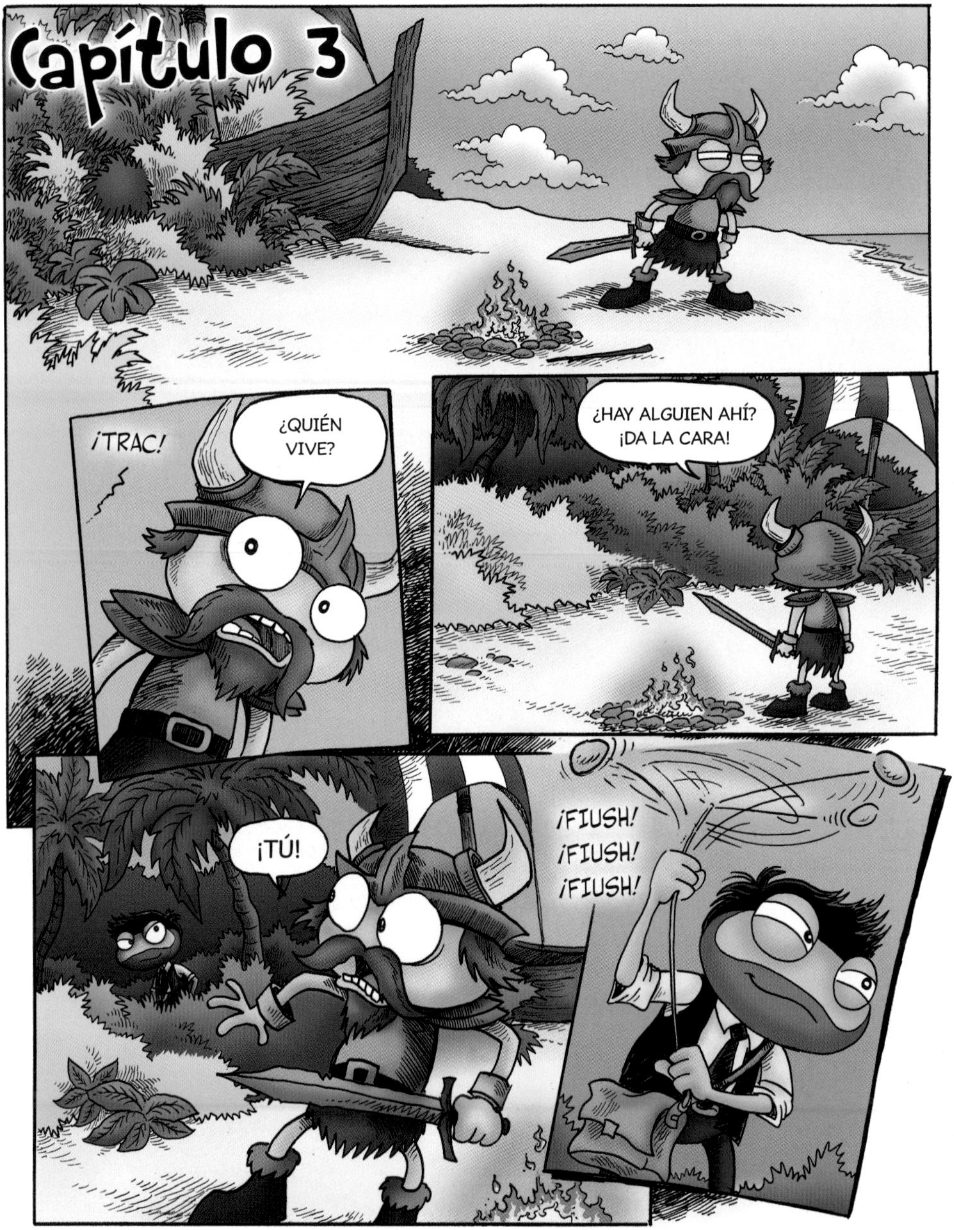
Capítulo 3
¡TRAC!
¿QUIÉN VIVE?
¿HAY ALGUIEN AHÍ? ¡DA LA CARA!
¡TÚ!
¡FIUSH! ¡FIUSH! ¡FIUSH!

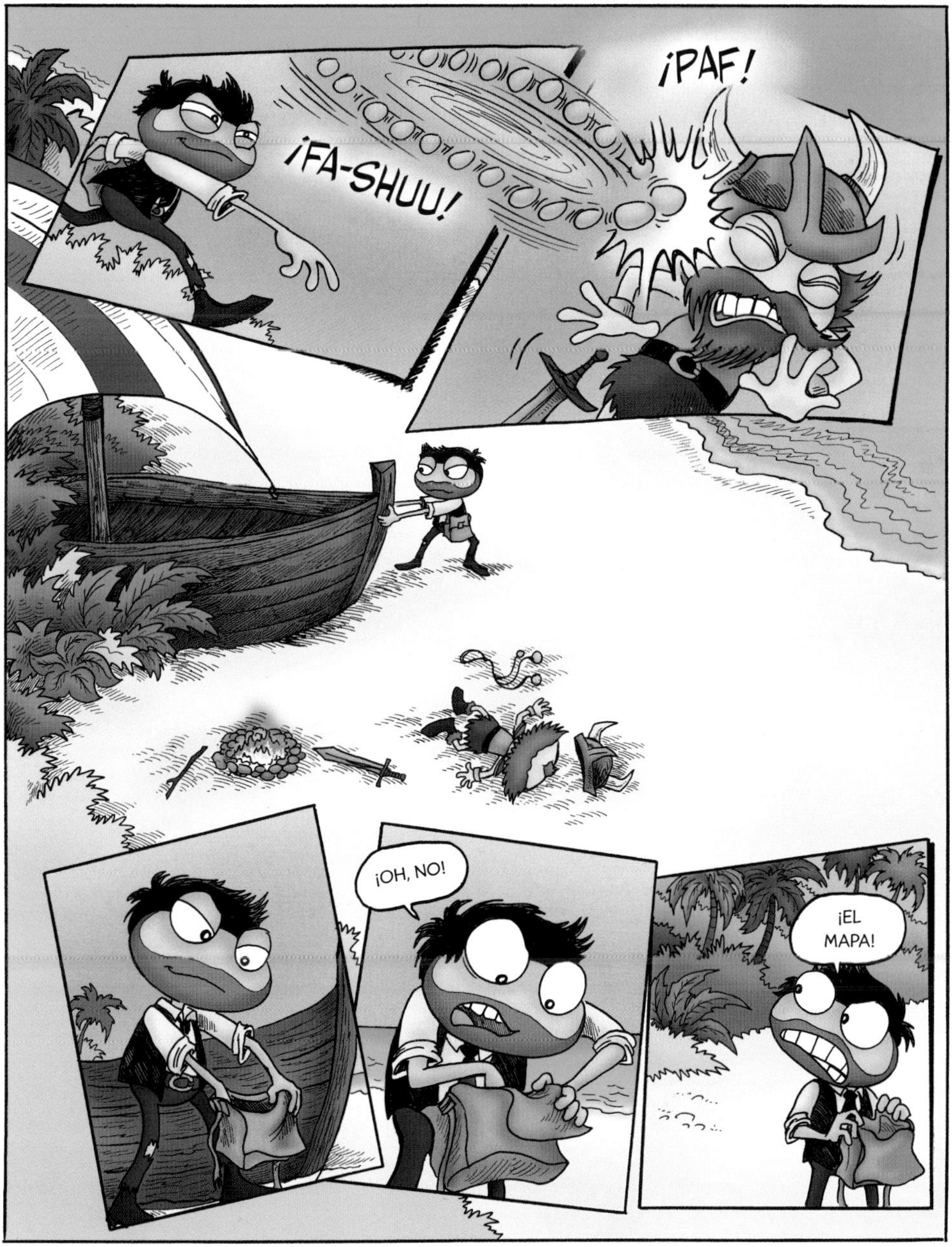
¡FA-SHUU!
¡PAF!
¡OH, NO!
¡EL MAPA!

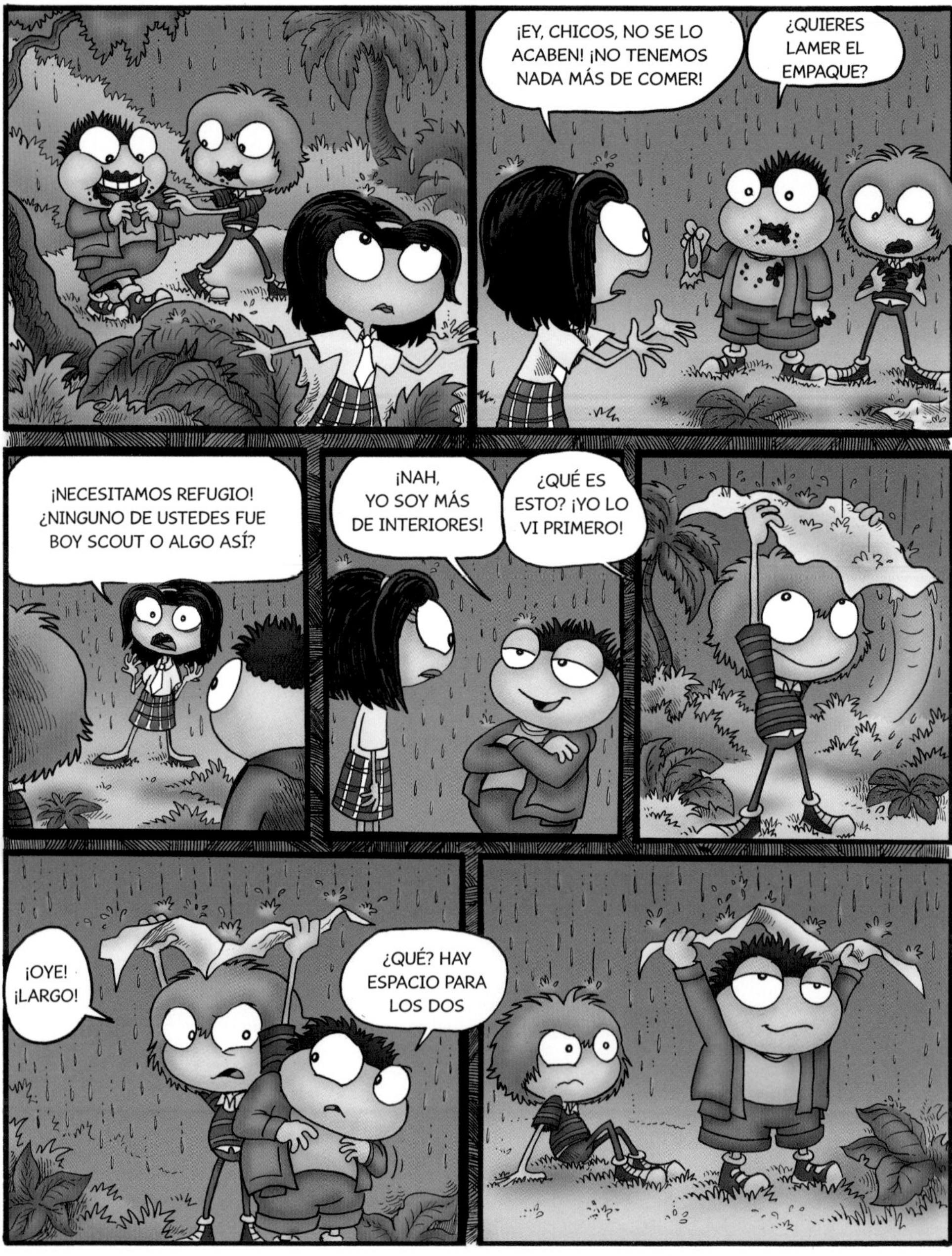
¡EY, CHICOS, NO SE LO ACABEN! ¡NO TENEMOS NADA MÁS DE COMER!
¿QUIERES LAMER EL EMPAQUE?
¡NECESITAMOS REFUGIO! ¿NINGUNO DE USTEDES FUE BOY SCOUT O ALGO ASÍ?
¡NAH, YO SOY MÁS DE INTERIORES!
¿QUÉ ES ESTO? ¡YO LO VI PRIMERO!
¡OYE! ¡LARGO!
¿QUÉ? HAY ESPACIO PARA LOS DOS

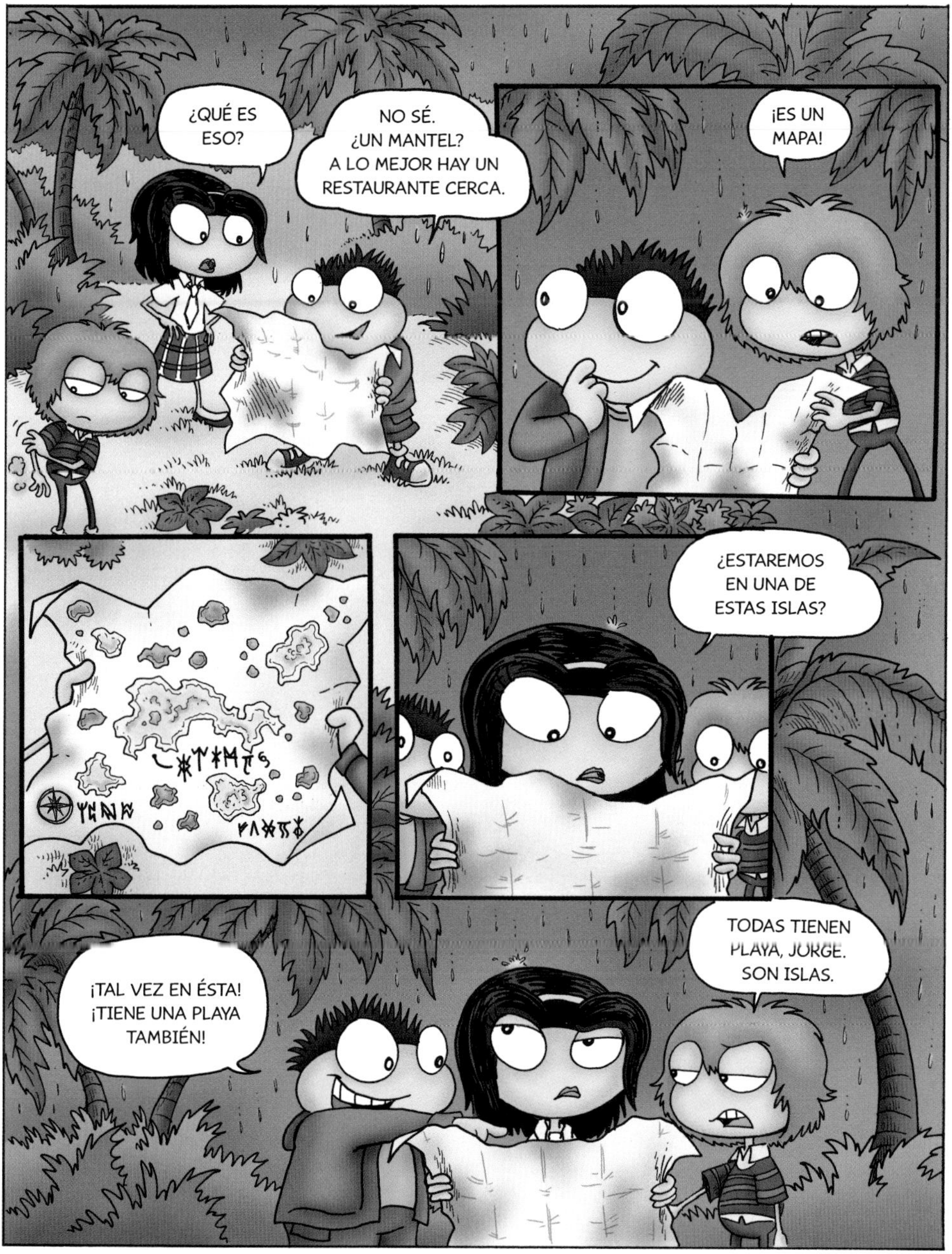
¿QUÉ ES ESO?
NO SÉ. ¿UN MANTEL? A LO MEJOR HAY UN RESTAURANTE CERCA.
¡ES UN MAPA!
¿ESTAREMOS EN UNA DE ESTAS ISLAS?
¡TAL VEZ EN ÉSTA! ¡TIENE UNA PLAYA TAMBIÉN!
TODAS TIENEN PLAYA, JORGE. SON ISLAS.

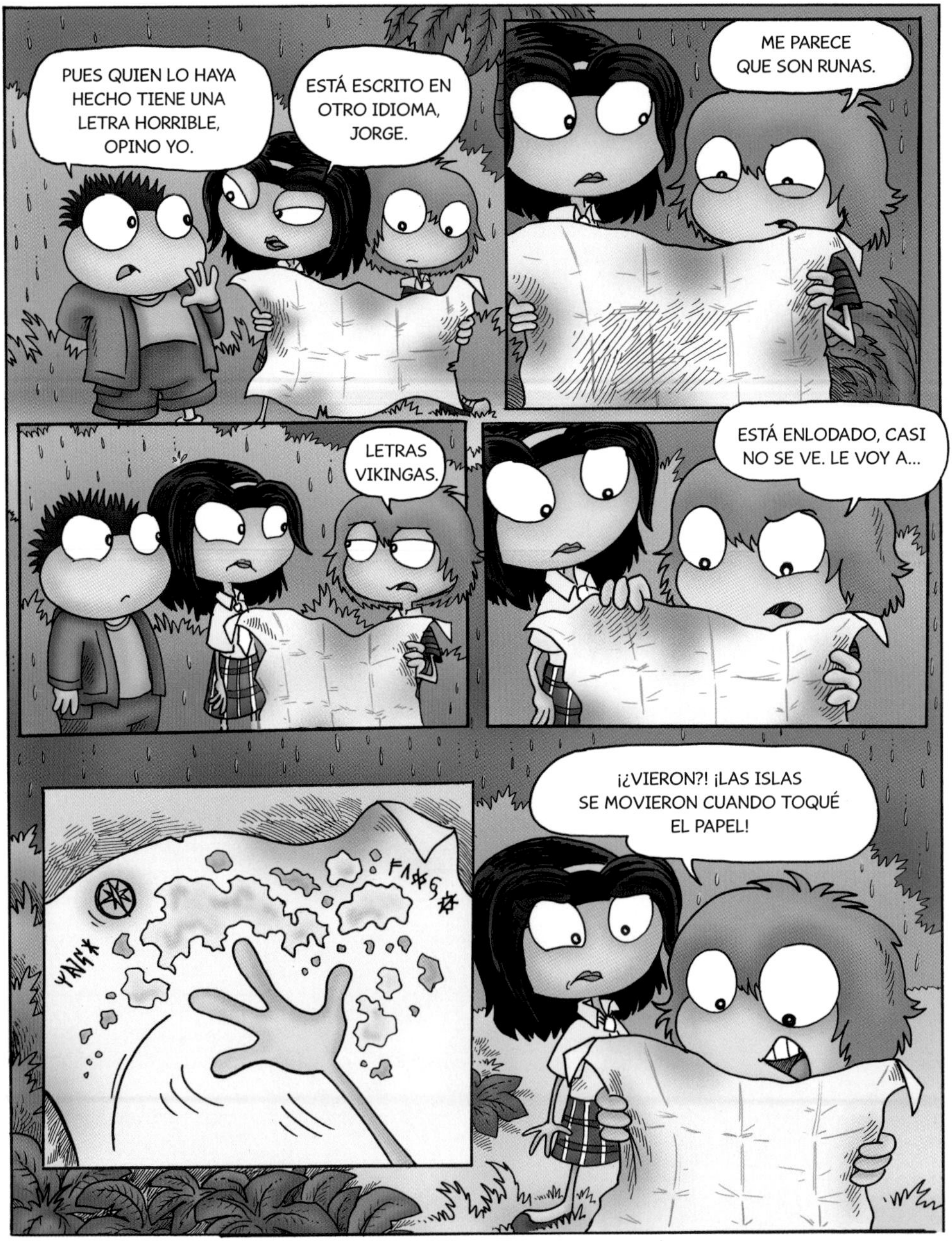
PUES QUIEN LO HAYA HECHO TIENE UNA LETRA HORRIBLE, OPINO YO.
ESTÁ ESCRITO EN OTRO IDIOMA, JORGE.
ME PARECE QUE SON RUNAS.
LETRAS VIKINGAS.
ESTÁ ENLODADO, CASI NO SE VE. LE VOY A...
¡¿VIERON?! ¡LAS ISLAS SE MOVIERON CUANDO TOQUÉ EL PAPEL!

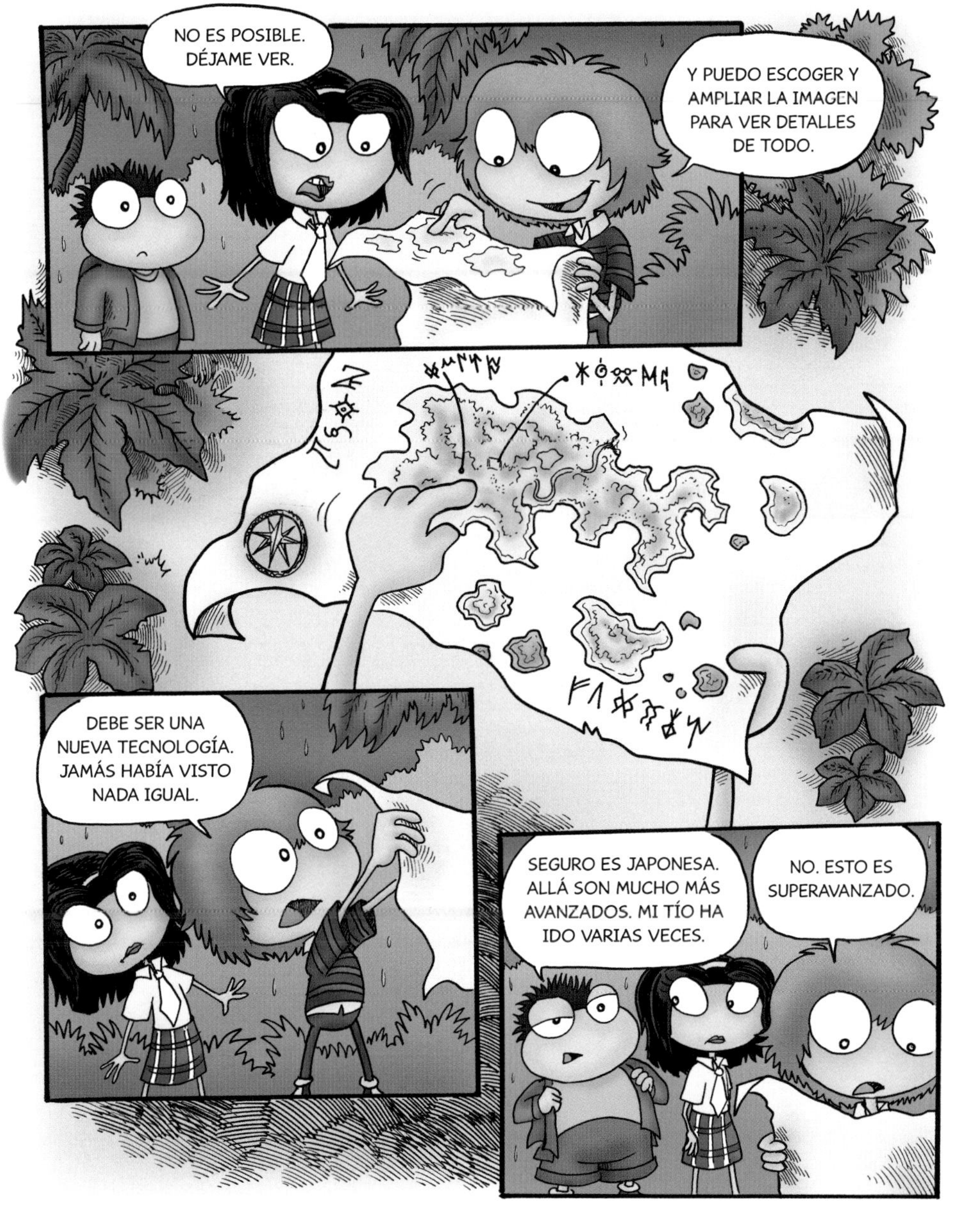
NO ES POSIBLE. DÉJAME VER.
Y PUEDO ESCOGER Y AMPLIAR LA IMAGEN PARA VER DETALLES DE TODO.
DEBE SER UNA NUEVA TECNOLOGÍA. JAMÁS HABÍA VISTO NADA IGUAL.
SEGURO ES JAPONESA. ALLÁ SON MUCHO MÁS AVANZADOS. MI TÍO HA IDO VARIAS VECES.
NO. ESTO ES SUPERAVANZADO.

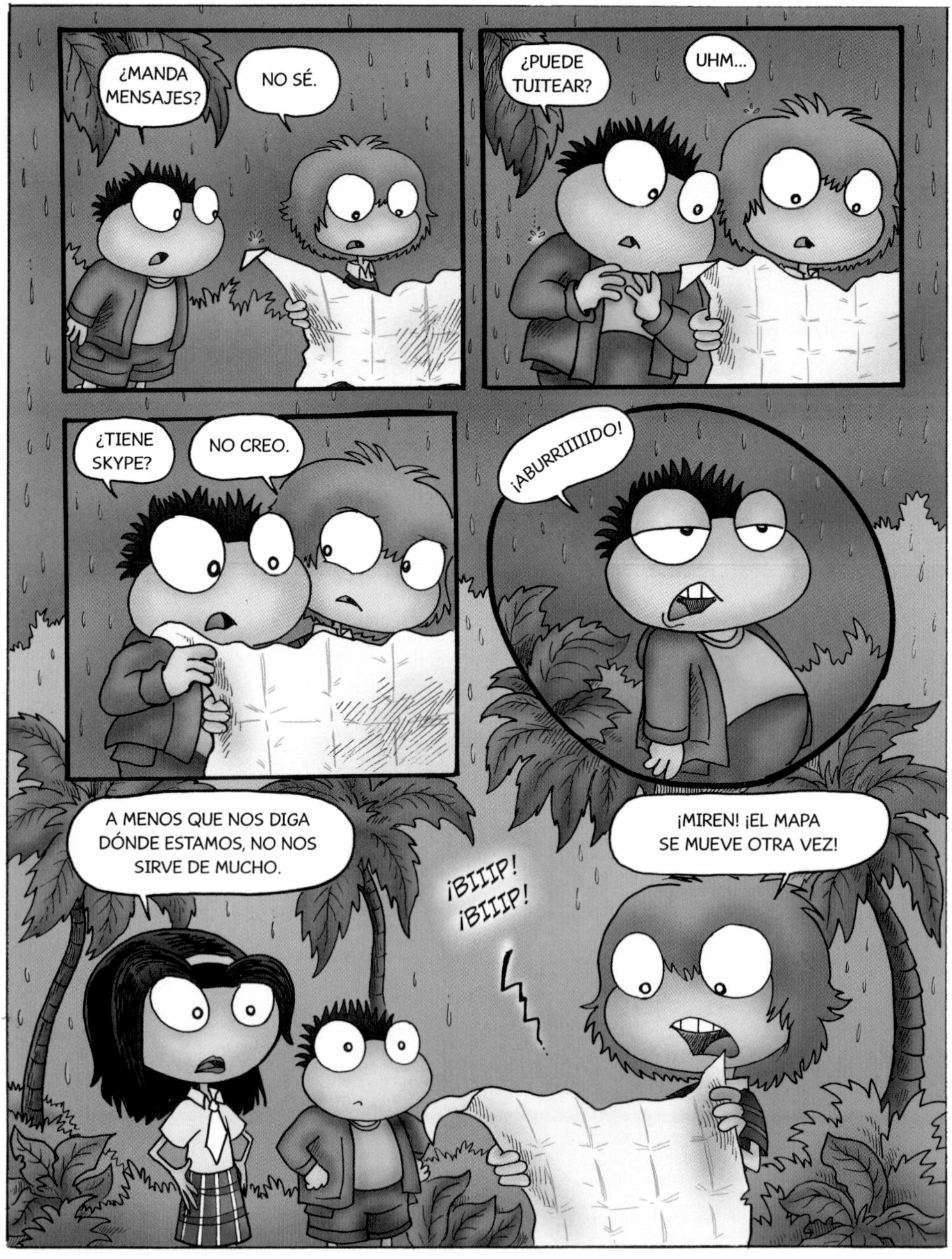
¿MANDA MENSAJES?
NO SÉ.
¿PUEDE TUITEAR?
UHM...
¿TIENE SKYPE?
NO CREO.
¡ABURRIIIIIDO!
A MENOS QUE NOS DIGA DÓNDE ESTAMOS, NO NOS SIRVE DE MUCHO.
¡BIIIP! ¡BIIIP!
¡MIREN! ¡EL MAPA SE MUEVE OTRA VEZ!

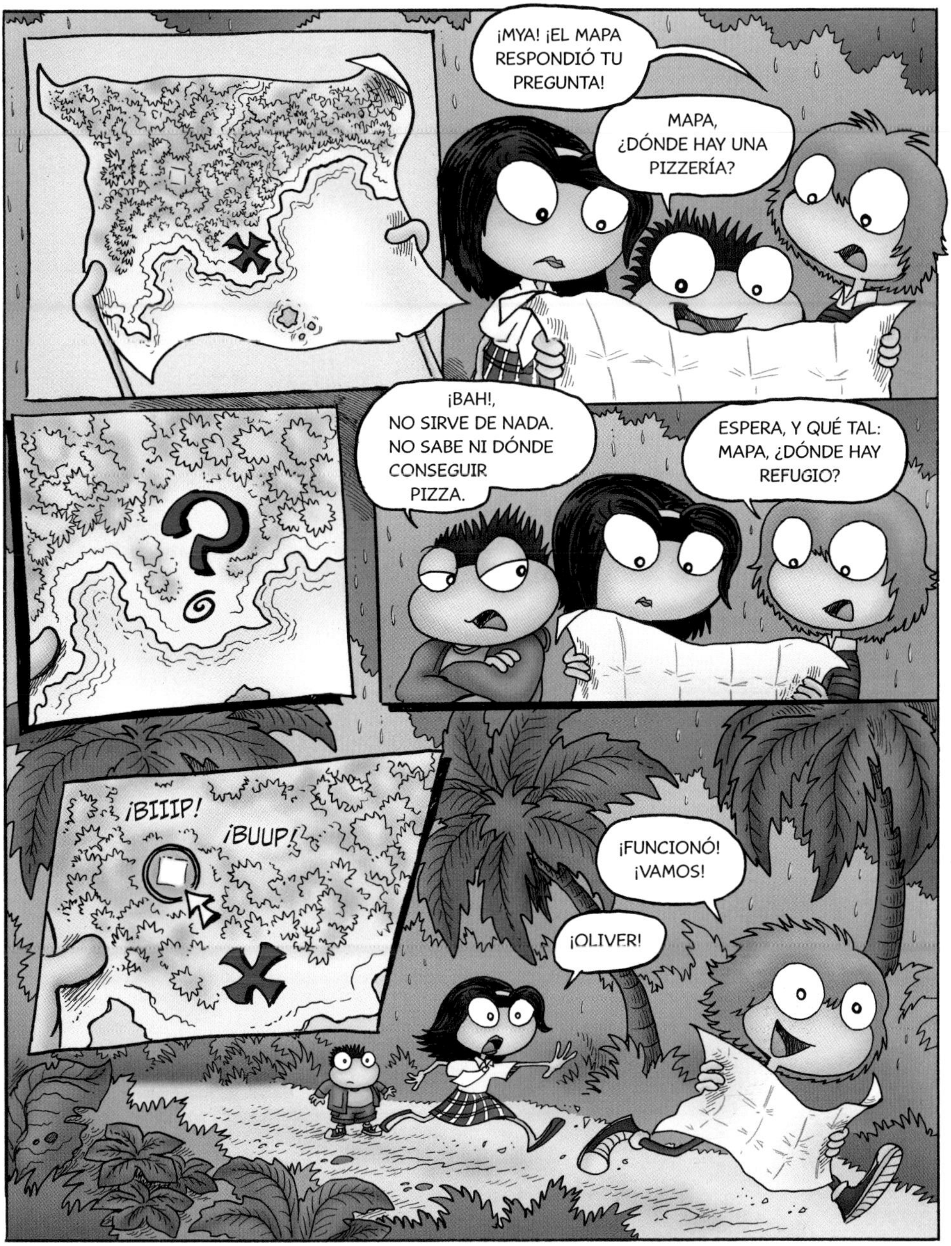
¡MYA! ¡EL MAPA RESPONDIÓ TU PREGUNTA!
MAPA, ¿DÓNDE HAY UNA PIZZERÍA?
¡BAH!, NO SIRVE DE NADA. NO SABE NI DÓNDE CONSEGUIR PIZZA.
ESPERA, Y QUÉ TAL: MAPA, ¿DÓNDE HAY REFUGIO?
¡BIIIP!
¡BUUP!
¡FUNCIONÓ! ¡VAMOS!
¡OLIVER!

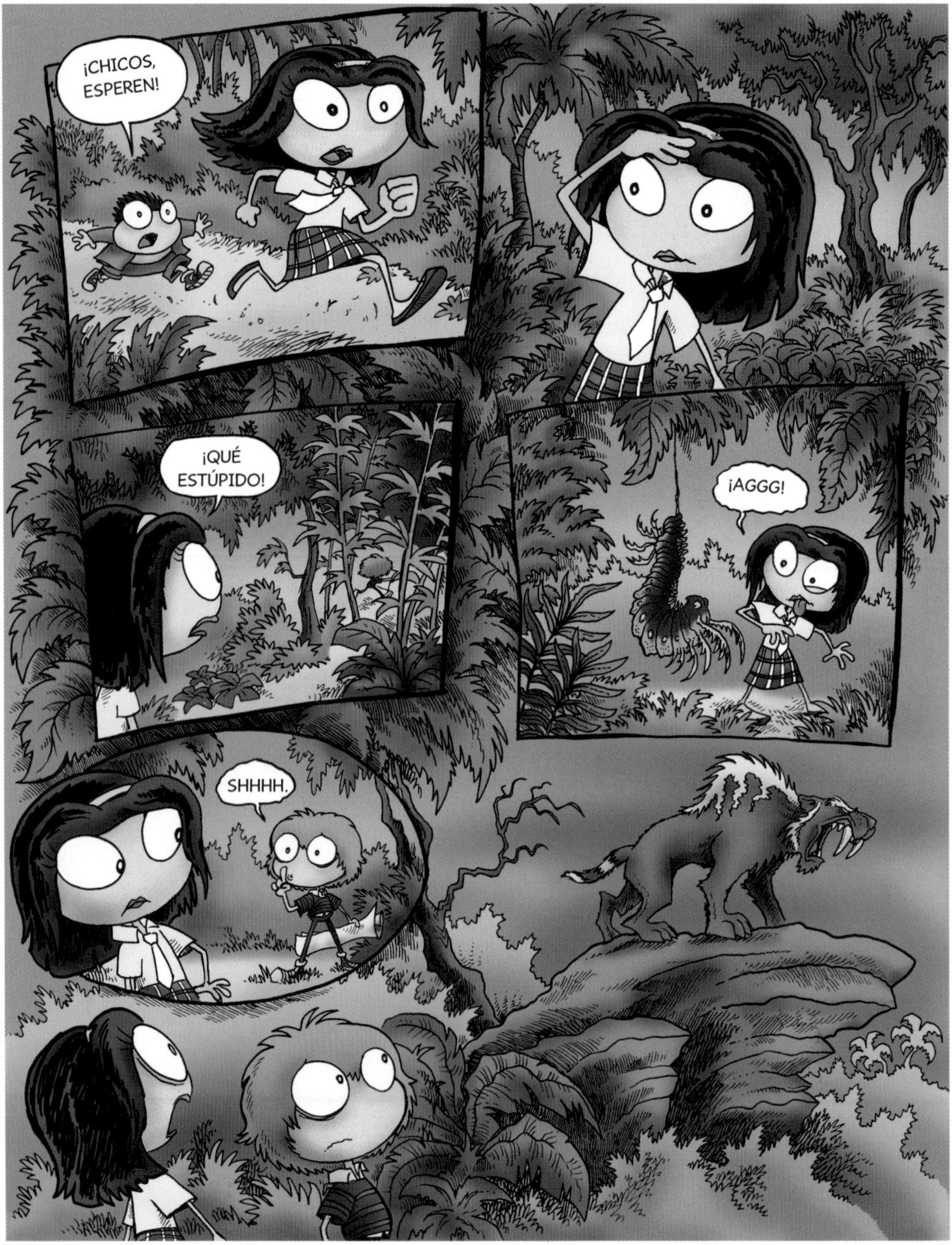
¡CHICOS, ESPEREN!
¡QUÉ ESTÚPIDO!
¡AGGG!
SHHHH.

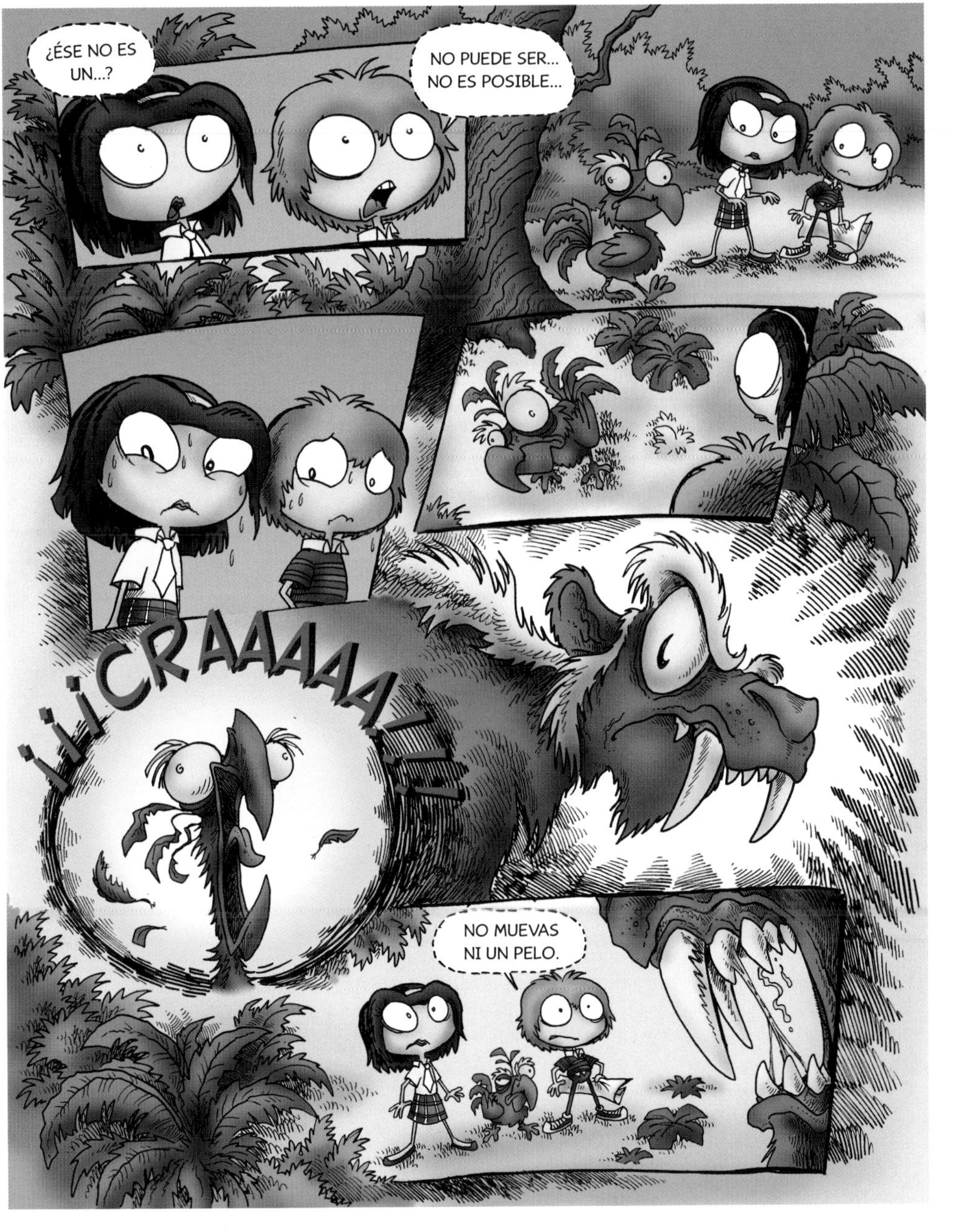
¿ÉSE NO ES UN...?
NO PUEDE SER... NO ES POSIBLE...
¡¡¡CRAAAAAA!!!
NO MUEVAS NI UN PELO.

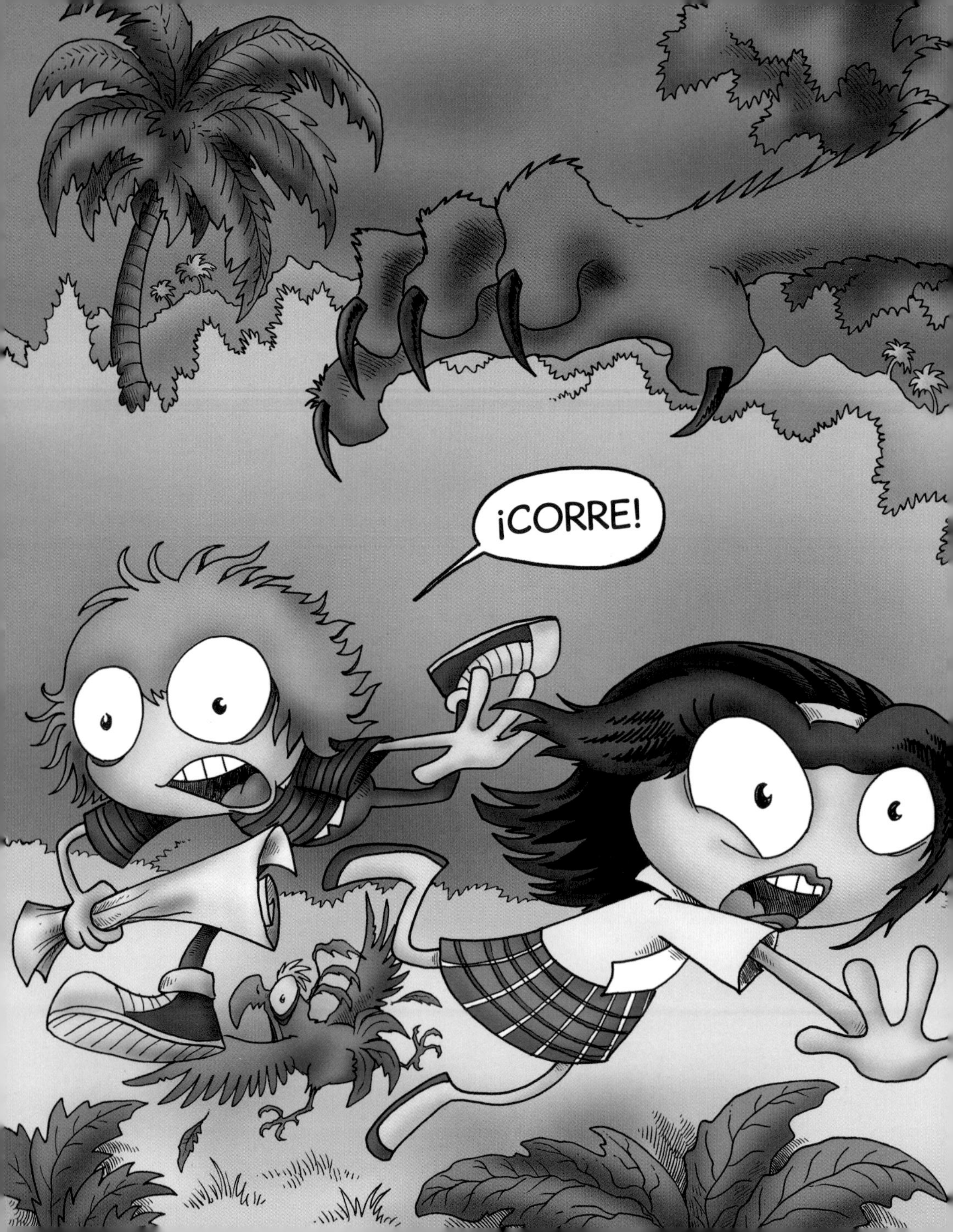
¡CORRE!

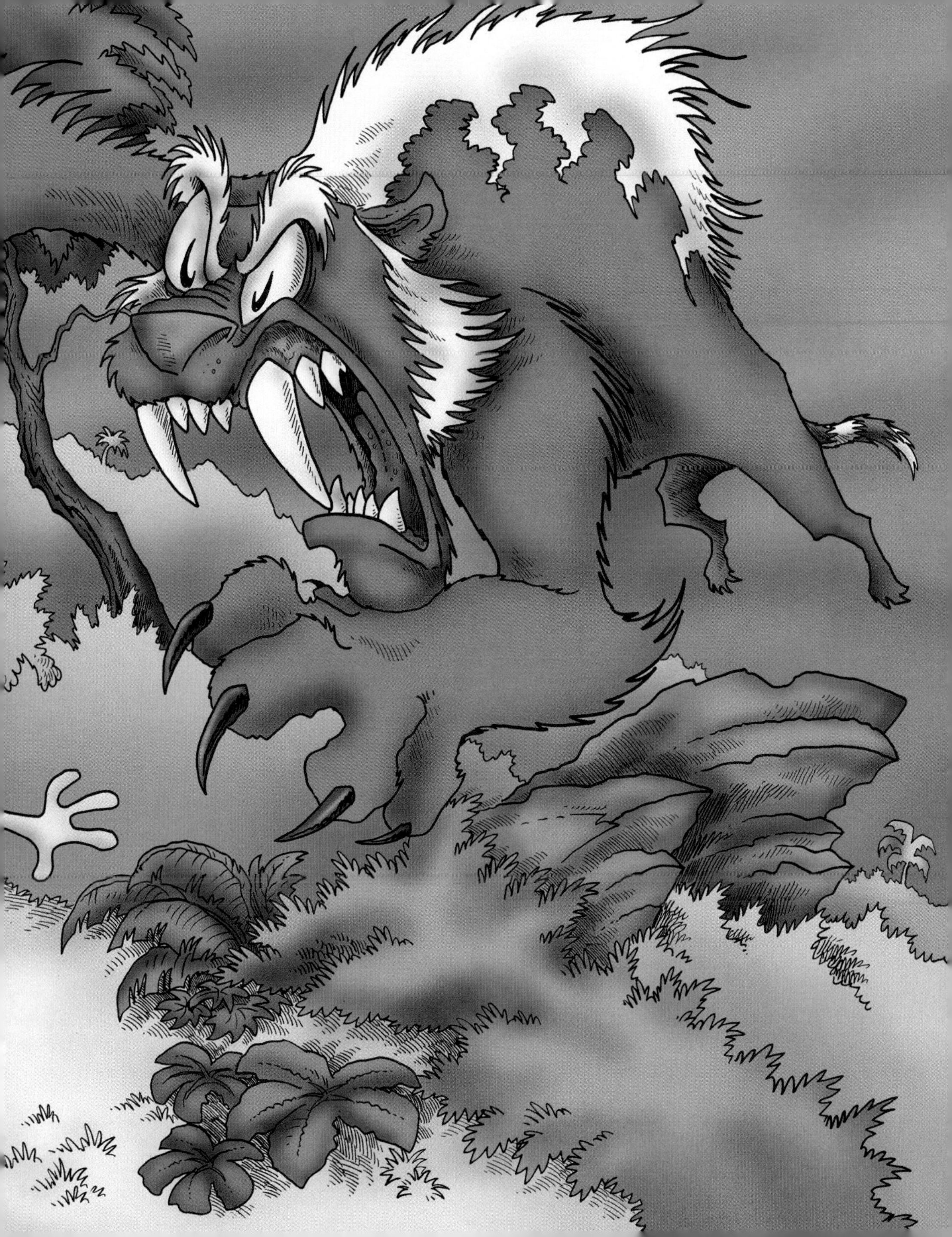

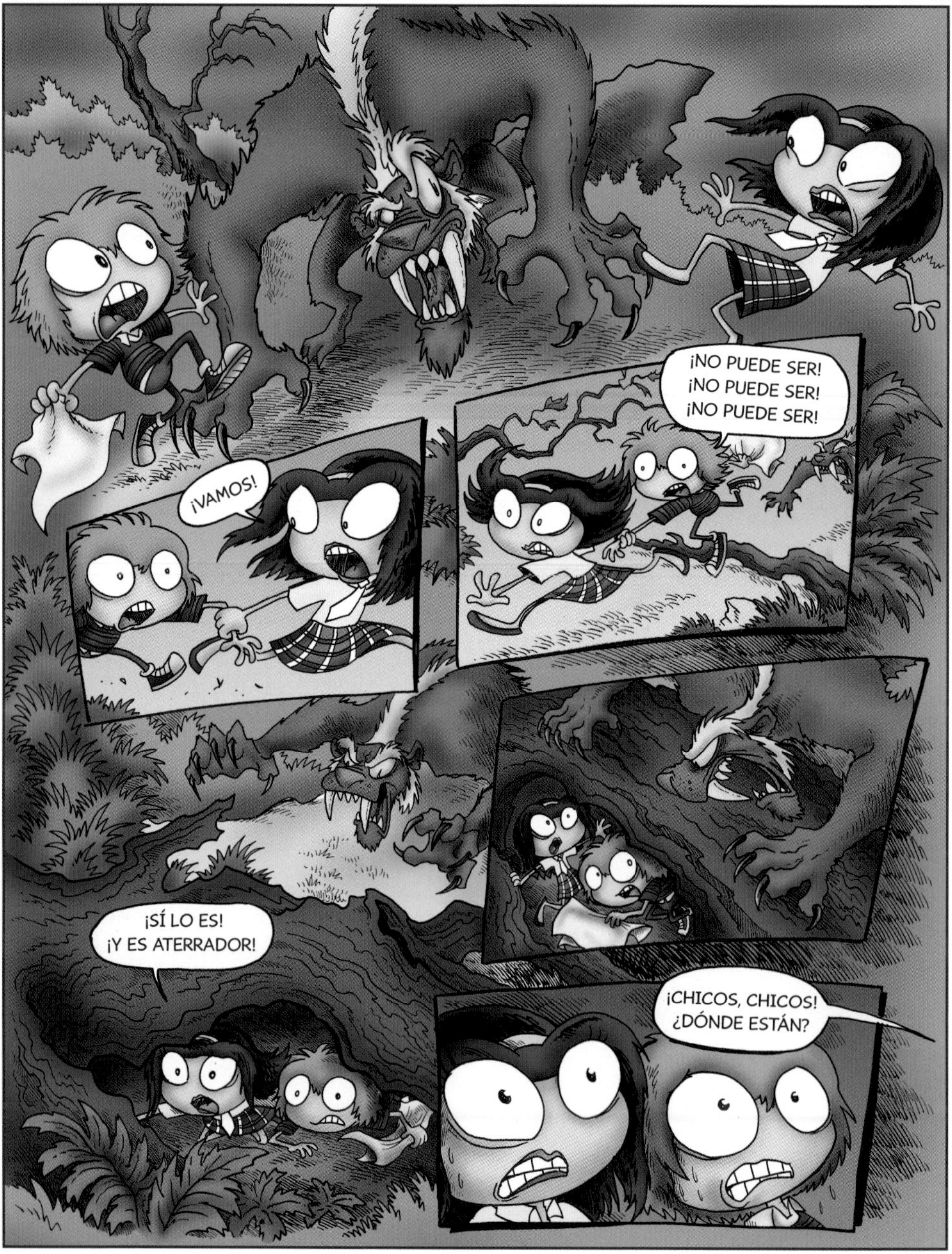
¡VAMOS!
¡NO PUEDE SER! ¡NO PUEDE SER! ¡NO PUEDE SER!
¡SÍ LO ES! ¡Y ES ATERRADOR!
¡CHICOS, CHICOS! ¿DÓNDE ESTÁN?

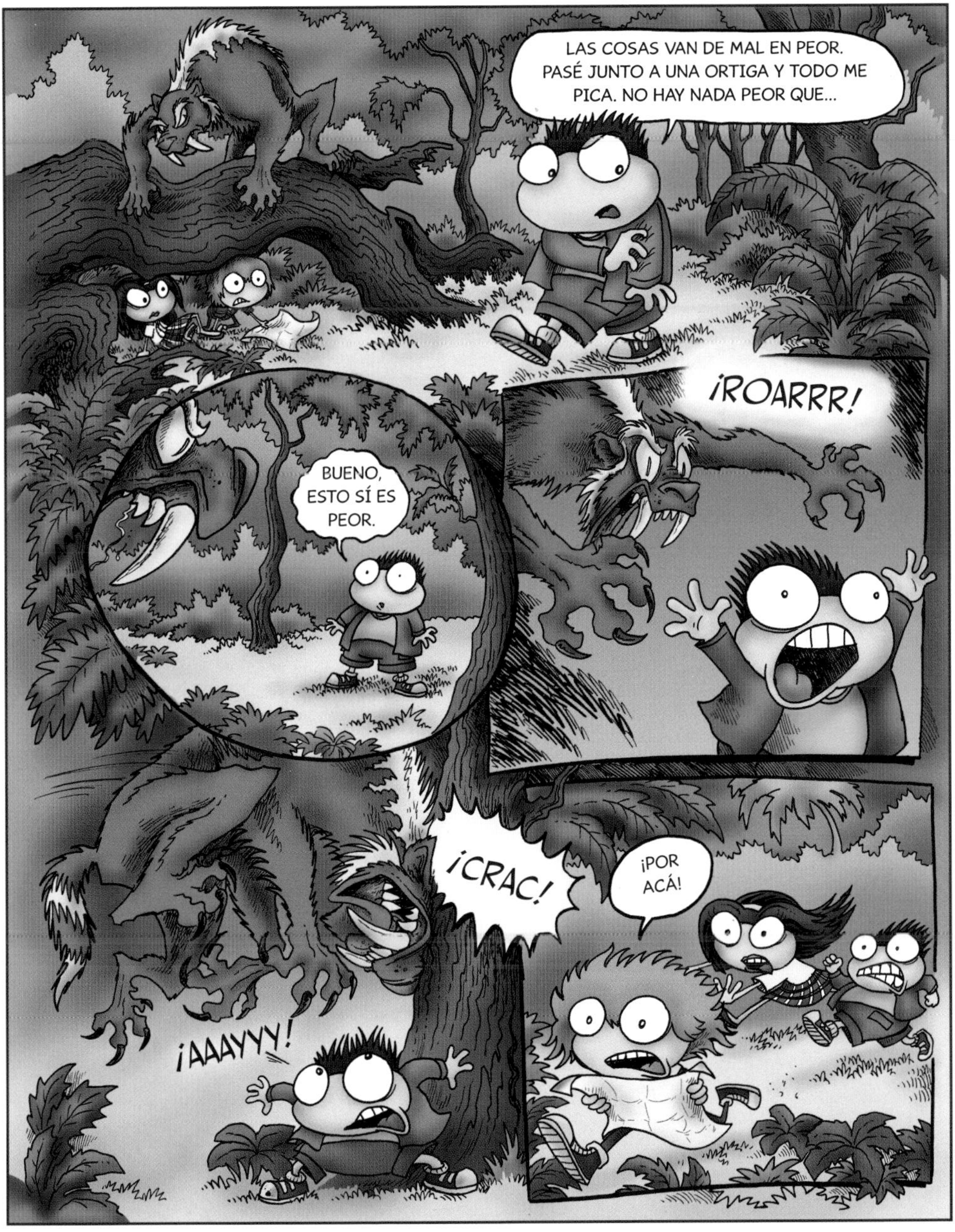
LAS COSAS VAN DE MAL EN PEOR. PASÉ JUNTO A UNA ORTIGA Y TODO ME PICA. NO HAY NADA PEOR QUE...
BUENO, ESTO SÍ ES PEOR.
¡ROARRR!
¡CRAC!
¡AAAYYY!
¡POR ACÁ!

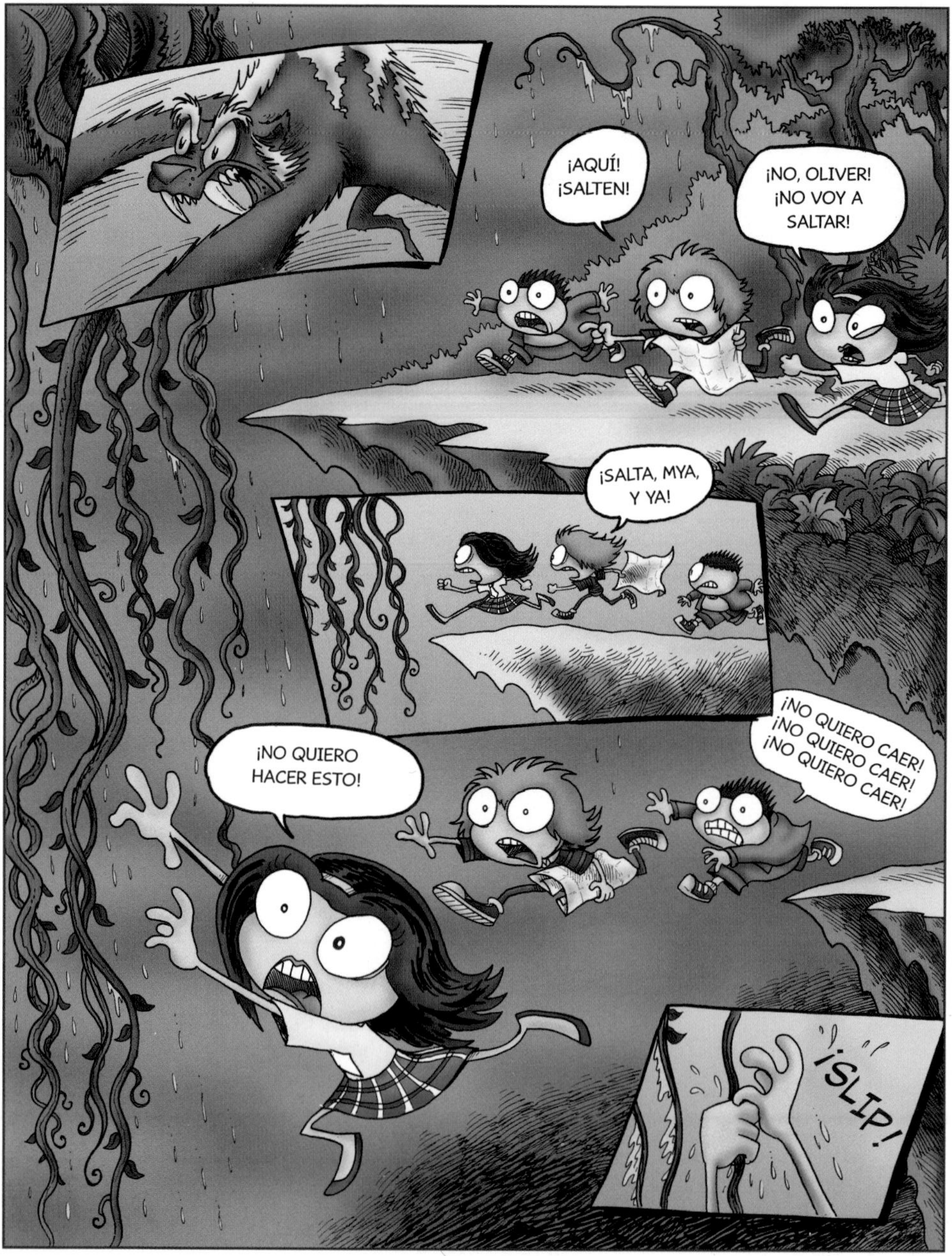

¡AQUÍ! ¡SALTEN!
¡NO, OLIVER! ¡NO VOY A SALTAR!
¡SALTA, MYA, Y YA!
¡NO QUIERO HACER ESTO!
¡NO QUIERO CAER! ¡NO QUIERO CAER! ¡NO QUIERO CAER!
¡SLIP!

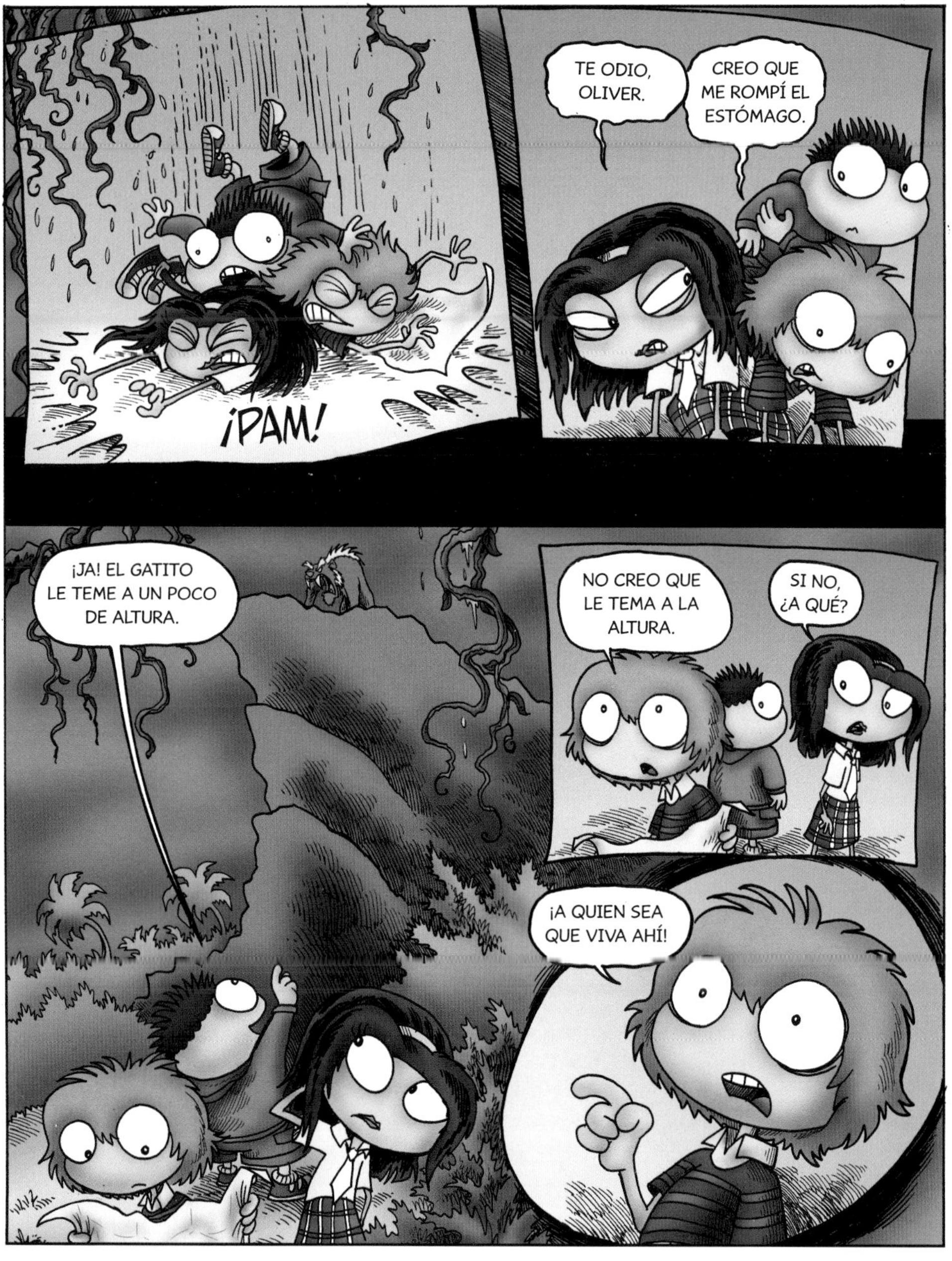
¡PAM!
TE ODIO, OLIVER.
CREO QUE ME ROMPÍ EL ESTÓMAGO.
¡JA! EL GATITO LE TEME A UN POCO DE ALTURA.
NO CREO QUE LE TEMA A LA ALTURA.
SI NO, ¿A QUÉ?
¡A QUIEN SEA QUE VIVA AHÍ!

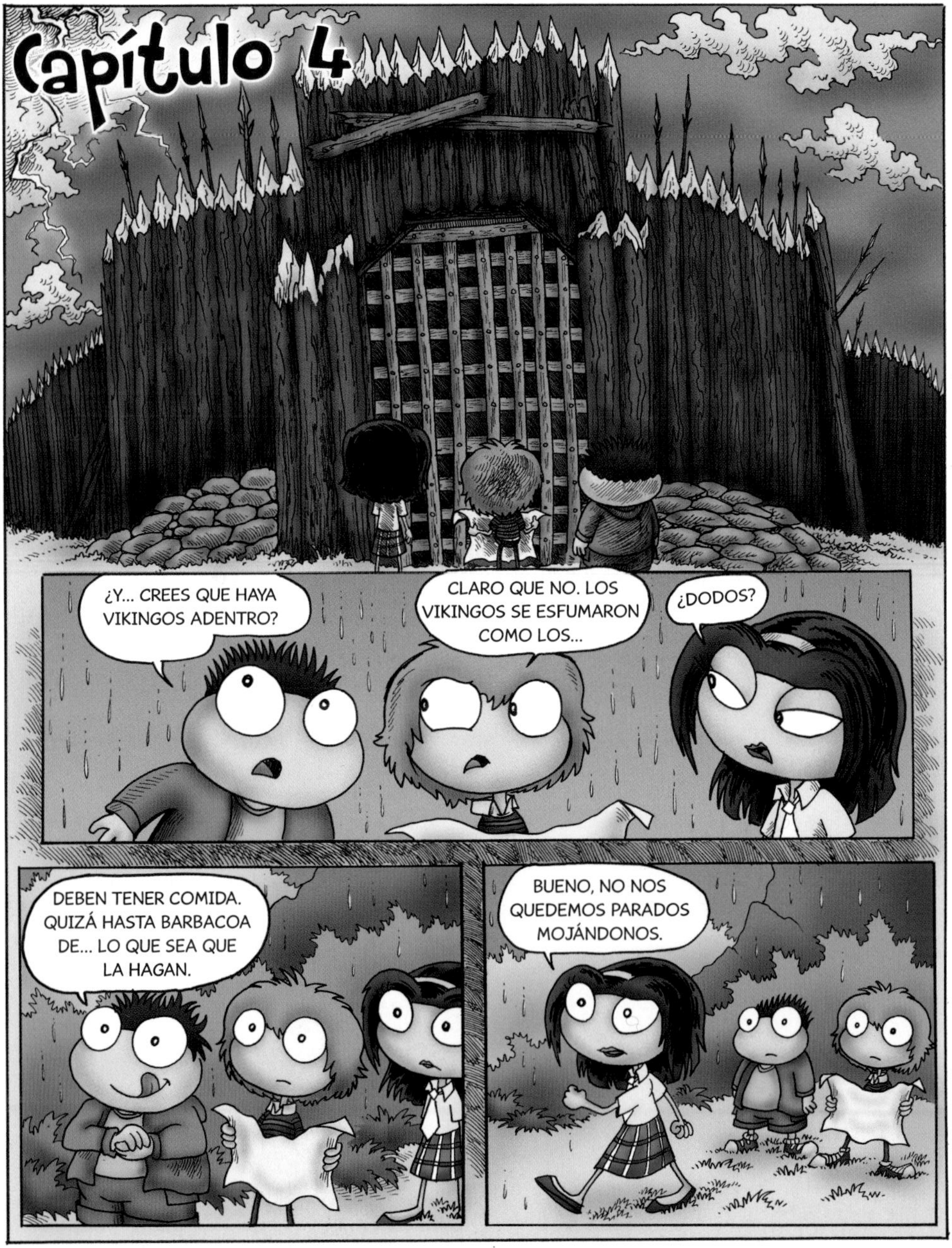
Capítulo 4
¿Y... CREES QUE HAYA VIKINGOS ADENTRO?
CLARO QUE NO. LOS VIKINGOS SE ESFUMARON COMO LOS...
¿DODOS?
DEBEN TENER COMIDA. QUIZÁ HASTA BARBACOA DE... LO QUE SEA QUE LA HAGAN.
BUENO, NO NOS QUEDEMOS PARADOS MOJÁNDONOS.

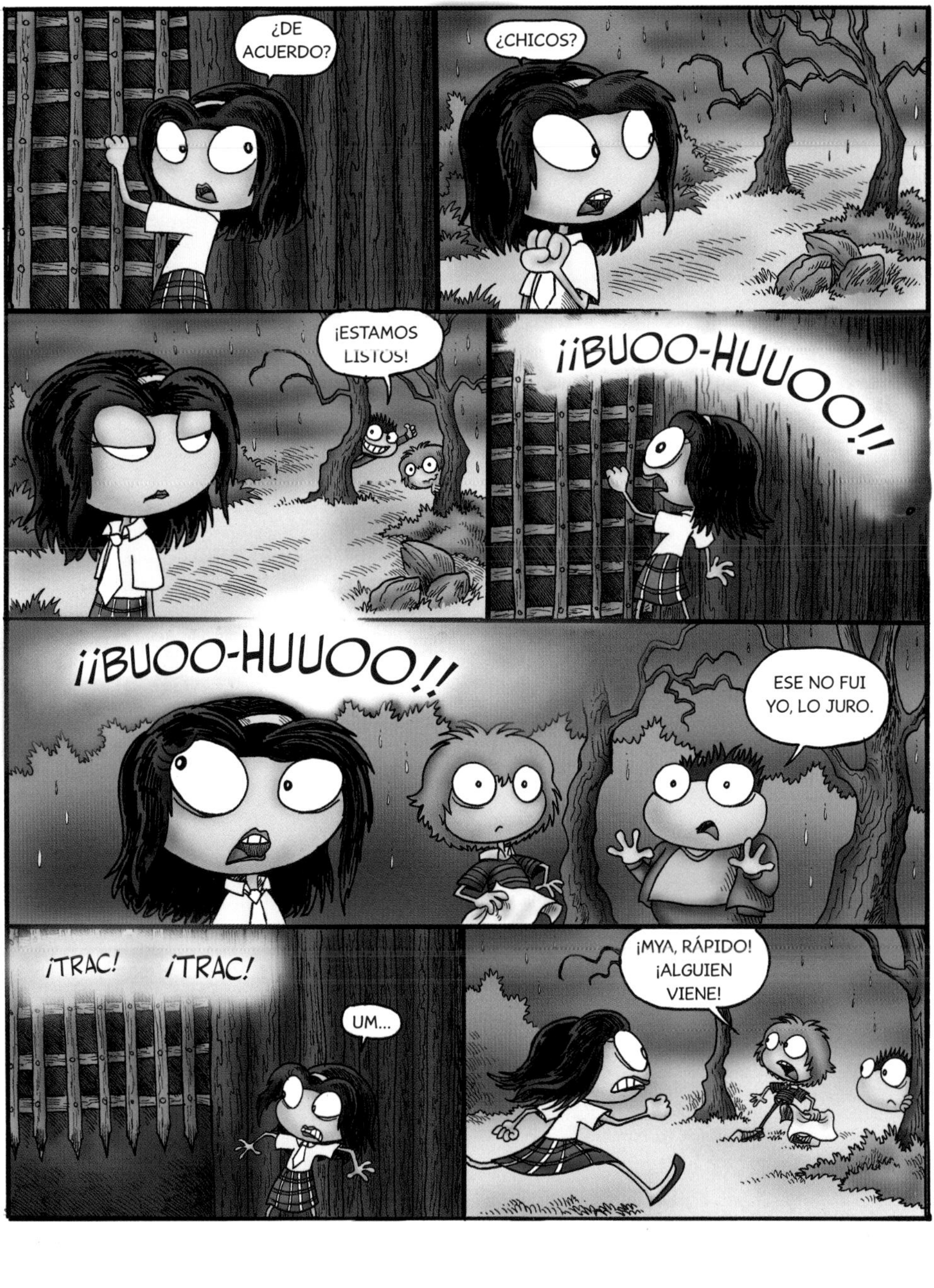
¿DE ACUERDO?
¿CHICOS?
¡ESTAMOS LISTOS!
¡¡BUOO-HUUOO!!
¡¡BUOO-HUUOO!!
ESE NO FUI YO, LO JURO.
¡TRAC! ¡TRAC!
UM...
¡MYA, RÁPIDO! ¡ALGUIEN VIENE!

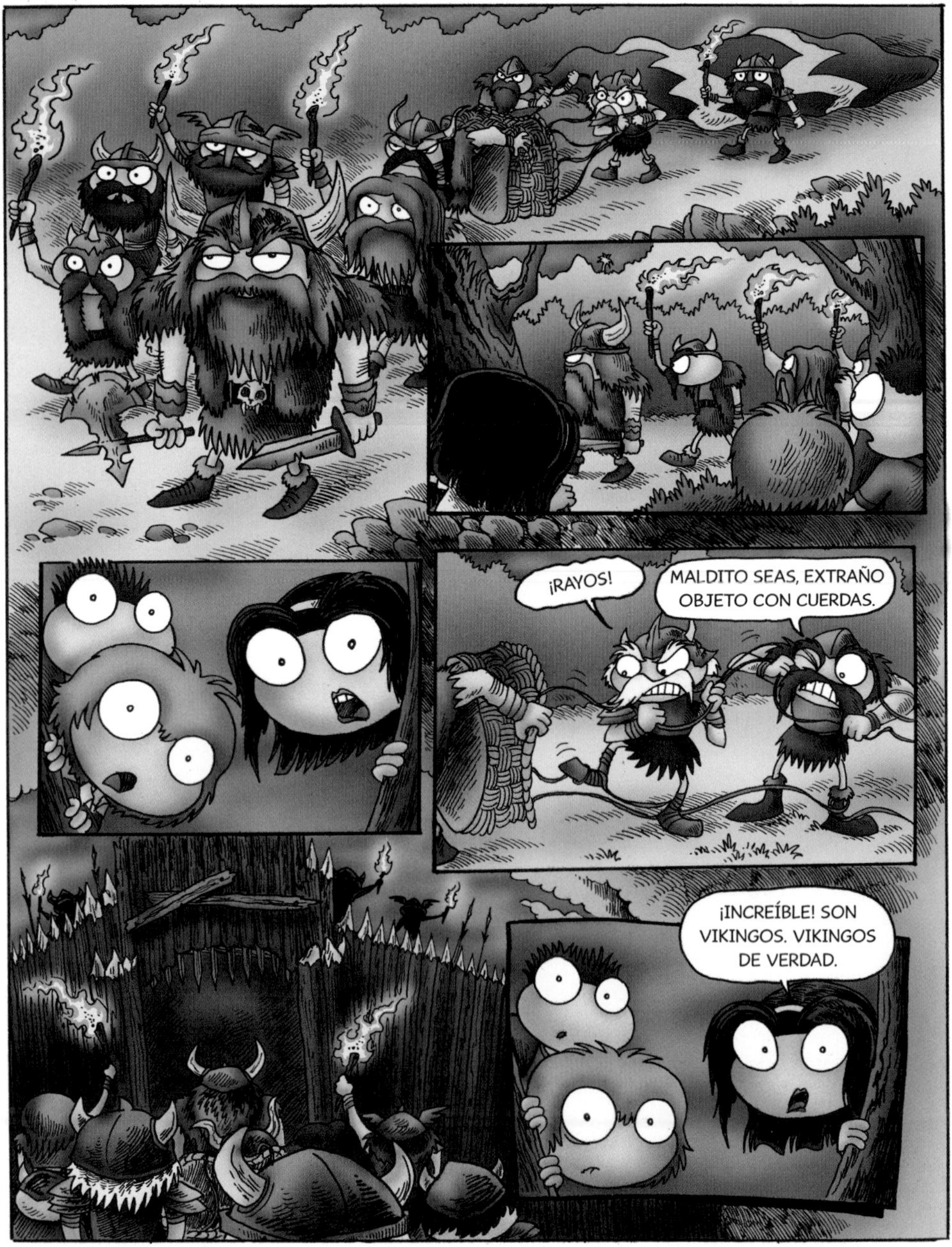
¡RAYOS!
MALDITO SEAS, EXTRAÑO OBJETO CON CUERDAS.
¡INCREÍBLE! SON VIKINGOS. VIKINGOS DE VERDAD.

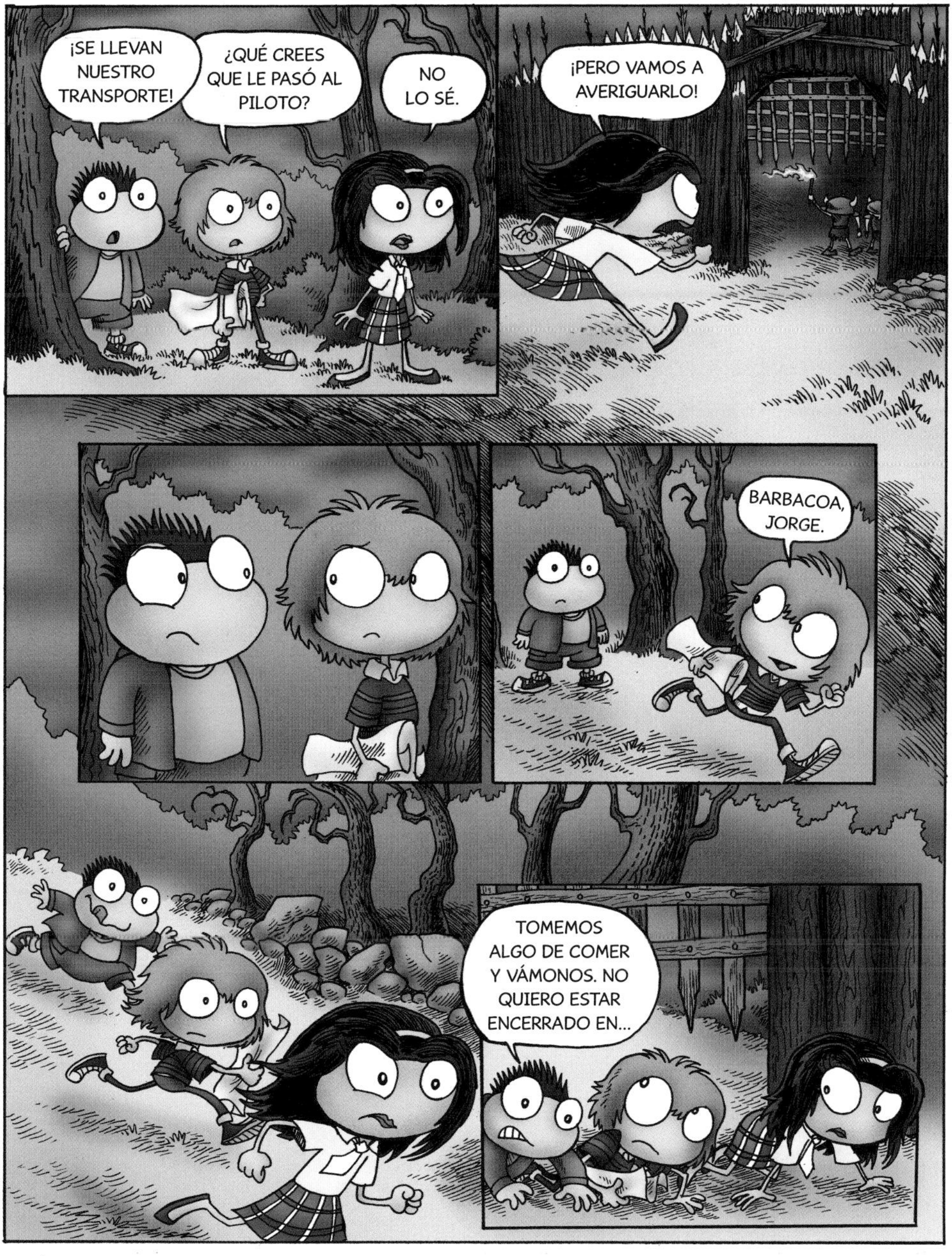
¡SE LLEVAN NUESTRO TRANSPORTE!
¿QUÉ CREES QUE LE PASÓ AL PILOTO?
NO LO SÉ.
¡PERO VAMOS A AVERIGUARLO!
BARBACOA, JORGE.
TOMEMOS ALGO DE COMER Y VÁMONOS. NO QUIERO ESTAR ENCERRADO EN...

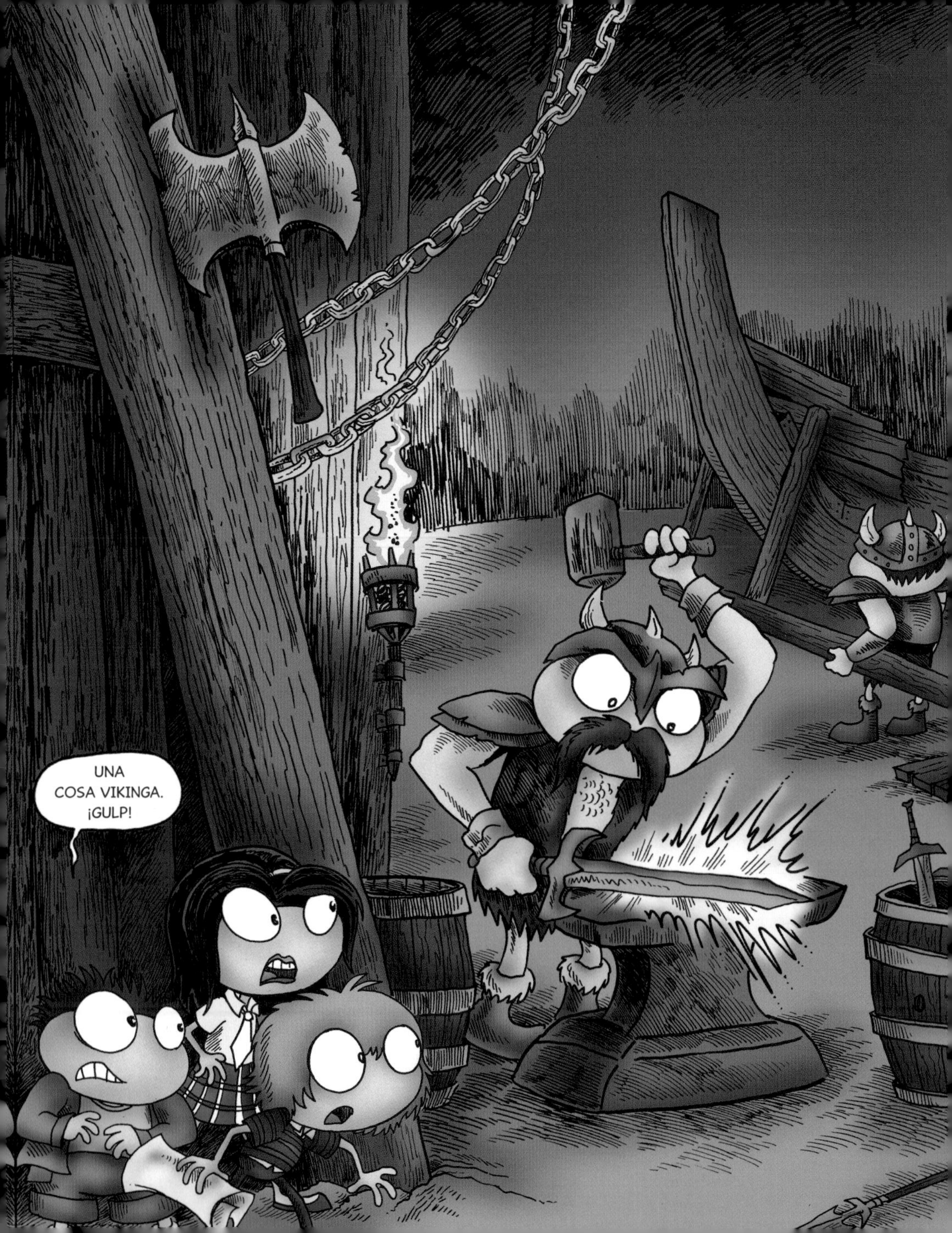
UNA COSA VIKINGA. ¡GULP!

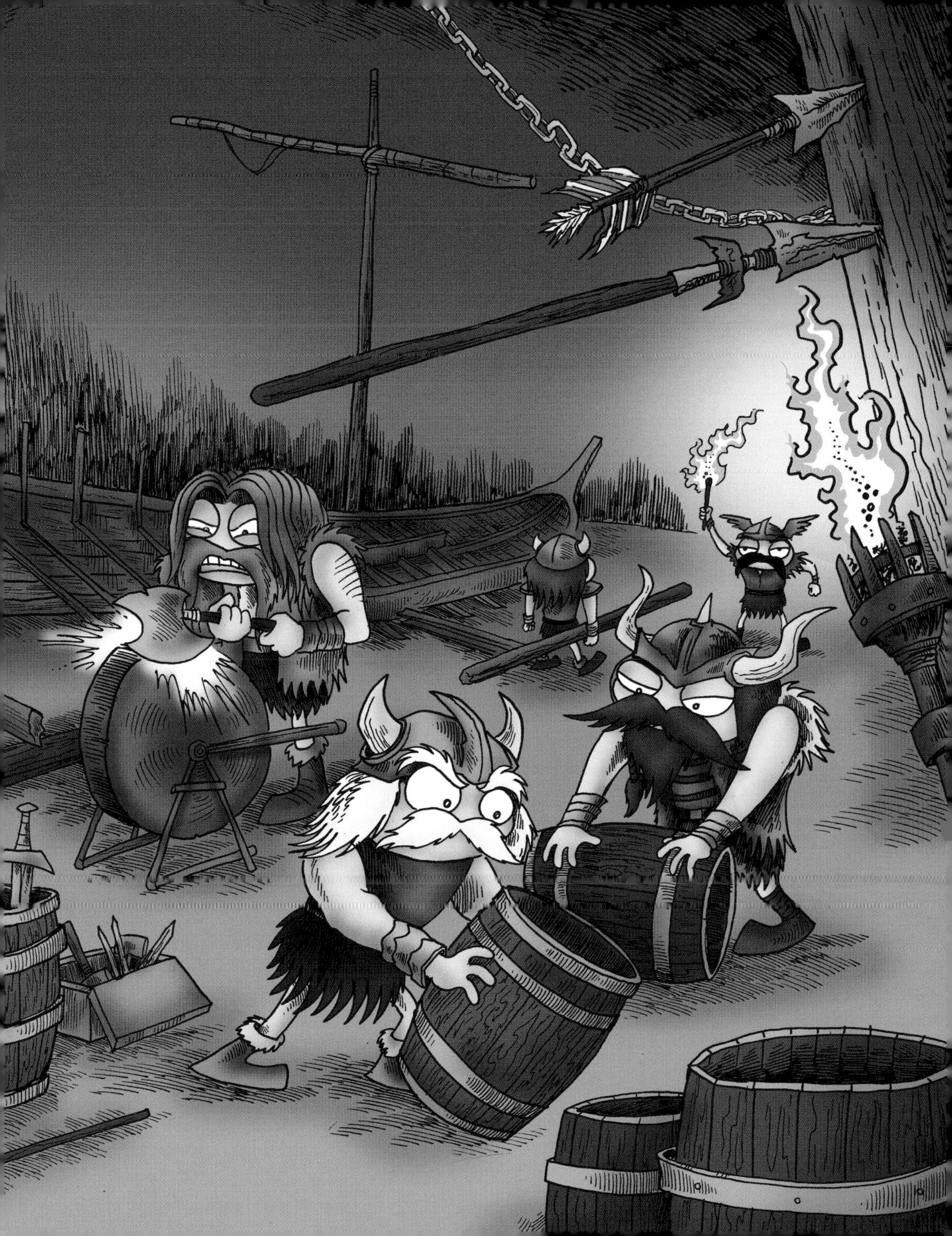

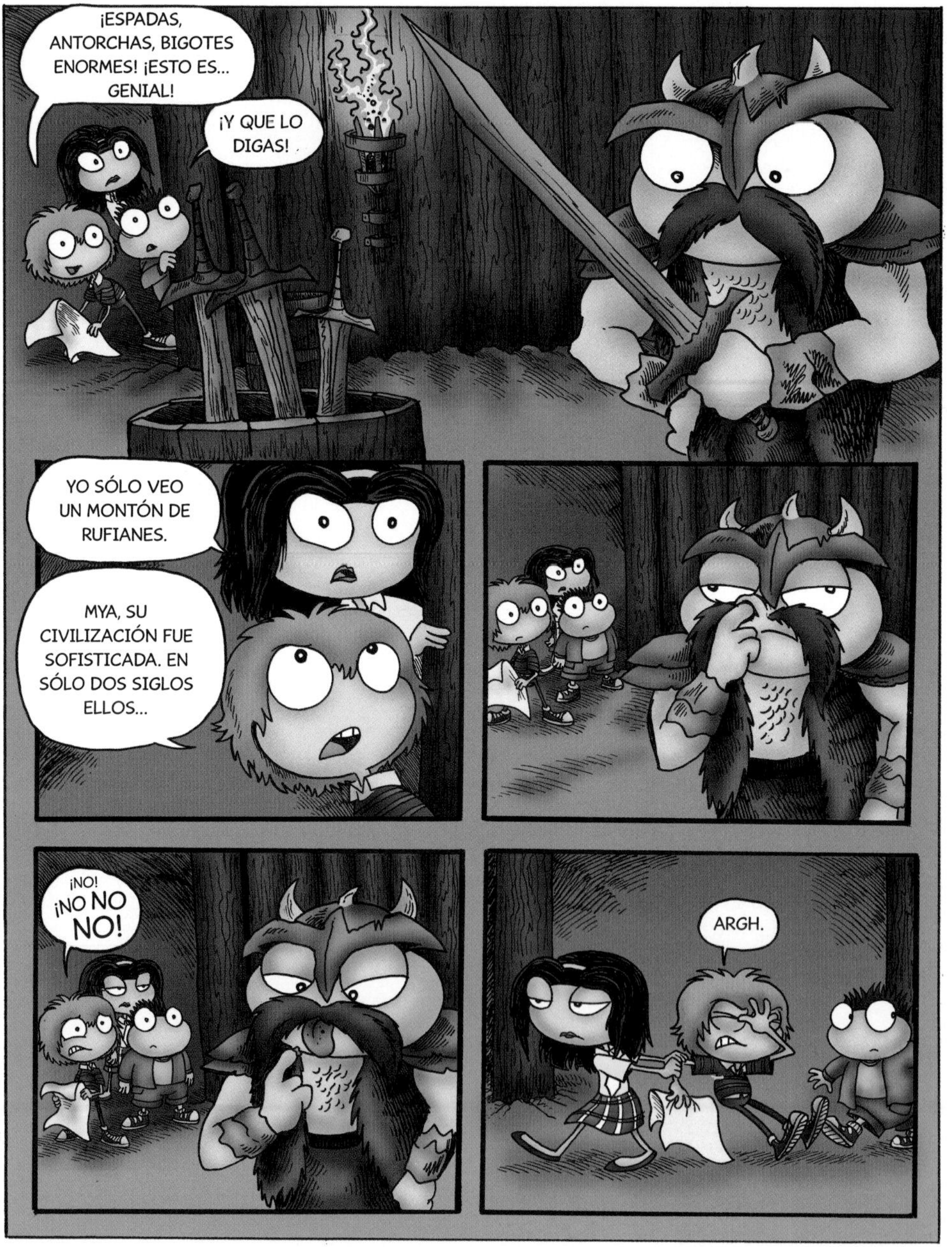
¡ESPADAS, ANTORCHAS, BIGOTES ENORMES! ¡ESTO ES... GENIAL!
¡Y QUE LO DIGAS!
YO SÓLO VEO UN MONTÓN DE RUFIANES.
MYA, SU CIVILIZACIÓN FUE SOFISTICADA. EN SÓLO DOS SIGLOS ELLOS...
¡NO! ¡NO NO NO!
ARGH.

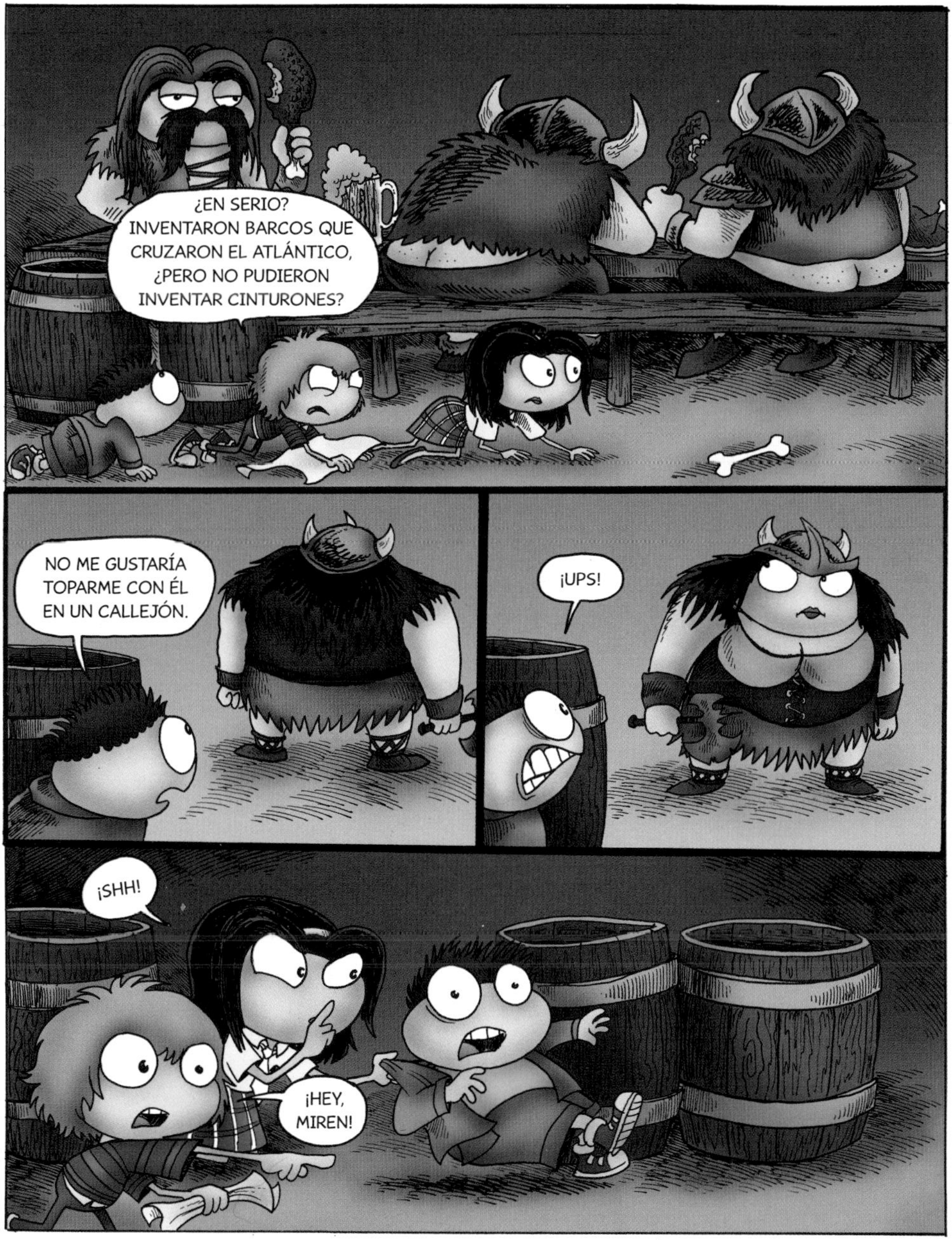
¿EN SERIO? INVENTARON BARCOS QUE CRUZARON EL ATLÁNTICO, ¿PERO NO PUDIERON INVENTAR CINTURONES?
NO ME GUSTARÍA TOPARME CON ÉL EN UN CALLEJÓN.
¡UPS!
¡SHH!
¡HEY, MIREN!

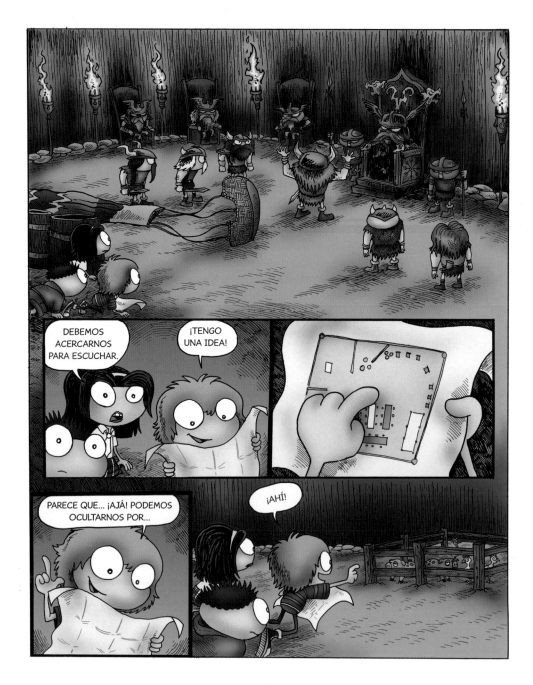

DEBEMOS ACERCARNOS PARA ESCUCHAR.

¡TENGO UNA IDEA!

PARECE QUE... ¡AJÁ! PODEMOS OCULTARNOS POR...

¡AHÍ!

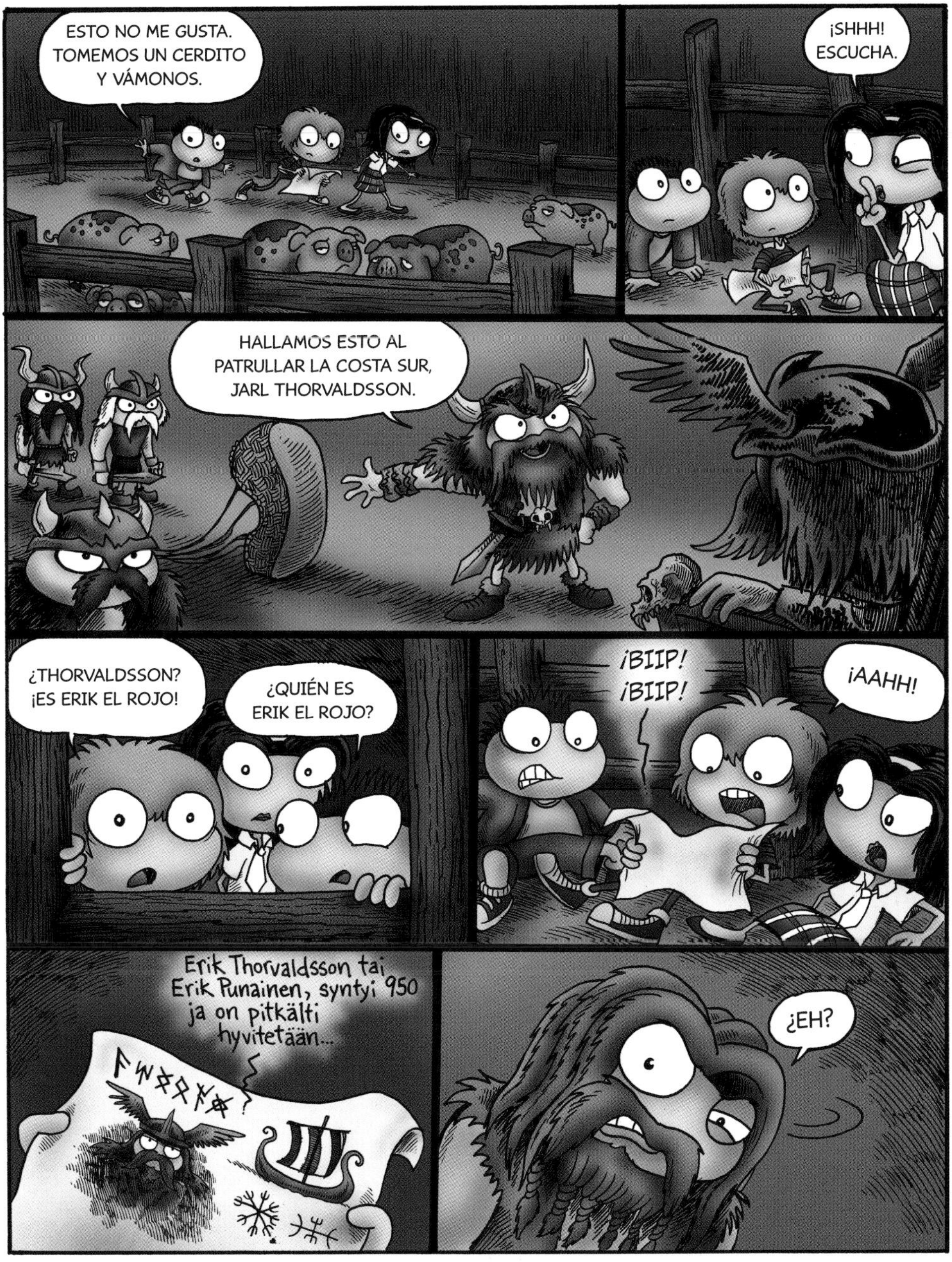
ESTO NO ME GUSTA. TOMEMOS UN CERDITO Y VÁMONOS.
¡SHHH! ESCUCHA.
HALLAMOS ESTO AL PATRULLAR LA COSTA SUR, JARL THORVALDSSON.
¿THORVALDSSON? ¡ES ERIK EL ROJO!
¿QUIÉN ES ERIK EL ROJO?
¡BIIP! ¡BIIP!
¡AAHH!
Erik Thorvaldsson tai Erik Punainen, syntyi 950 ja on pitkälti hyvitetään...
¿EH?

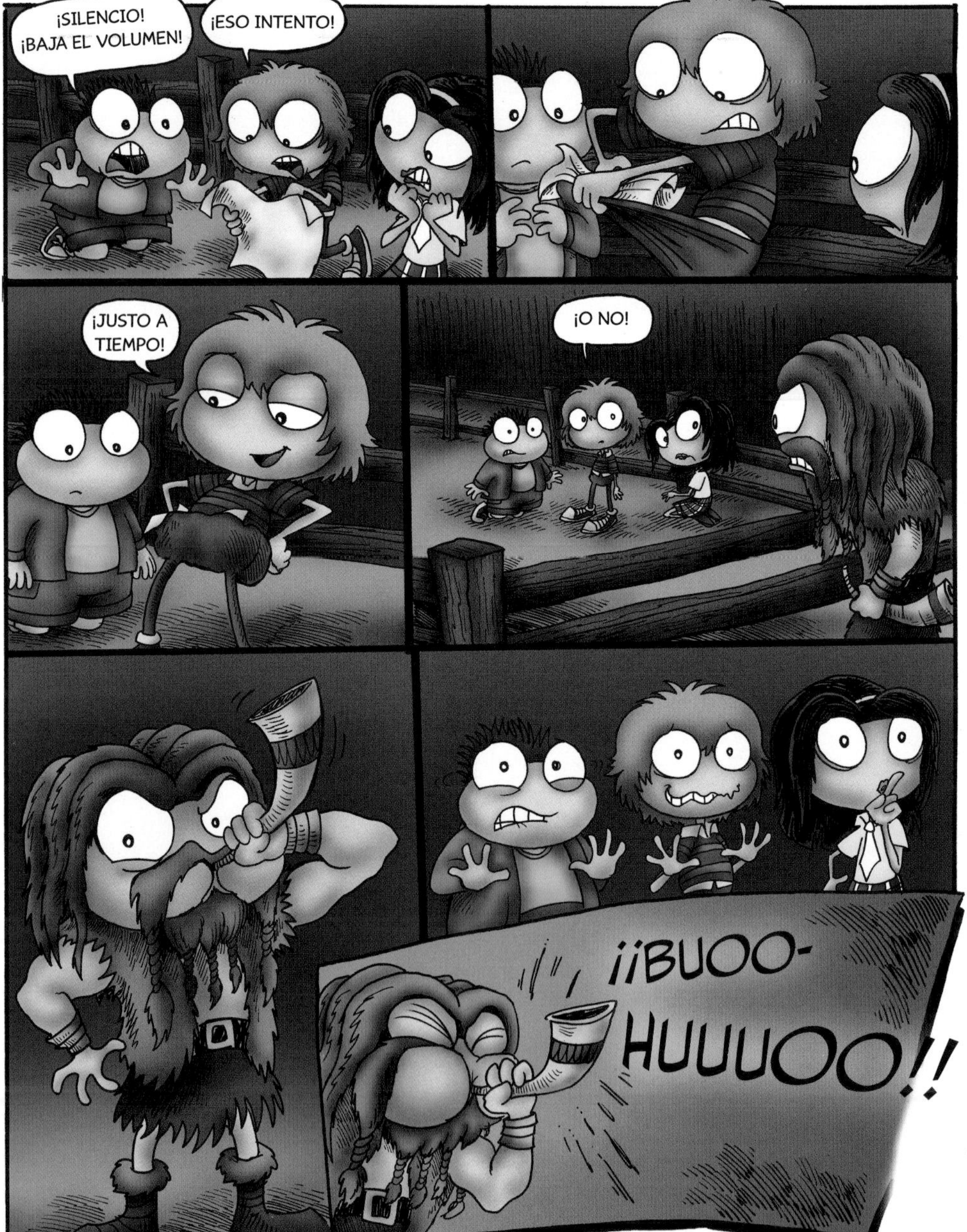
¡SILENCIO!
¡BAJA EL VOLUMEN!
¡ESO INTENTO!
¡JUSTO A TIEMPO!
¡O NO!
¡¡BUOO-HUUUOO!!

# Capítulo 5

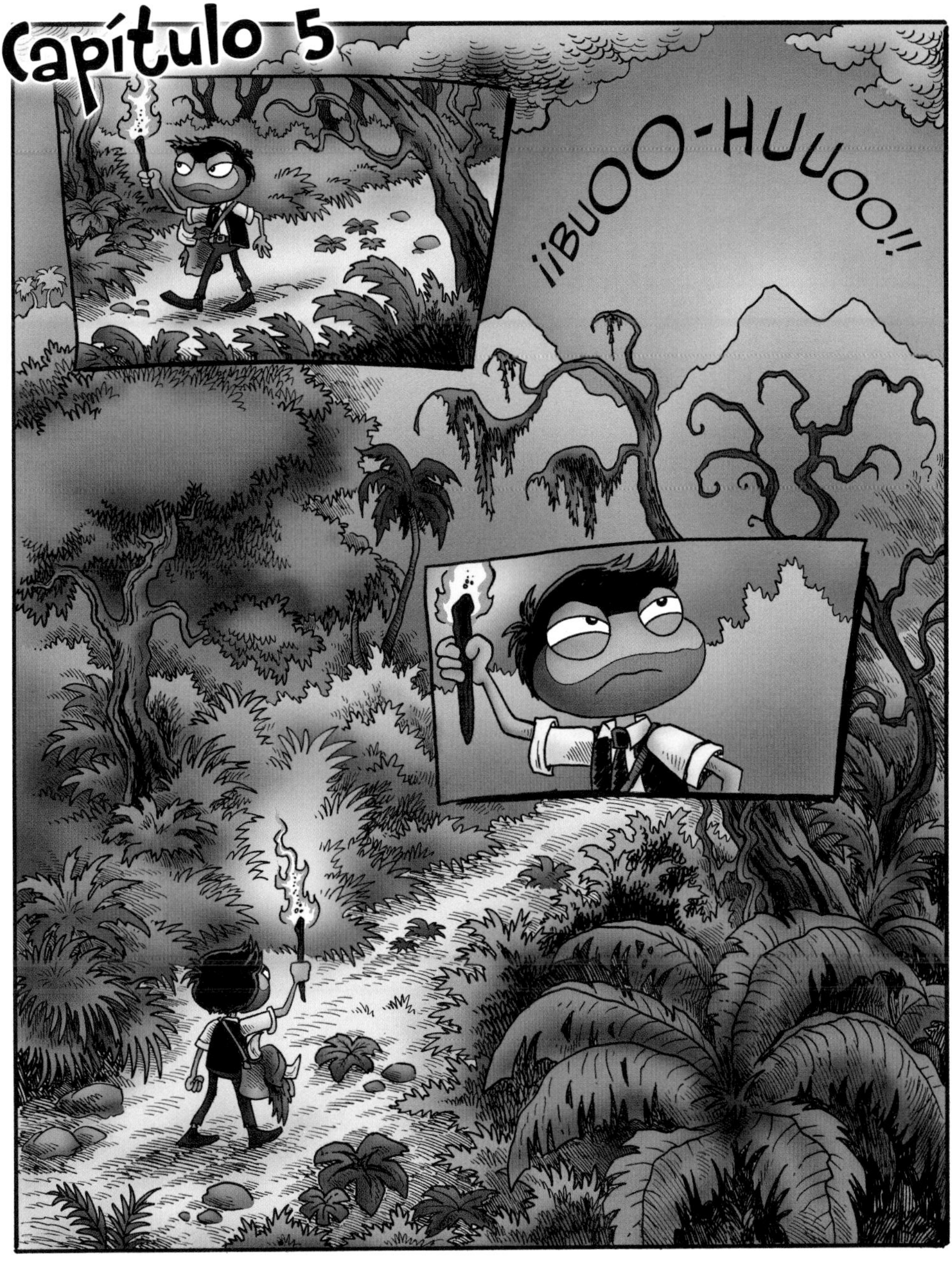
¡¡BUOO-HUUOO!!

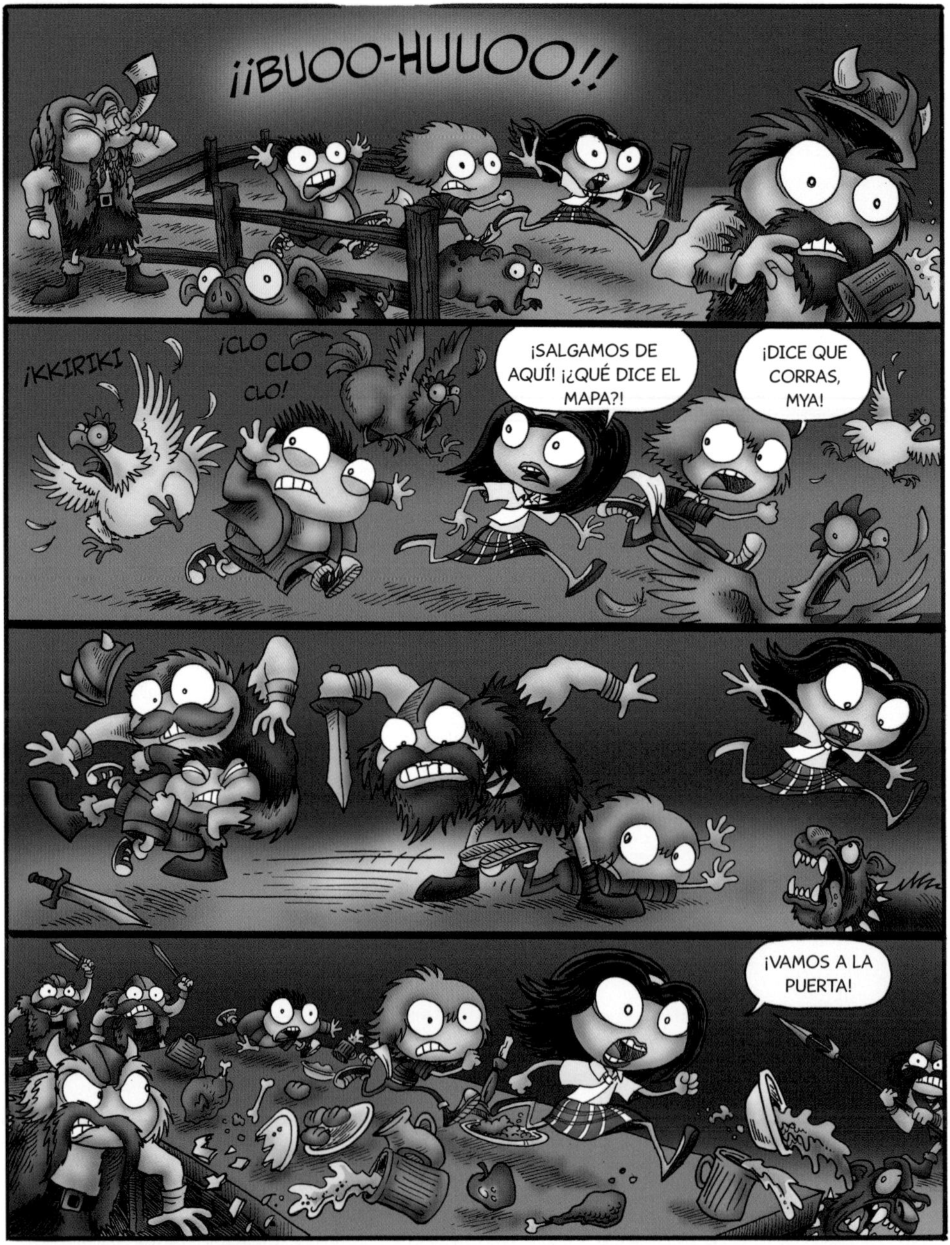
¡¡BUOO-HUUOO!!
¡KKIRIKI
¡CLO CLO CLO!
¡SALGAMOS DE AQUÍ! ¡¿QUÉ DICE EL MAPA?!
¡DICE QUE CORRAS, MYA!
¡VAMOS A LA PUERTA!

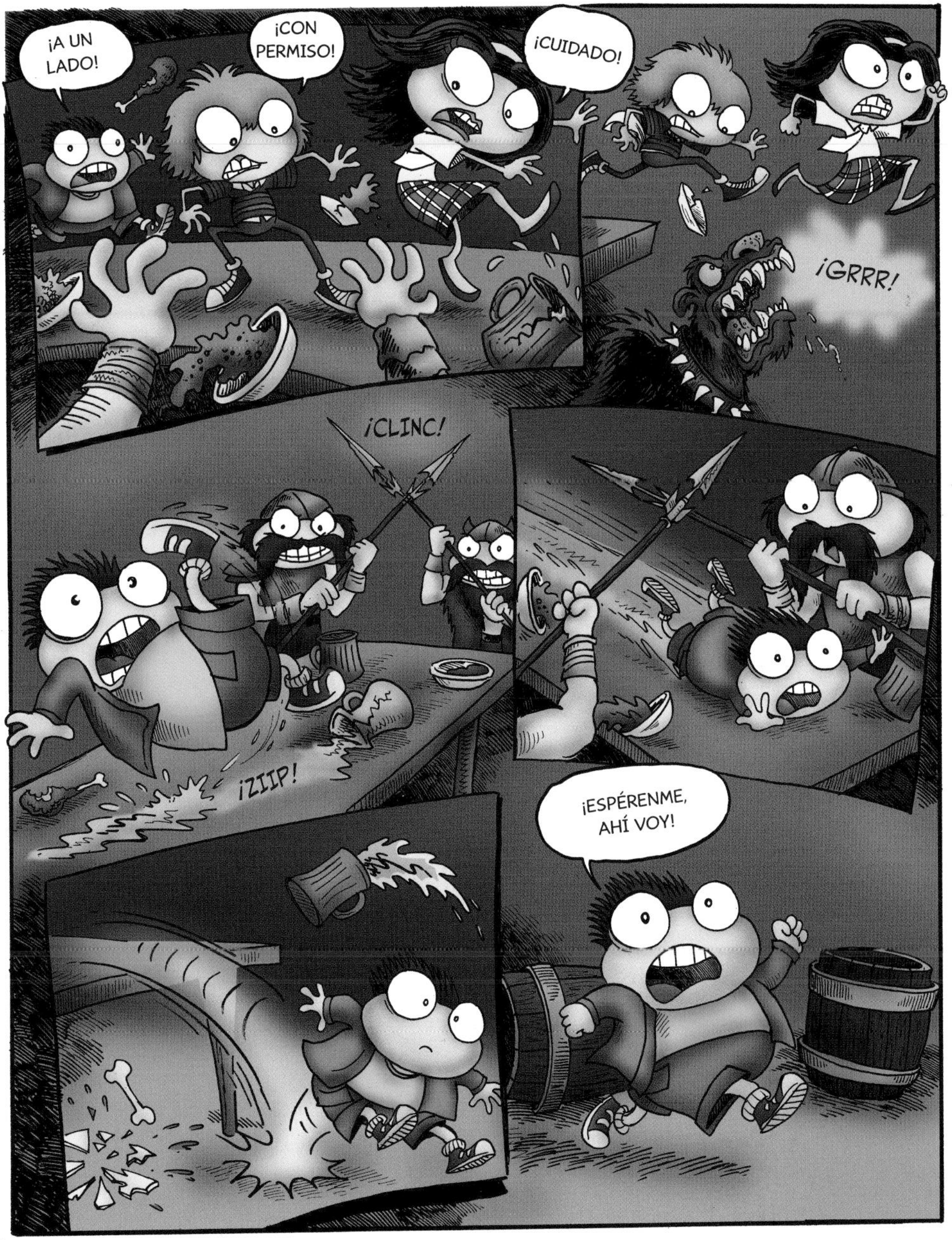
¡A UN LADO!
¡CON PERMISO!
¡CUIDADO!
¡GRRR!
¡CLINC!
¡ZIIP!
¡ESPÉRENME, AHÍ VOY!

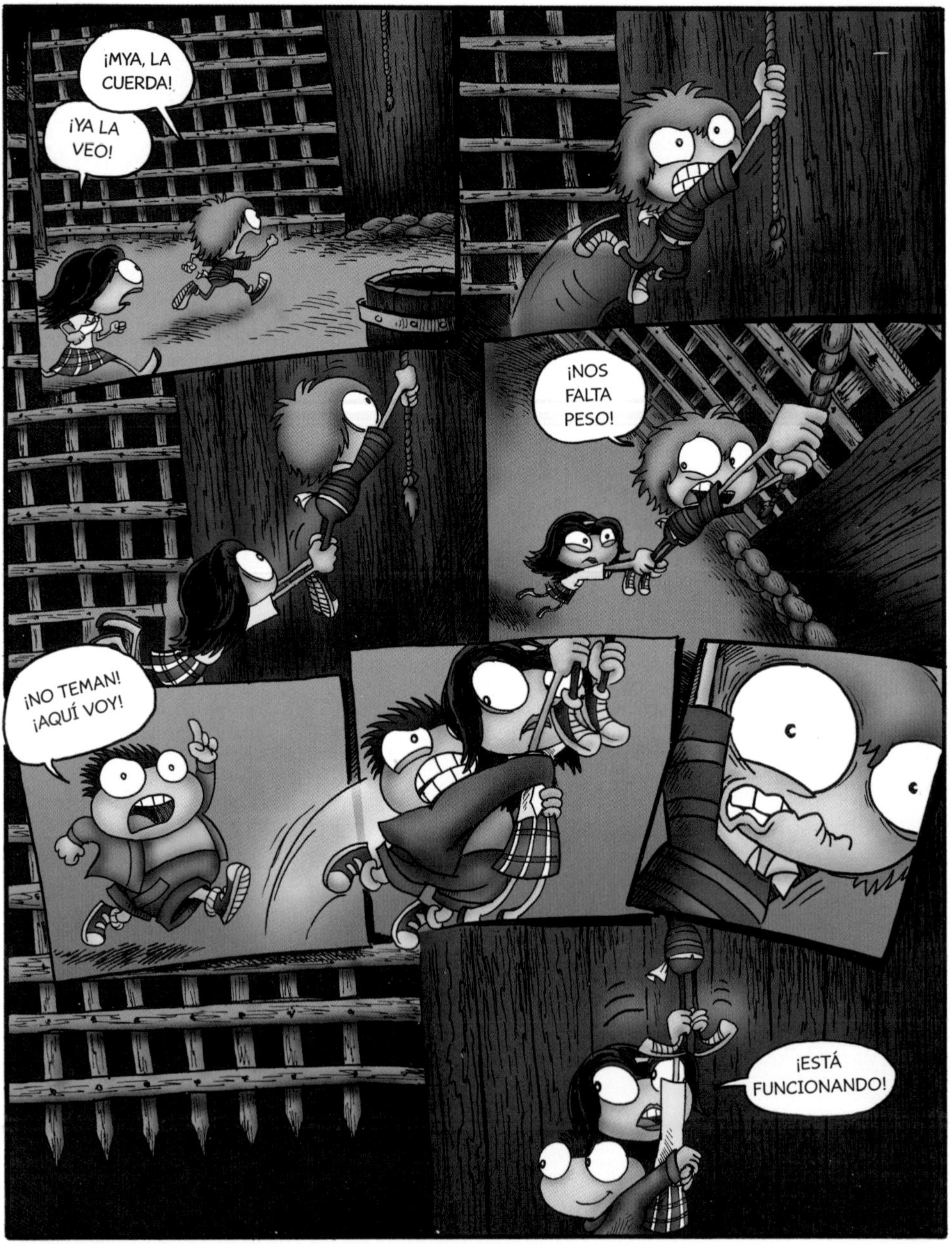
¡MYA, LA CUERDA!
¡YA LA VEO!
¡NOS FALTA PESO!
¡NO TEMAN! ¡AQUÍ VOY!
¡ESTÁ FUNCIONANDO!

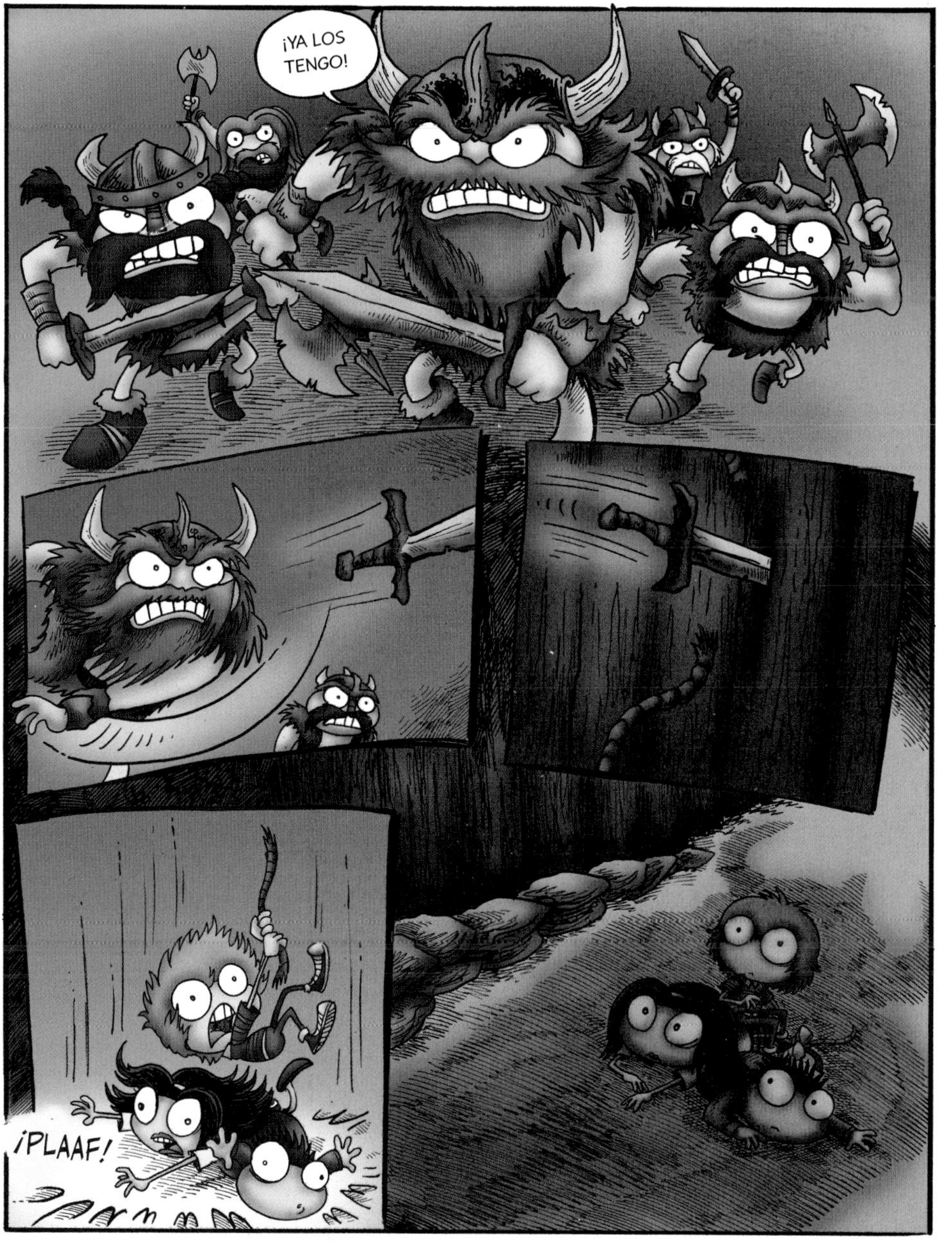
¡YA LOS TENGO!
¡PLAAF!

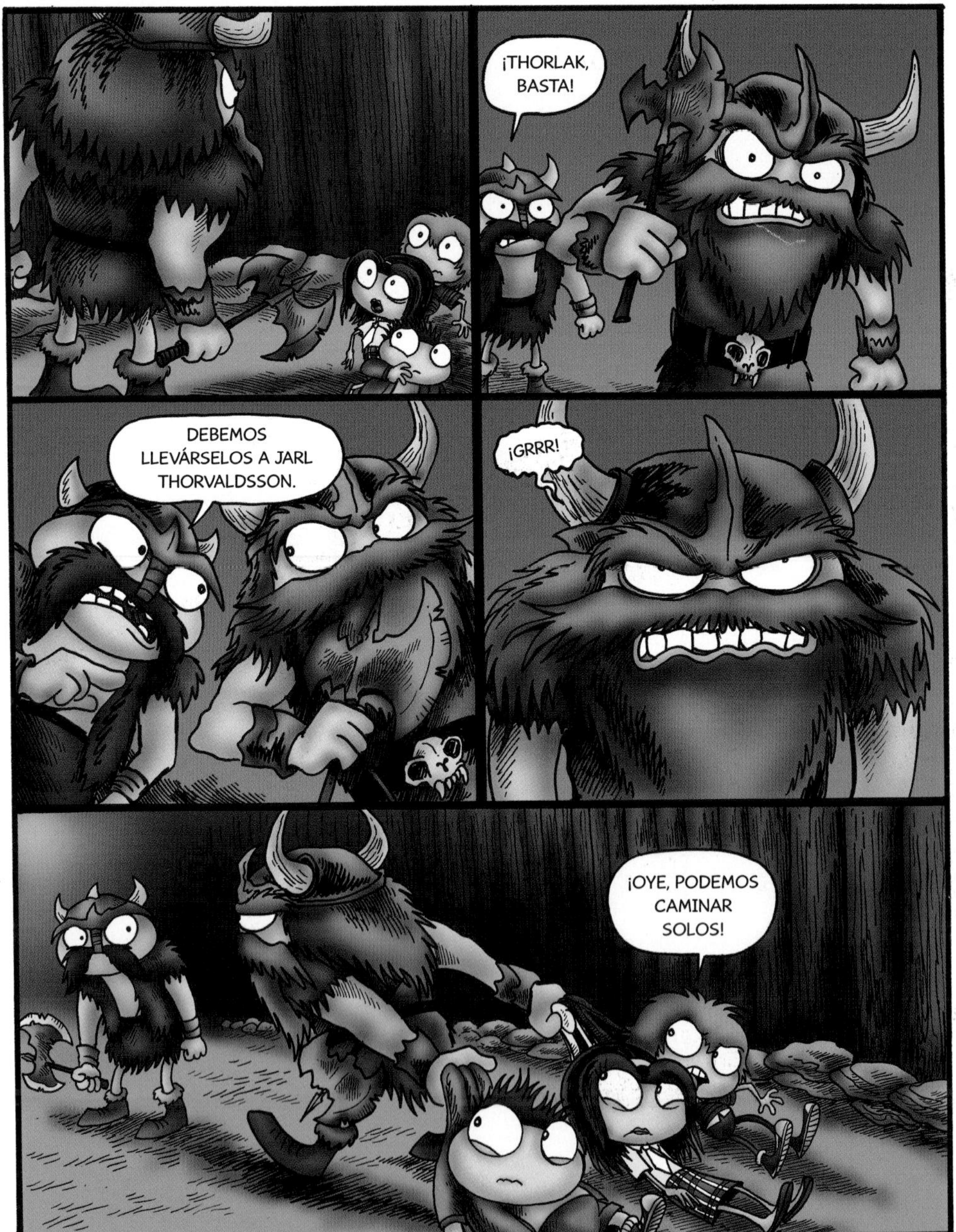
¡THORLAK, BASTA!
DEBEMOS LLEVÁRSELOS A JARL THORVALDSSON.
¡GRRR!
¡OYE, PODEMOS CAMINAR SOLOS!

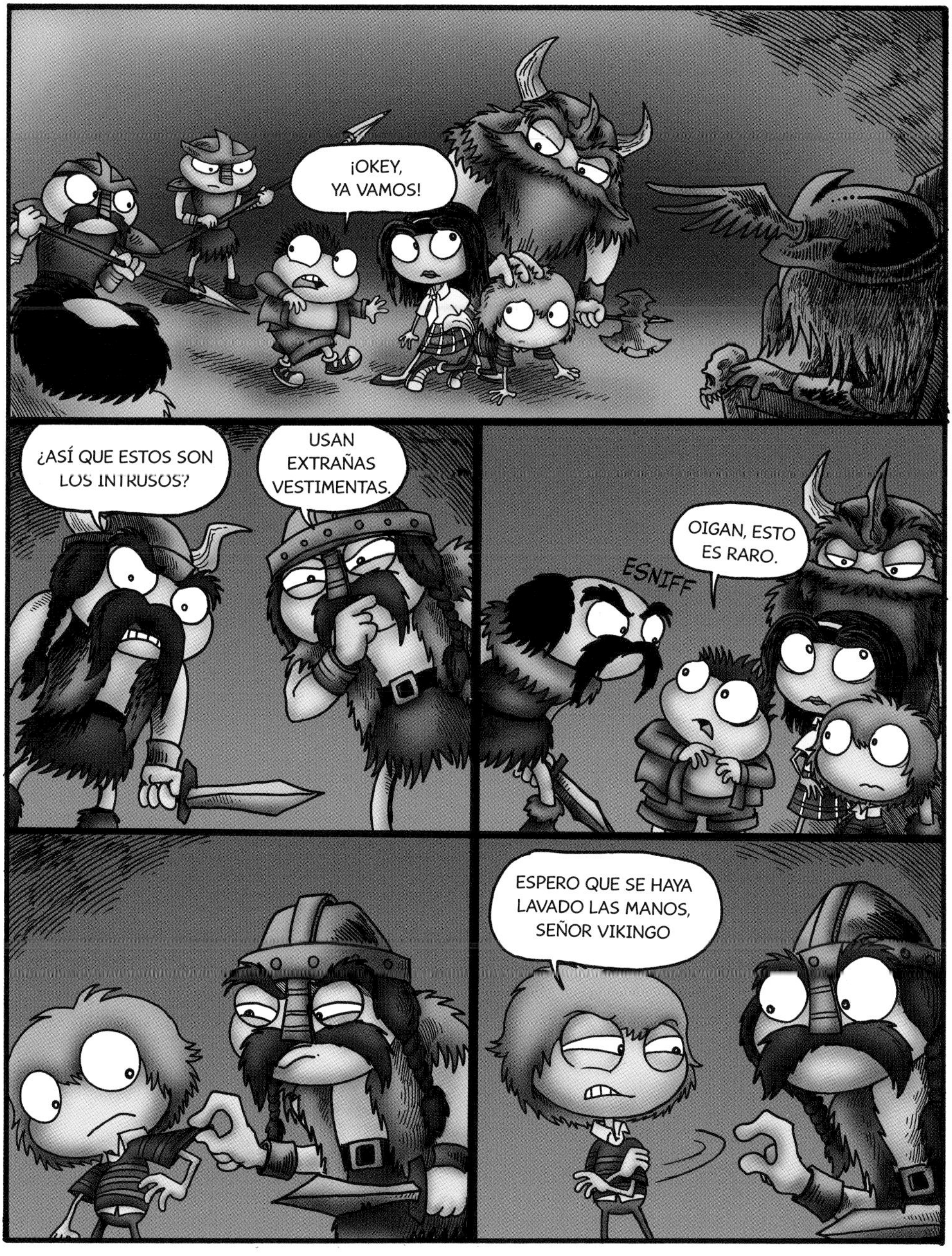
¡OKEY, YA VAMOS!
¿ASÍ QUE ESTOS SON LOS INTRUSOS?
USAN EXTRAÑAS VESTIMENTAS.
OIGAN, ESTO ES RARO.
ESNIFF
ESPERO QUE SE HAYA LAVADO LAS MANOS, SEÑOR VIKINGO

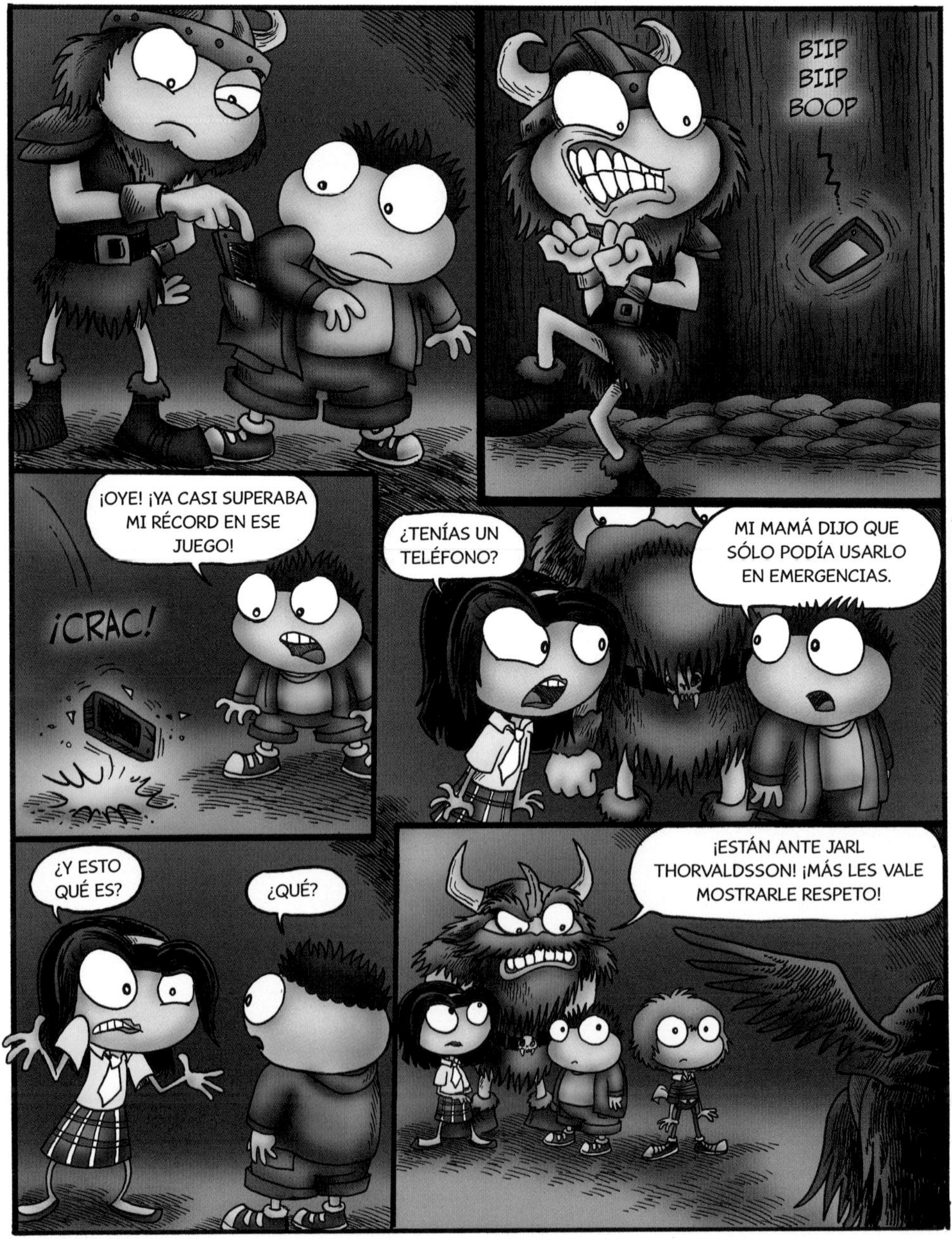
BIIP
BIIP
BOOP
¡OYE! ¡YA CASI SUPERABA MI RÉCORD EN ESE JUEGO!
¡CRAC!
¿TENÍAS UN TELÉFONO?
MI MAMÁ DIJO QUE SÓLO PODÍA USARLO EN EMERGENCIAS.
¿Y ESTO QUÉ ES?
¿QUÉ?
¡ESTÁN ANTE JARL THORVALDSSON! ¡MÁS LES VALE MOSTRARLE RESPETO!

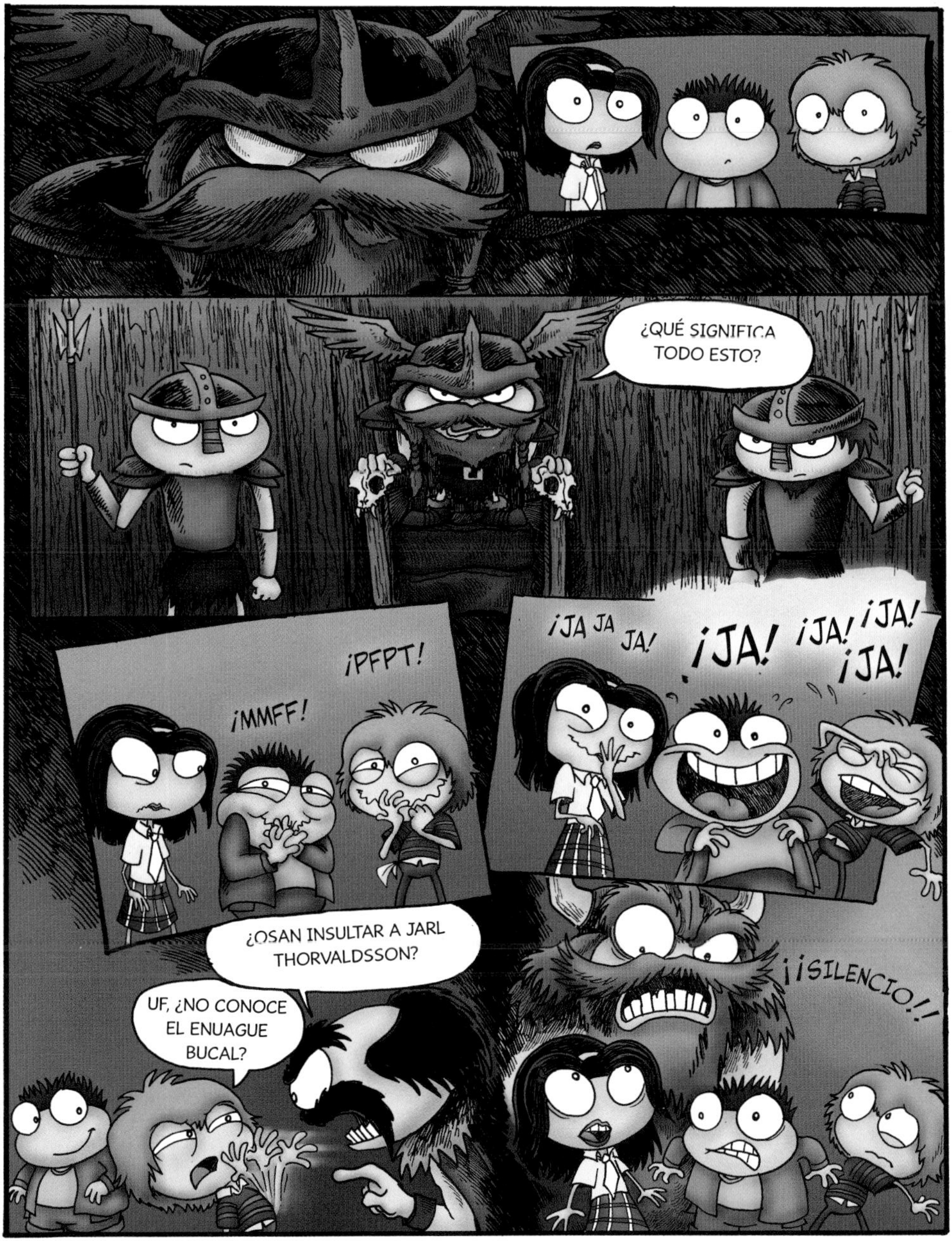
¿QUÉ SIGNIFICA TODO ESTO?
¡PFPT!
¡MMFF!
¡JA JA JA!
¡JA!
¡JA! ¡JA!
¡JA!
¿OSAN INSULTAR A JARL THORVALDSSON?
UF, ¿NO CONOCE EL ENUAGUE BUCAL?
¡¡SILENCIO!!

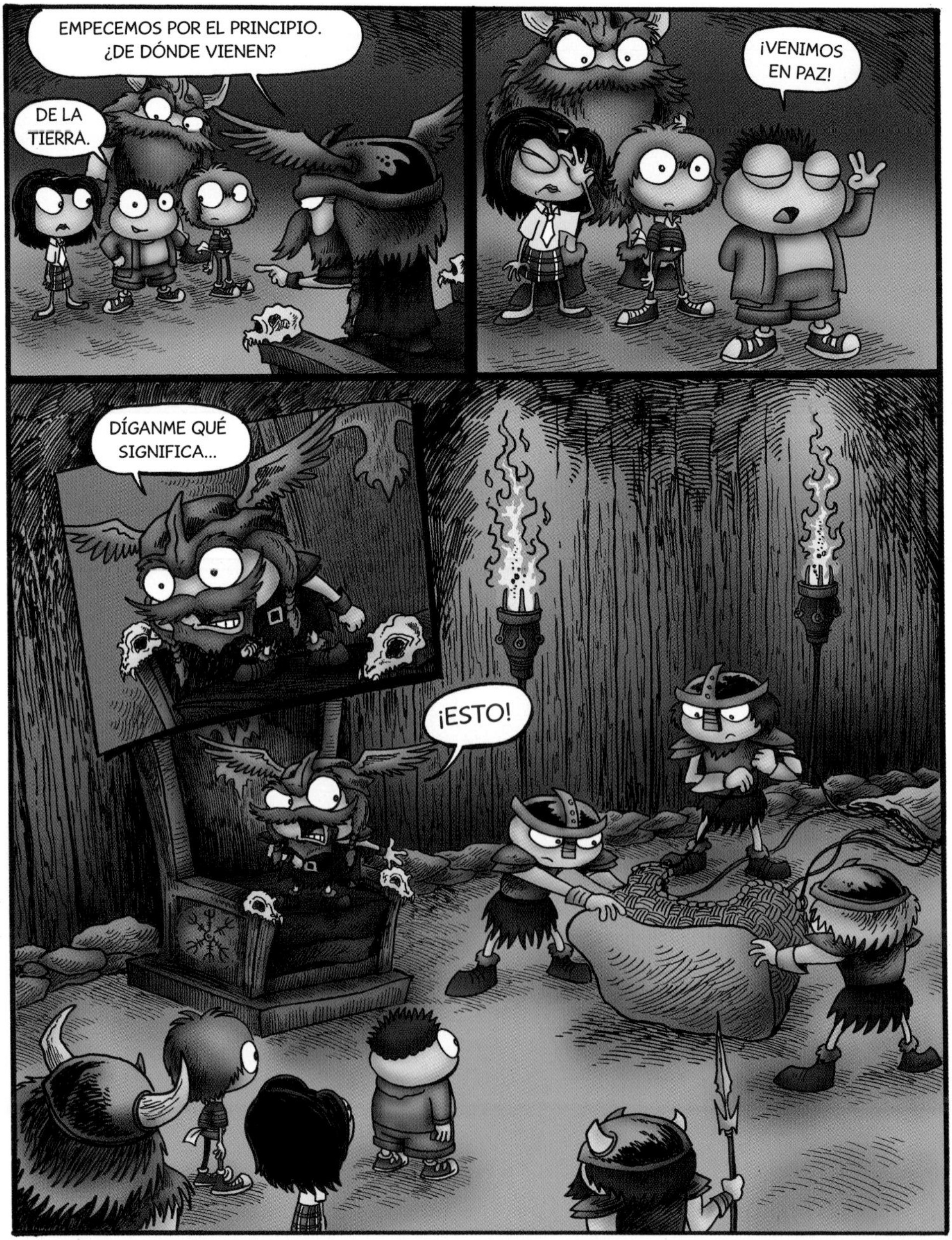
EMPECEMOS POR EL PRINCIPIO. ¿DE DÓNDE VIENEN?
DE LA TIERRA.
¡VENIMOS EN PAZ!
DÍGANME QUÉ SIGNIFICA...
¡ESTO!

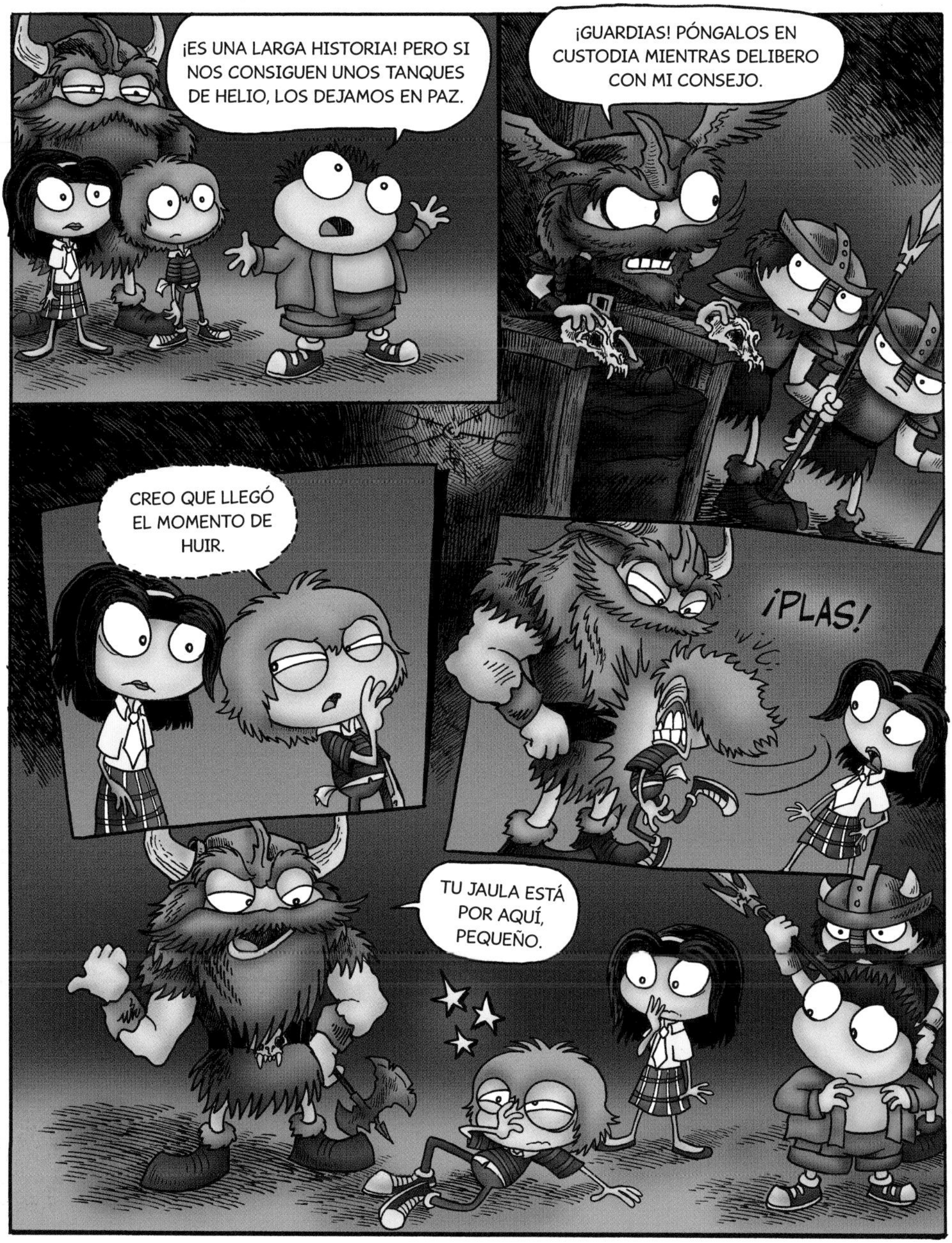
¡ES UNA LARGA HISTORIA! PERO SI NOS CONSIGUEN UNOS TANQUES DE HELIO, LOS DEJAMOS EN PAZ.
¡GUARDIAS! PÓNGALOS EN CUSTODIA MIENTRAS DELIBERO CON MI CONSEJO.
CREO QUE LLEGÓ EL MOMENTO DE HUIR.
¡PLAS!
TU JAULA ESTÁ POR AQUÍ, PEQUEÑO.

# Capítulo 6

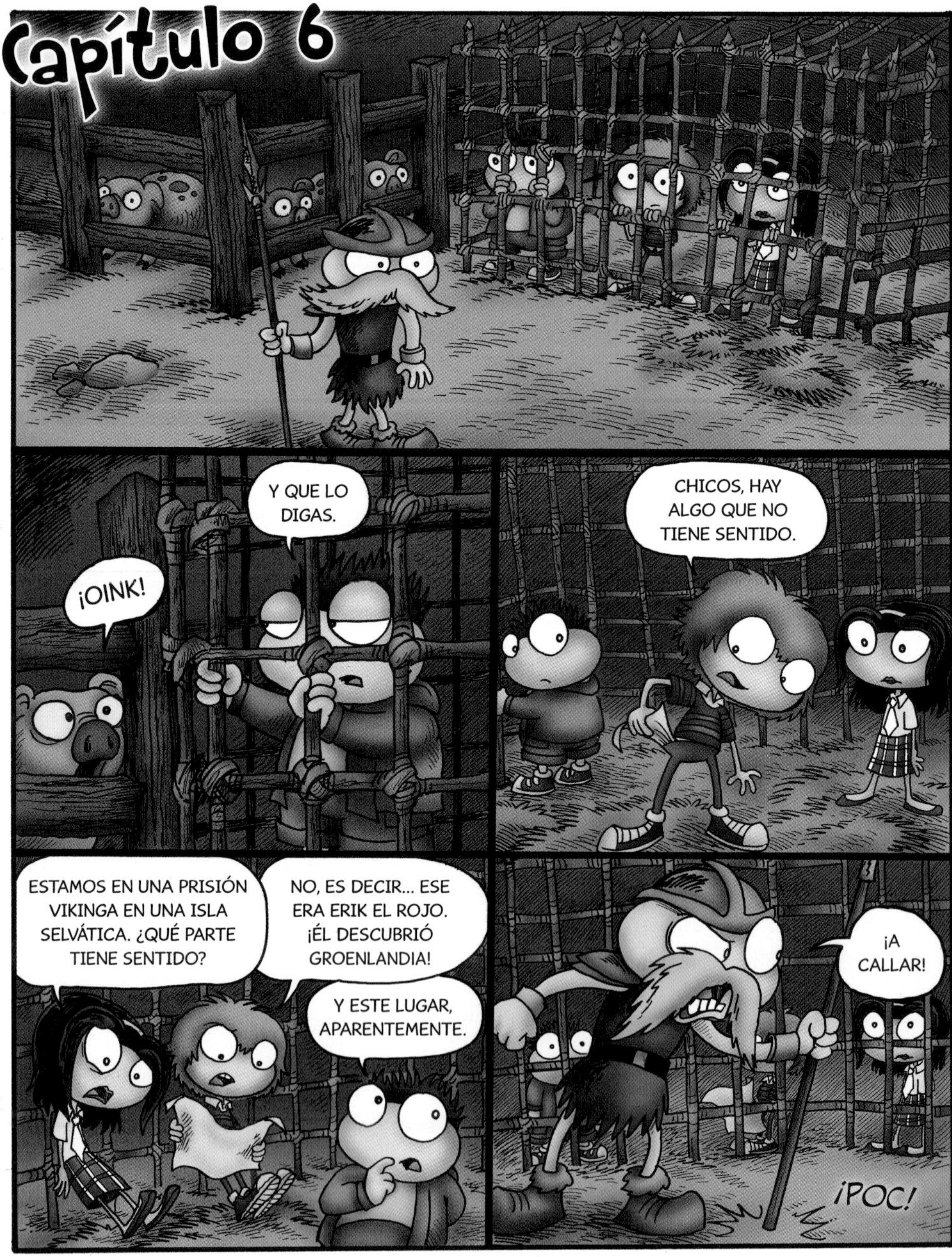
Y QUE LO DIGAS.
¡OINK!
CHICOS, HAY ALGO QUE NO TIENE SENTIDO.
ESTAMOS EN UNA PRISIÓN VIKINGA EN UNA ISLA SELVÁTICA. ¿QUÉ PARTE TIENE SENTIDO?
NO, ES DECIR... ESE ERA ERIK EL ROJO. ¡ÉL DESCUBRIÓ GROENLANDIA!
Y ESTE LUGAR, APARENTEMENTE.
¡A CALLAR!
¡POC!

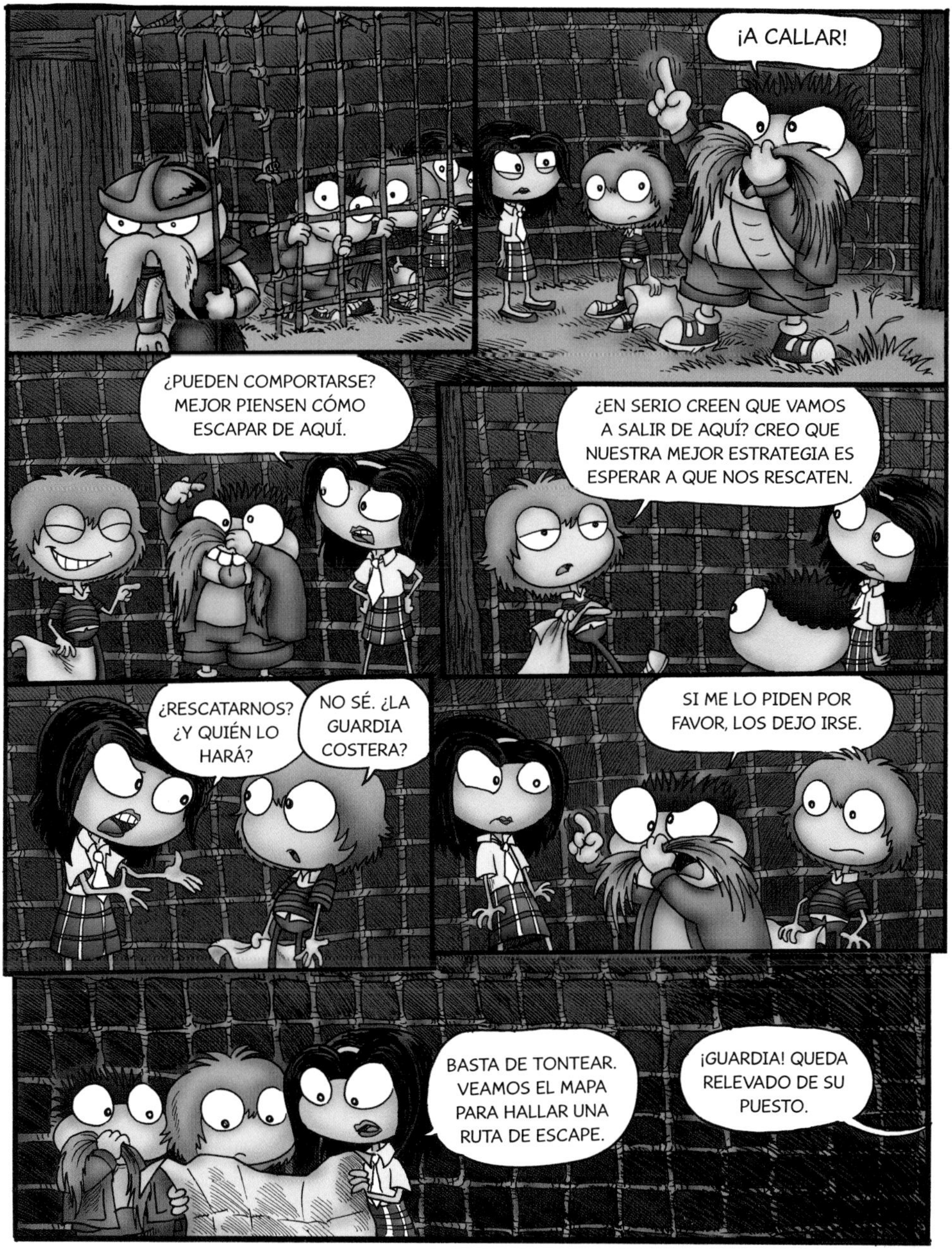
¡A CALLAR!
¿PUEDEN COMPORTARSE? MEJOR PIENSEN CÓMO ESCAPAR DE AQUÍ.
¿EN SERIO CREEN QUE VAMOS A SALIR DE AQUÍ? CREO QUE NUESTRA MEJOR ESTRATEGIA ES ESPERAR A QUE NOS RESCATEN.
¿RESCATARNOS? ¿Y QUIÉN LO HARÁ?
NO SÉ. ¿LA GUARDIA COSTERA?
SI ME LO PIDEN POR FAVOR, LOS DEJO IRSE.
BASTA DE TONTEAR. VEAMOS EL MAPA PARA HALLAR UNA RUTA DE ESCAPE.
¡GUARDIA! QUEDA RELEVADO DE SU PUESTO.

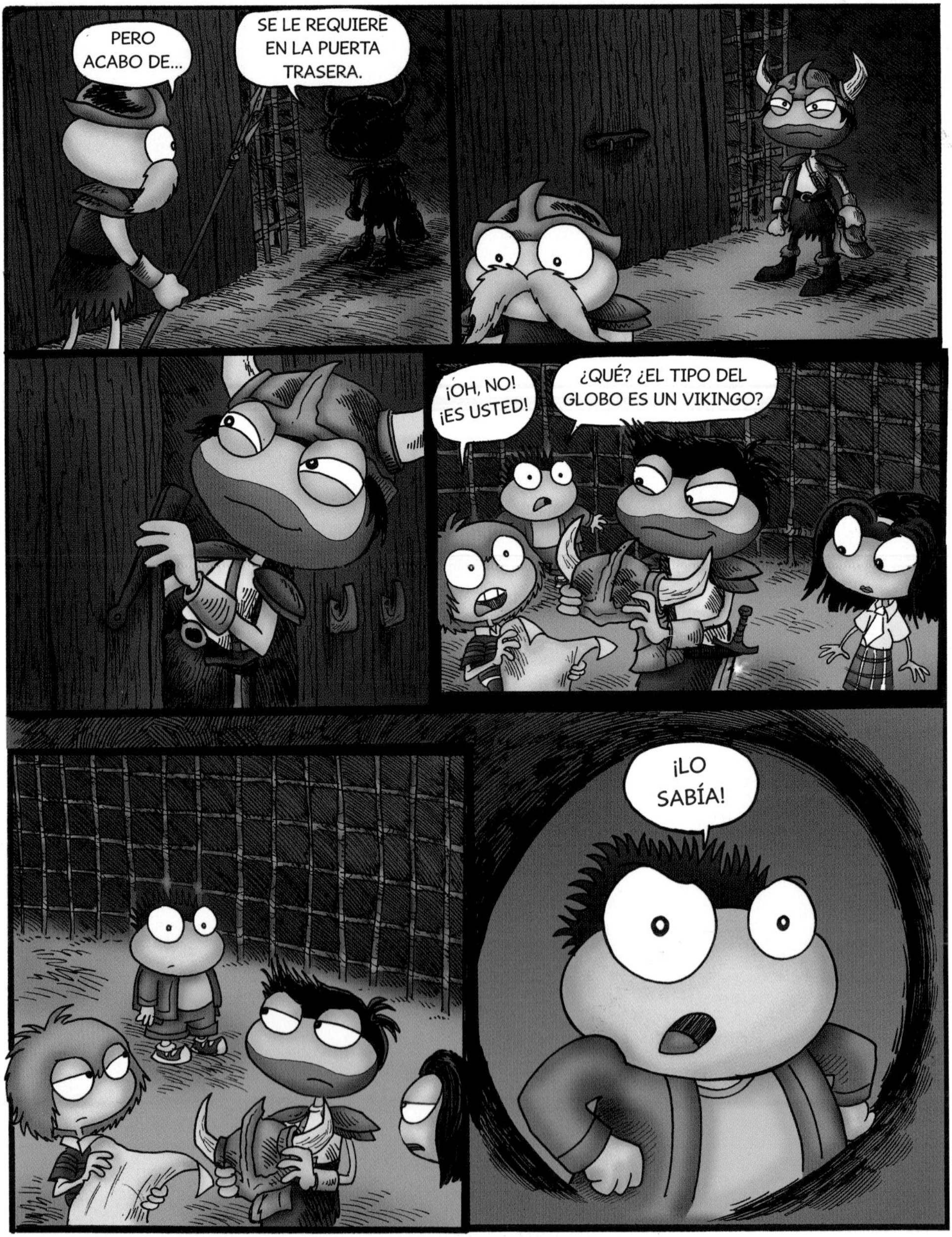
PERO ACABO DE...
SE LE REQUIERE EN LA PUERTA TRASERA.
¡OH, NO! ¡ES USTED!
¿QUÉ? ¿EL TIPO DEL GLOBO ES UN VIKINGO?
¡LO SABÍA!

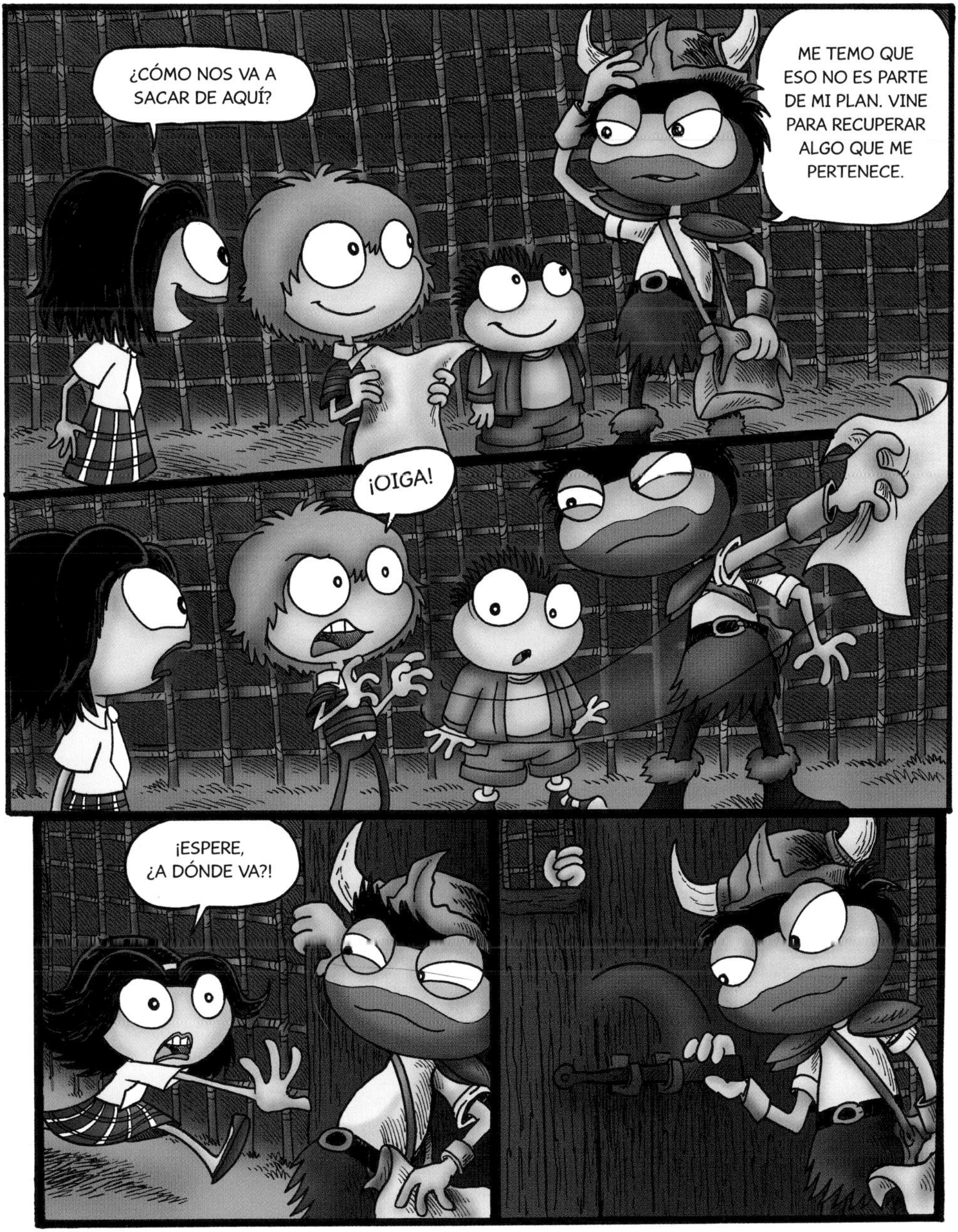
¿CÓMO NOS VA A SACAR DE AQUÍ?
ME TEMO QUE ESO NO ES PARTE DE MI PLAN. VINE PARA RECUPERAR ALGO QUE ME PERTENECE.
¡OIGA!
¡ESPERE, ¿A DÓNDE VA?!

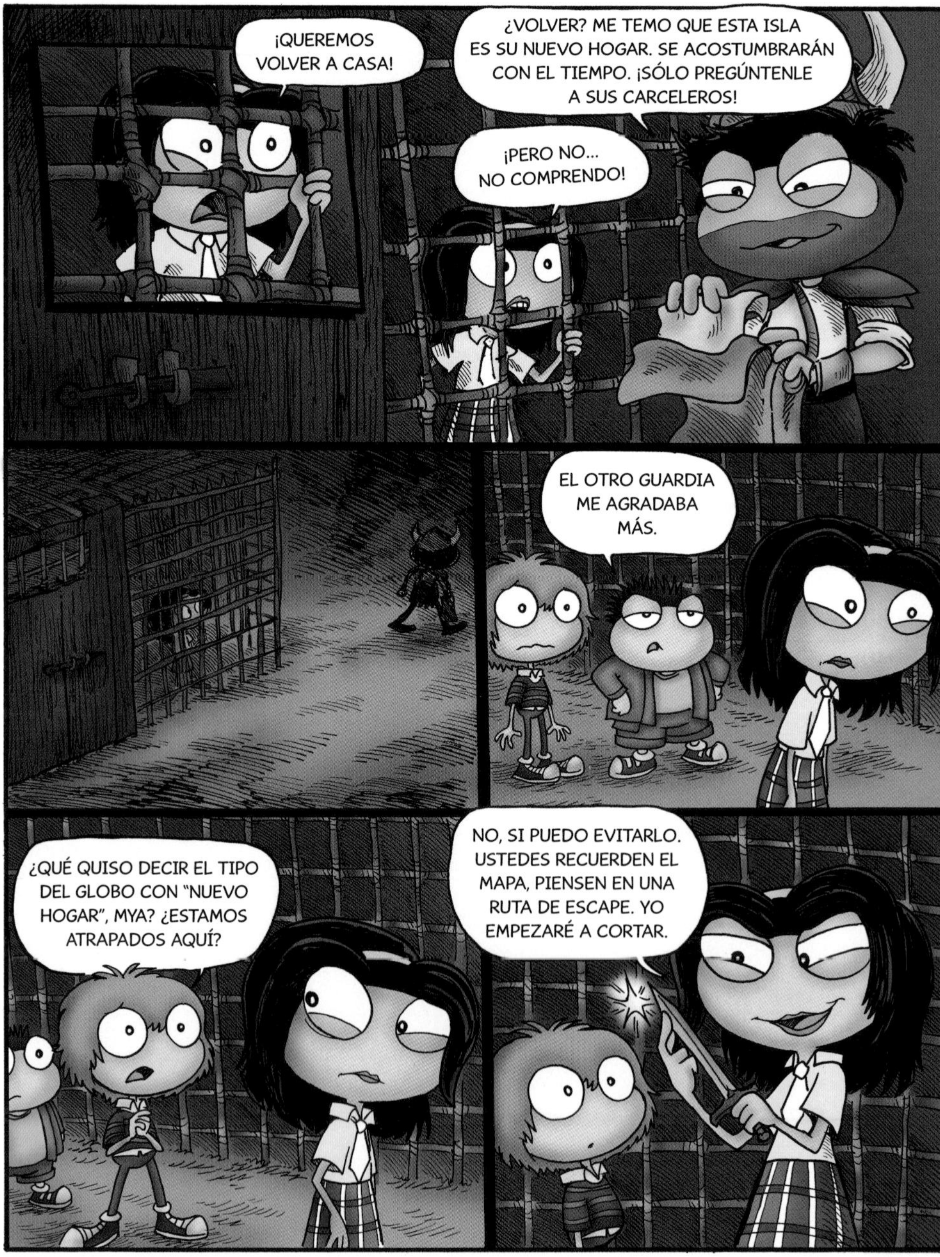
¡QUEREMOS VOLVER A CASA!
¿VOLVER? ME TEMO QUE ESTA ISLA ES SU NUEVO HOGAR. SE ACOSTUMBRARÁN CON EL TIEMPO. ¡SÓLO PREGÚNTENLE A SUS CARCELEROS!
¡PERO NO... NO COMPRENDO!
EL OTRO GUARDIA ME AGRADABA MÁS.
¿QUÉ QUISO DECIR EL TIPO DEL GLOBO CON "NUEVO HOGAR", MYA? ¿ESTAMOS ATRAPADOS AQUÍ?
NO, SI PUEDO EVITARLO. USTEDES RECUERDEN EL MAPA, PIENSEN EN UNA RUTA DE ESCAPE. YO EMPEZARÉ A CORTAR.

# Capítulo 7

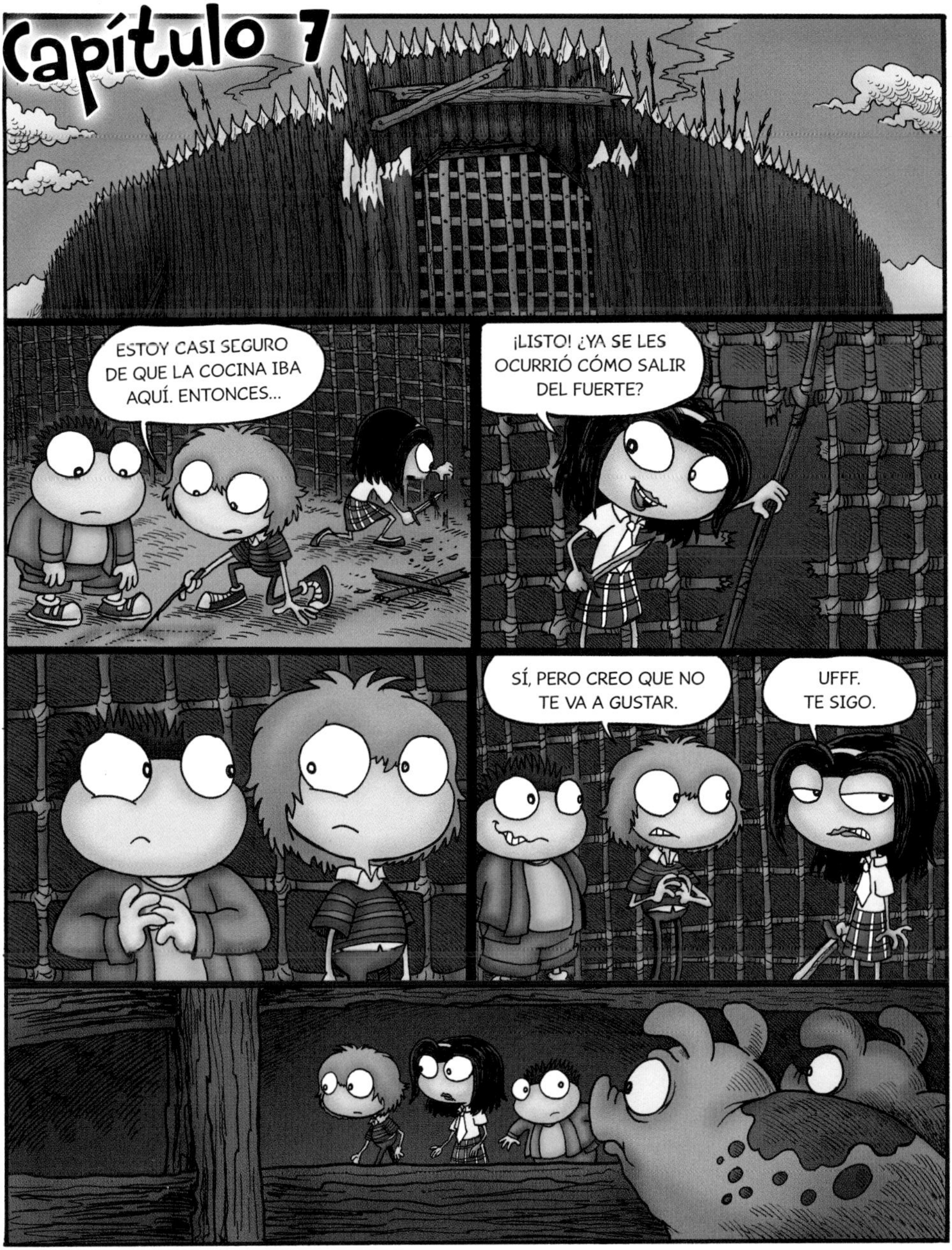
ESTOY CASI SEGURO DE QUE LA COCINA IBA AQUÍ. ENTONCES...
¡LISTO! ¿YA SE LES OCURRIÓ CÓMO SALIR DEL FUERTE?
SÍ, PERO CREO QUE NO TE VA A GUSTAR.
UFFF. TE SIGO.

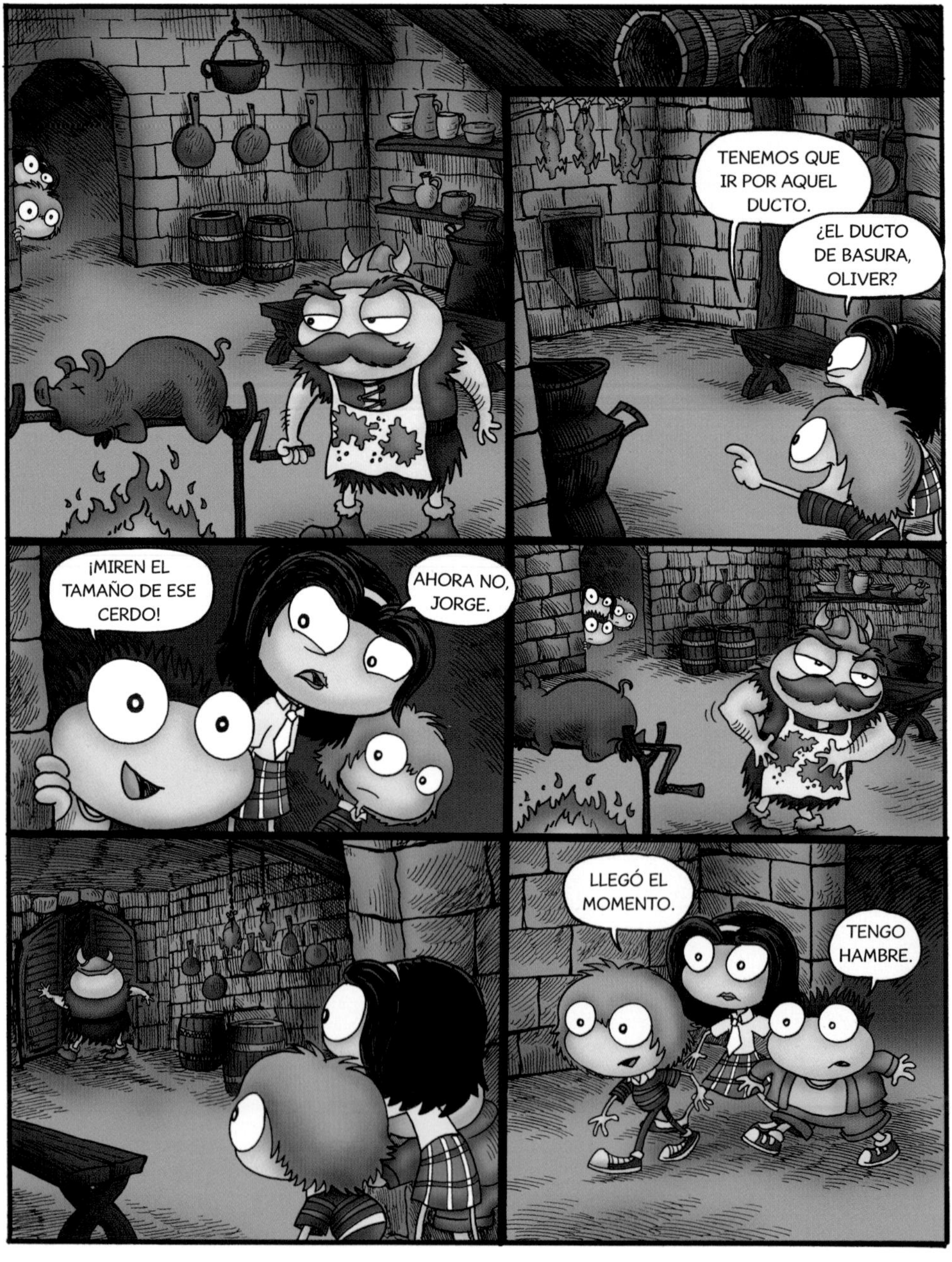
TENEMOS QUE IR POR AQUEL DUCTO.
¿EL DUCTO DE BASURA, OLIVER?
¡MIREN EL TAMAÑO DE ESE CERDO!
AHORA NO, JORGE.
LLEGÓ EL MOMENTO.
TENGO HAMBRE.

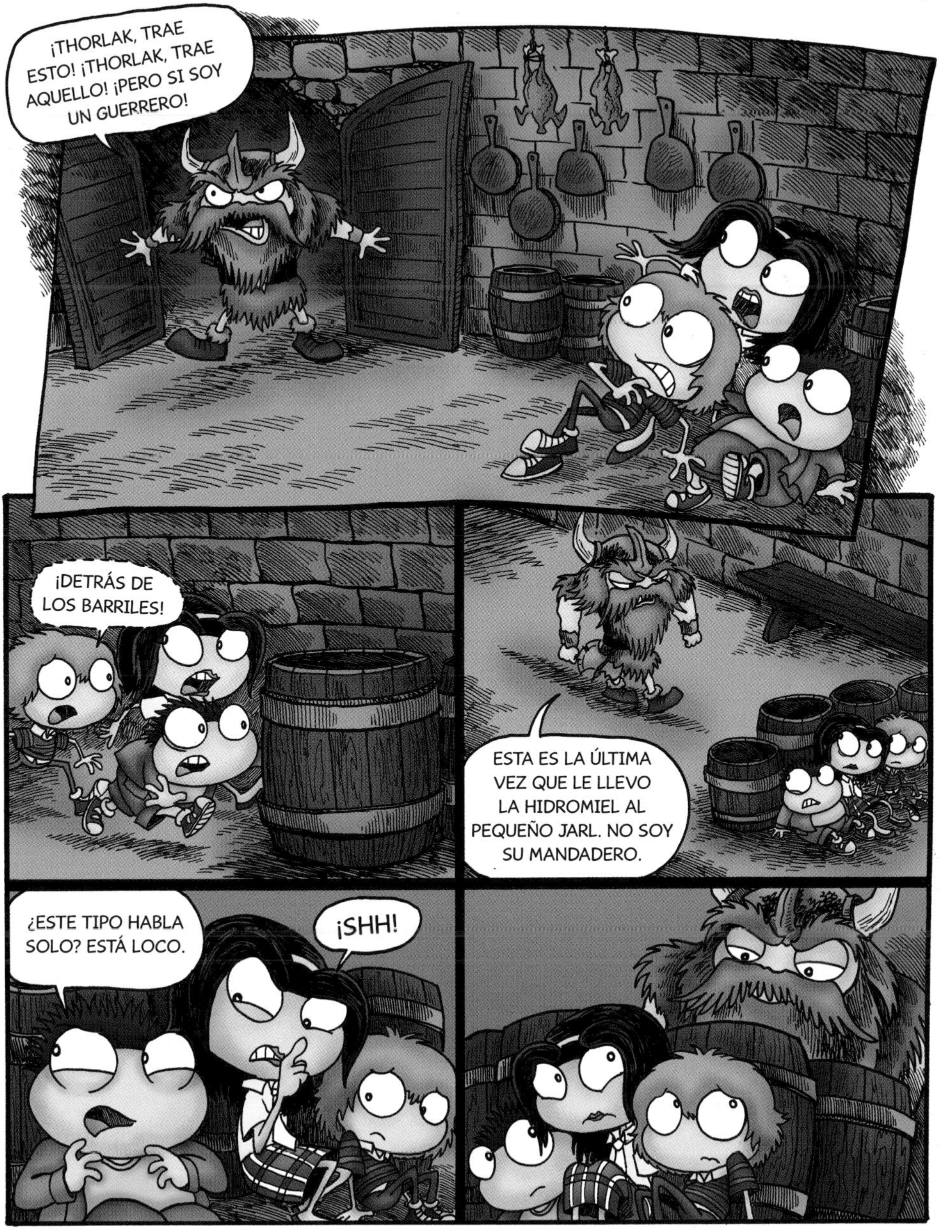
¡THORLAK, TRAE ESTO! ¡THORLAK, TRAE AQUELLO! ¡PERO SI SOY UN GUERRERO!
¡DETRÁS DE LOS BARRILES!
ESTA ES LA ÚLTIMA VEZ QUE LE LLEVO LA HIDROMIEL AL PEQUEÑO JARL. NO SOY SU MANDADERO.
¿ESTE TIPO HABLA SOLO? ESTÁ LOCO.
¡SHH!

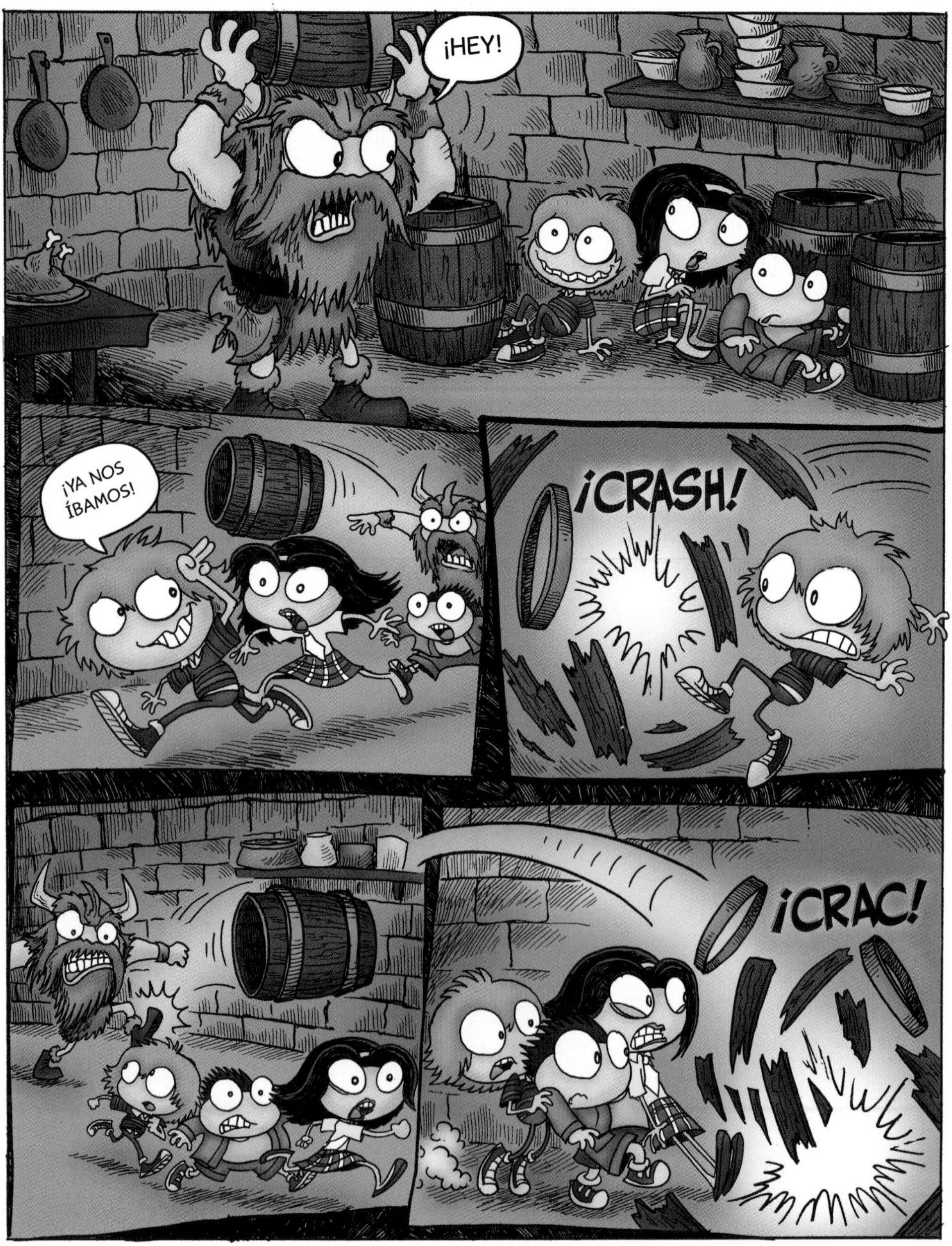
¡HEY!
¡YA NOS ÍBAMOS!
¡CRASH!
¡CRAC!

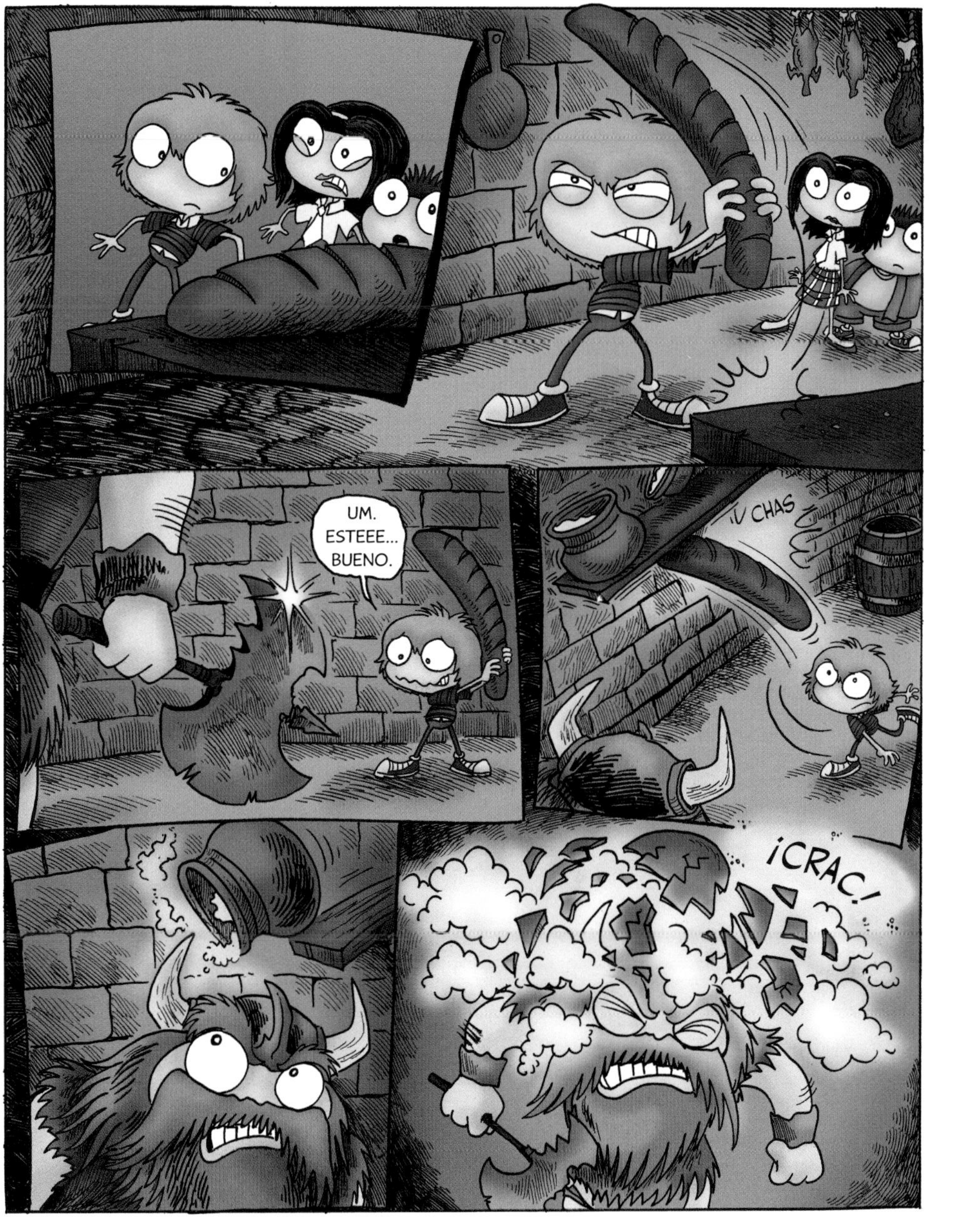
UM.
ESTEEE...
BUENO.
¡CHAS
¡CRAC!

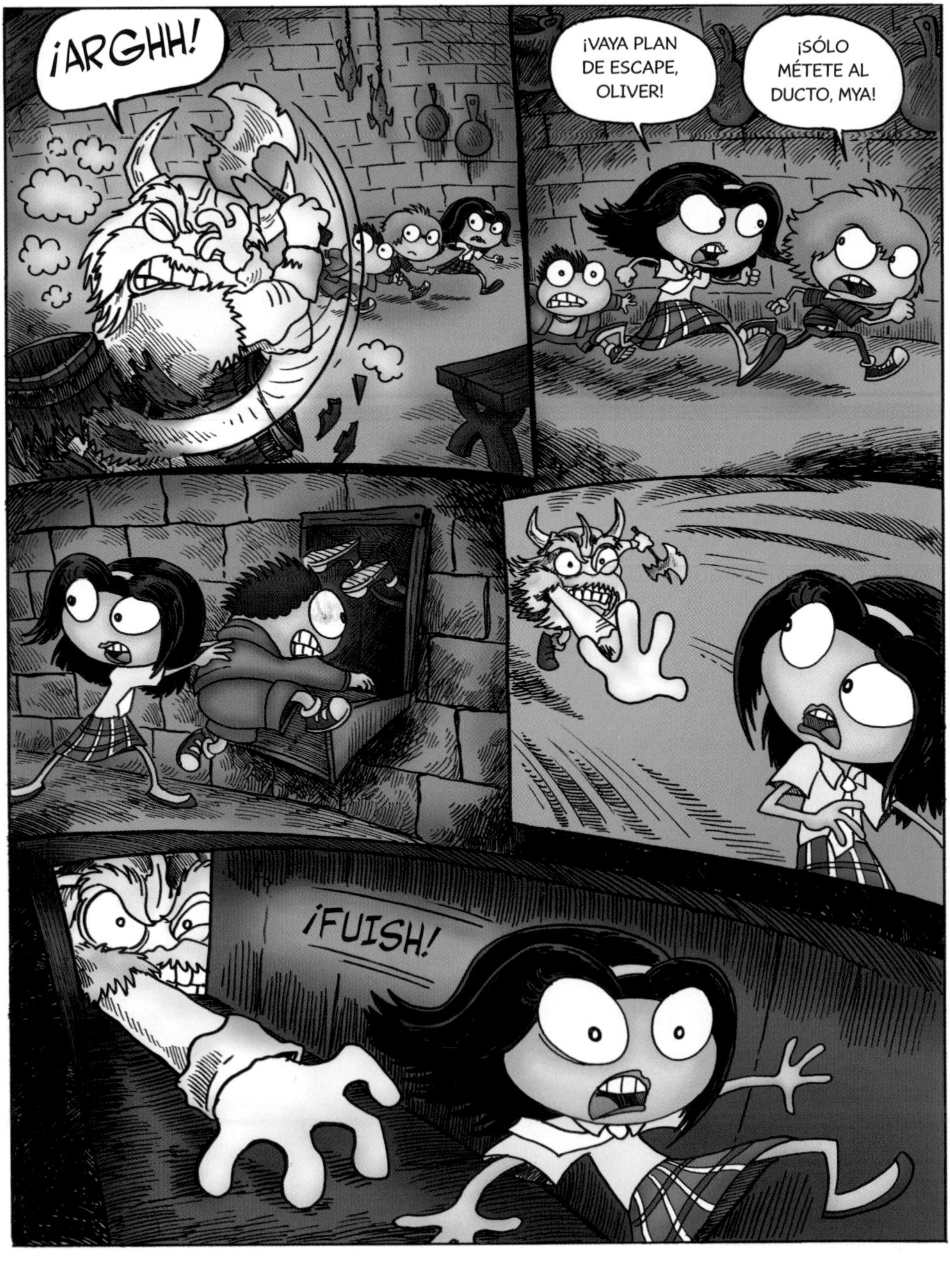
¡ARGHH!
¡VAYA PLAN DE ESCAPE, OLIVER!
¡SÓLO MÉTETE AL DUCTO, MYA!
¡FUISH!

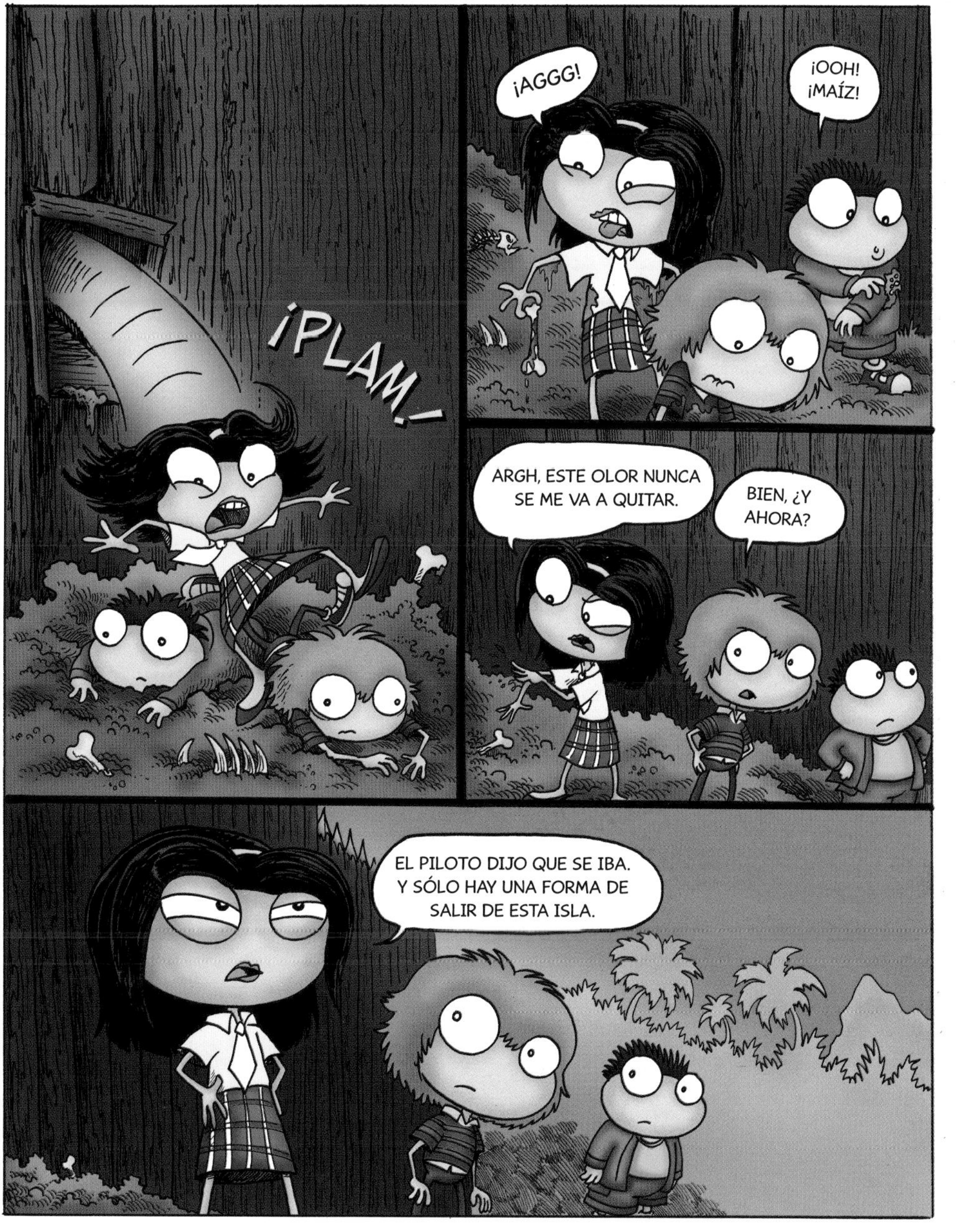
¡PLAM!
¡AGGG!
¡OOH! ¡MAÍZ!
ARGH, ESTE OLOR NUNCA SE ME VA A QUITAR.
BIEN, ¿Y AHORA?
EL PILOTO DIJO QUE SE IBA. Y SÓLO HAY UNA FORMA DE SALIR DE ESTA ISLA.

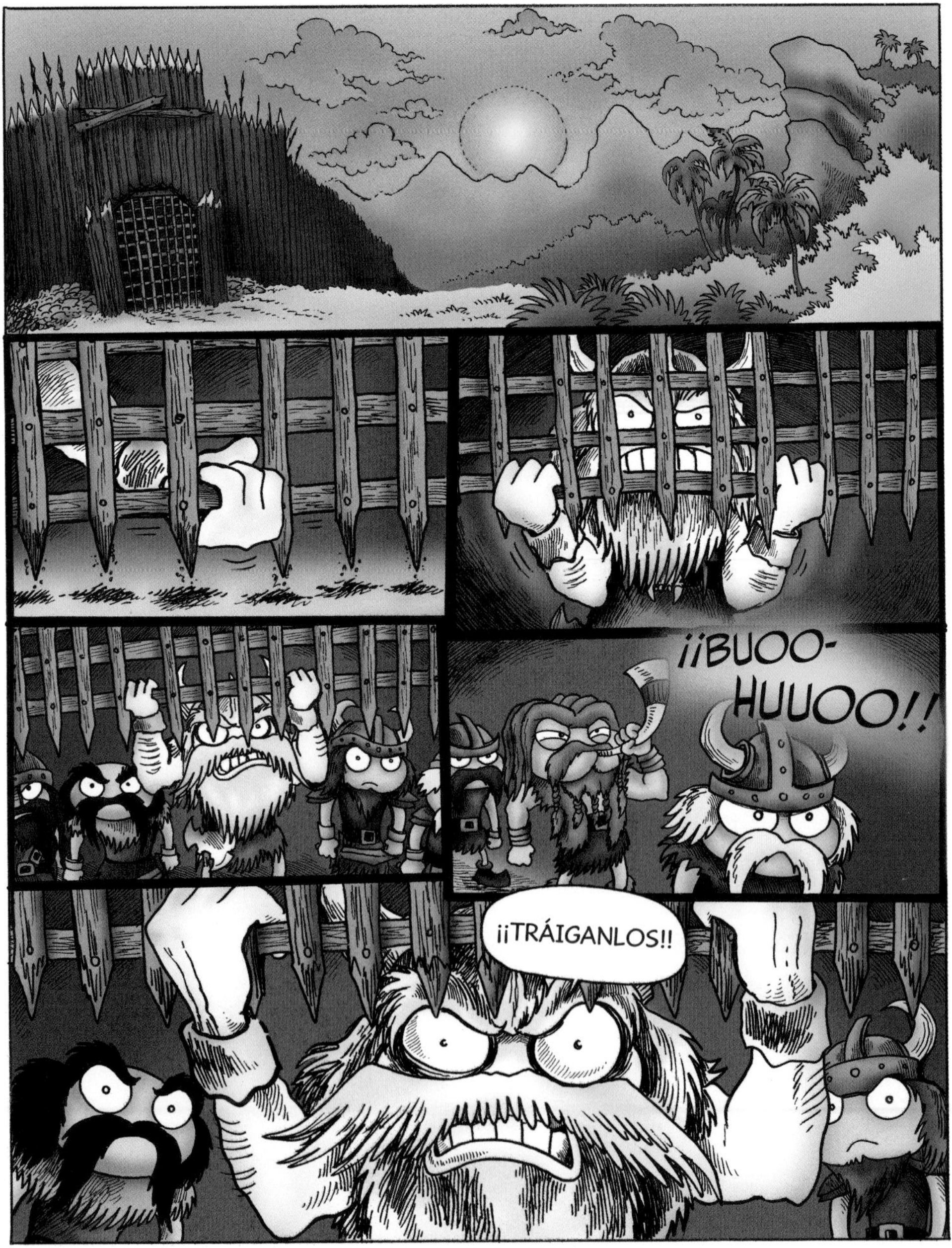
¡¡BUOO-
HUUOO!!
¡¡TRÁIGANLOS!!

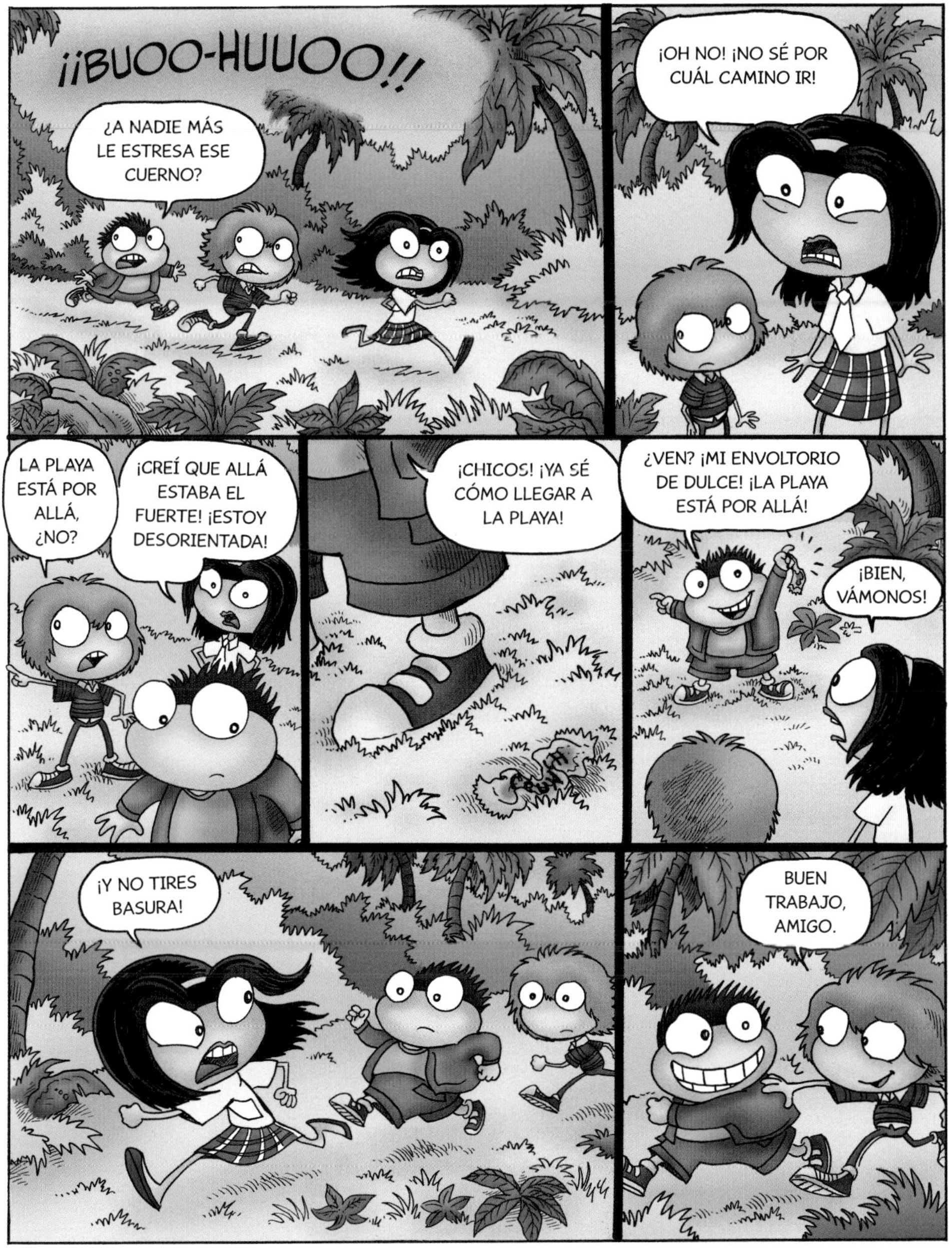
¡¡BUOO-HUUOO!!
¿A NADIE MÁS LE ESTRESA ESE CUERNO?
¡OH NO! ¡NO SÉ POR CUÁL CAMINO IR!
LA PLAYA ESTÁ POR ALLÁ, ¿NO?
¡CREÍ QUE ALLÁ ESTABA EL FUERTE! ¡ESTOY DESORIENTADA!
¡CHICOS! ¡YA SÉ CÓMO LLEGAR A LA PLAYA!
¿VEN? ¡MI ENVOLTORIO DE DULCE! ¡LA PLAYA ESTÁ POR ALLÁ!
¡BIEN, VÁMONOS!
¡Y NO TIRES BASURA!
BUEN TRABAJO, AMIGO.

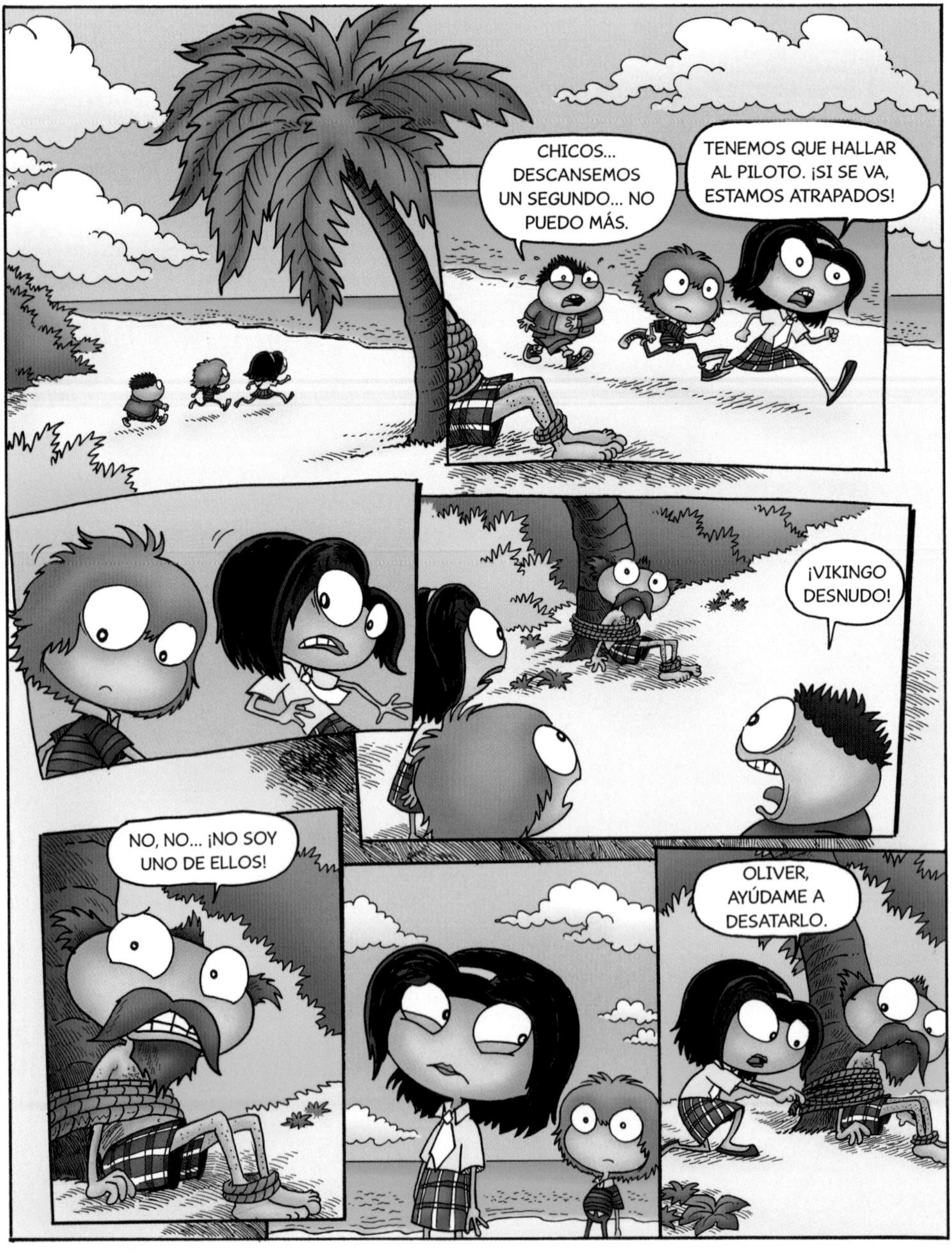
CHICOS... DESCANSEMOS UN SEGUNDO... NO PUEDO MÁS.
TENEMOS QUE HALLAR AL PILOTO. ¡SI SE VA, ESTAMOS ATRAPADOS!
¡VIKINGO DESNUDO!
NO, NO... ¡NO SOY UNO DE ELLOS!
OLIVER, AYÚDAME A DESATARLO.

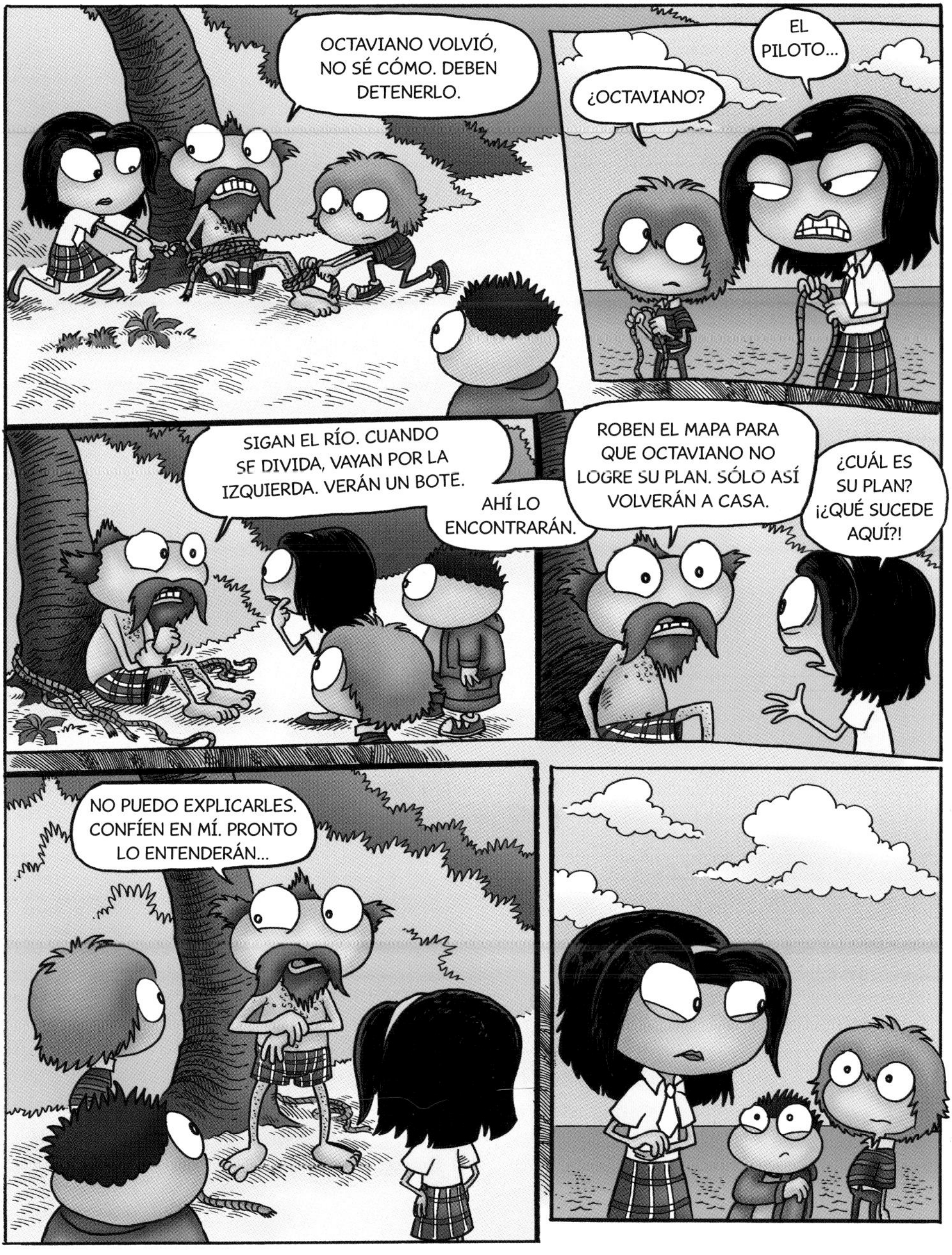
OCTAVIANO VOLVIÓ, NO SÉ CÓMO. DEBEN DETENERLO.
¿OCTAVIANO?
EL PILOTO...
SIGAN EL RÍO. CUANDO SE DIVIDA, VAYAN POR LA IZQUIERDA. VERÁN UN BOTE.
AHÍ LO ENCONTRARÁN.
ROBEN EL MAPA PARA QUE OCTAVIANO NO LOGRE SU PLAN. SÓLO ASÍ VOLVERÁN A CASA.
¿CUÁL ES SU PLAN? ¡¿QUÉ SUCEDE AQUÍ?!
NO PUEDO EXPLICARLES. CONFÍEN EN MÍ. PRONTO LO ENTENDERÁN...

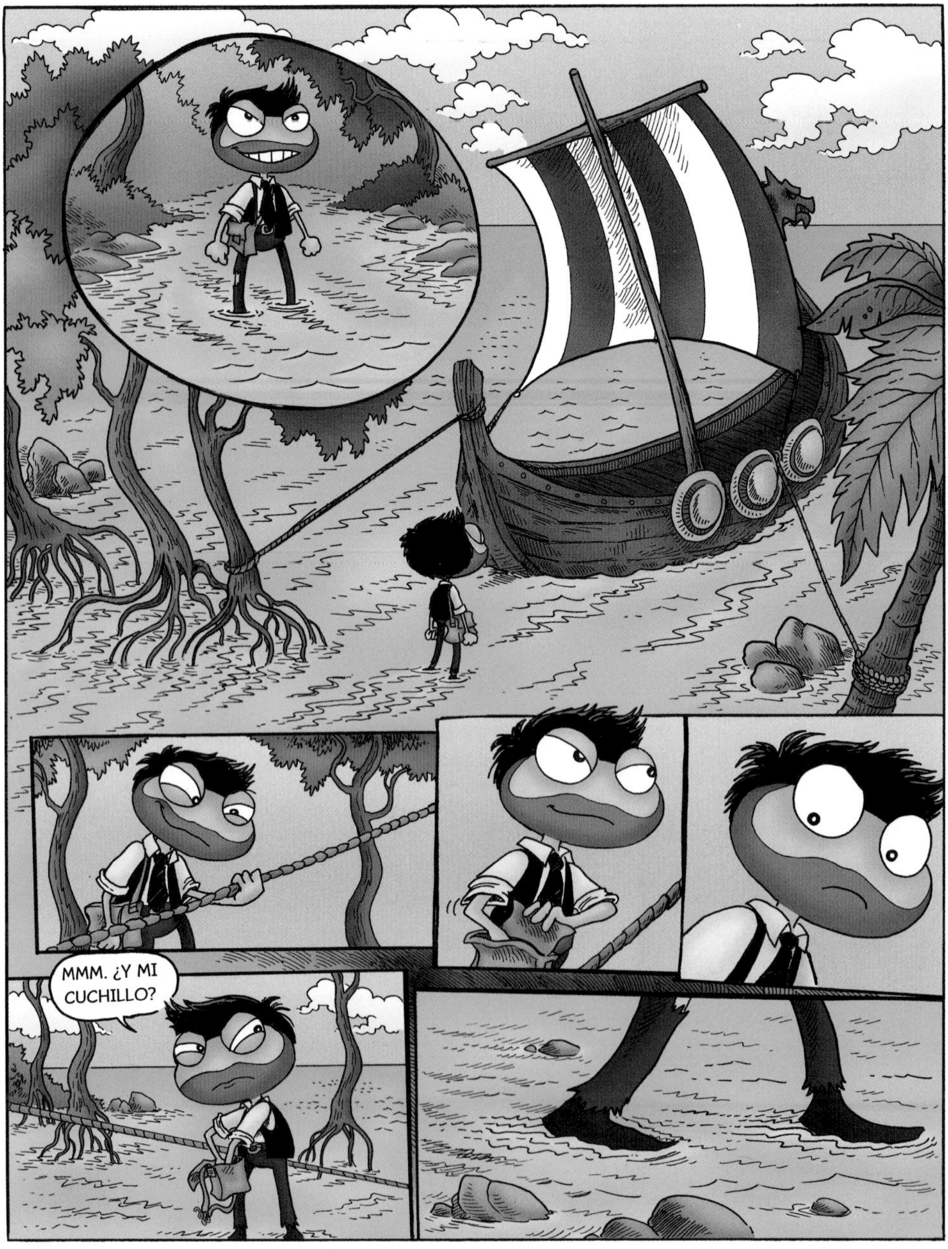
MMM. ¿Y MI CUCHILLO?

# Capítulo 8

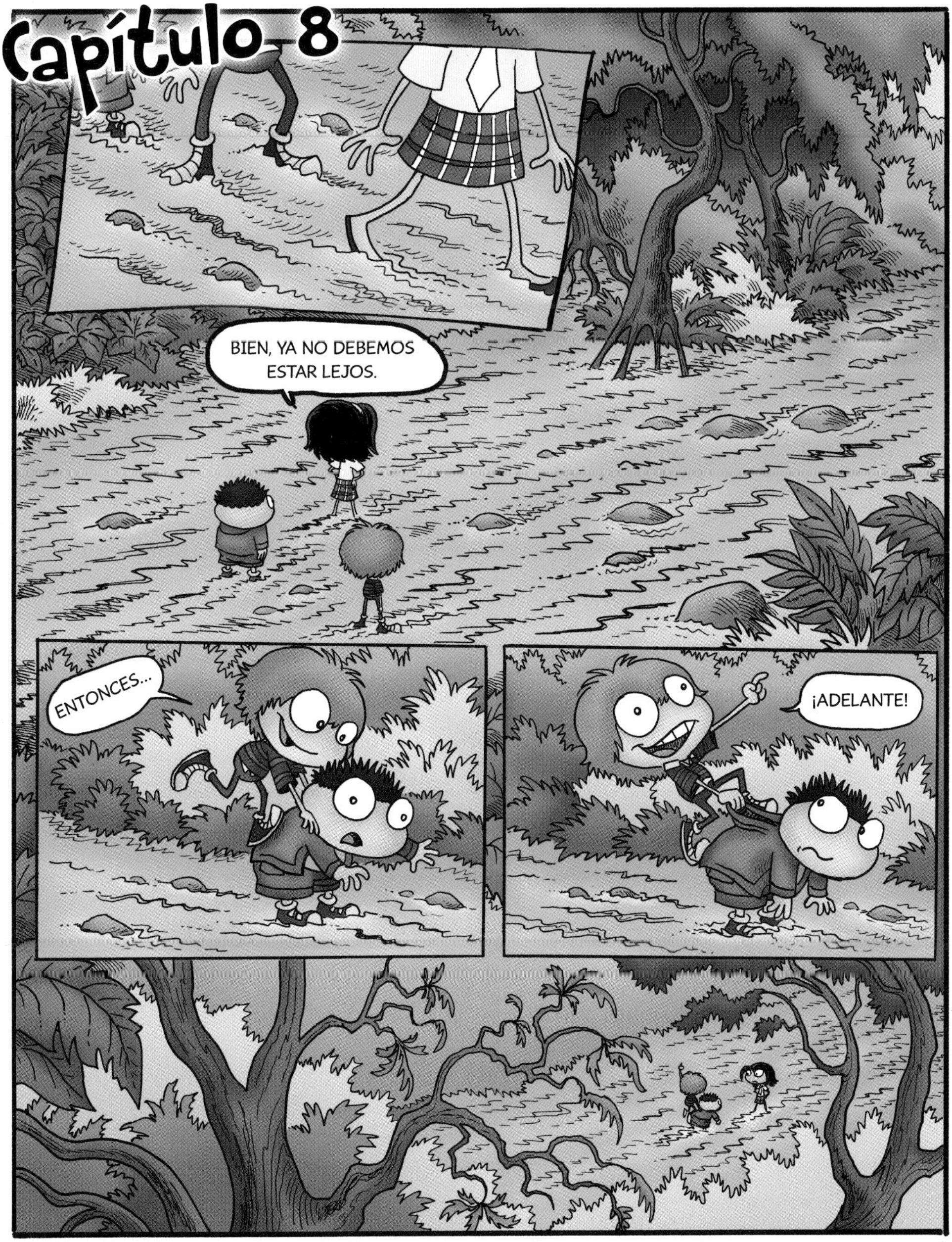
BIEN, YA NO DEBEMOS ESTAR LEJOS.
ENTONCES...
¡ADELANTE!

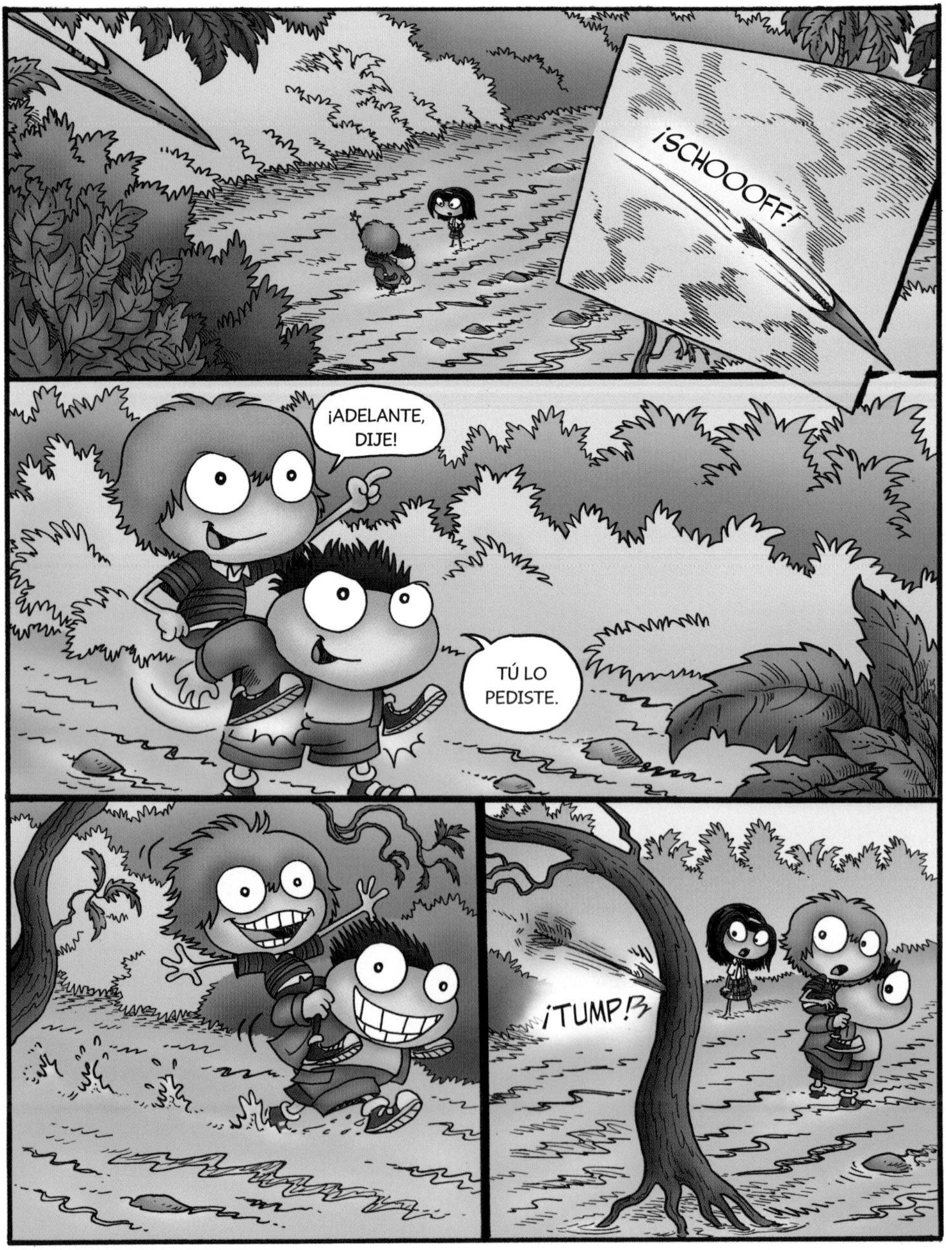
¡SCHOOOFF!
¡ADELANTE, DIJE!
TÚ LO PEDISTE.
¡TUMP!

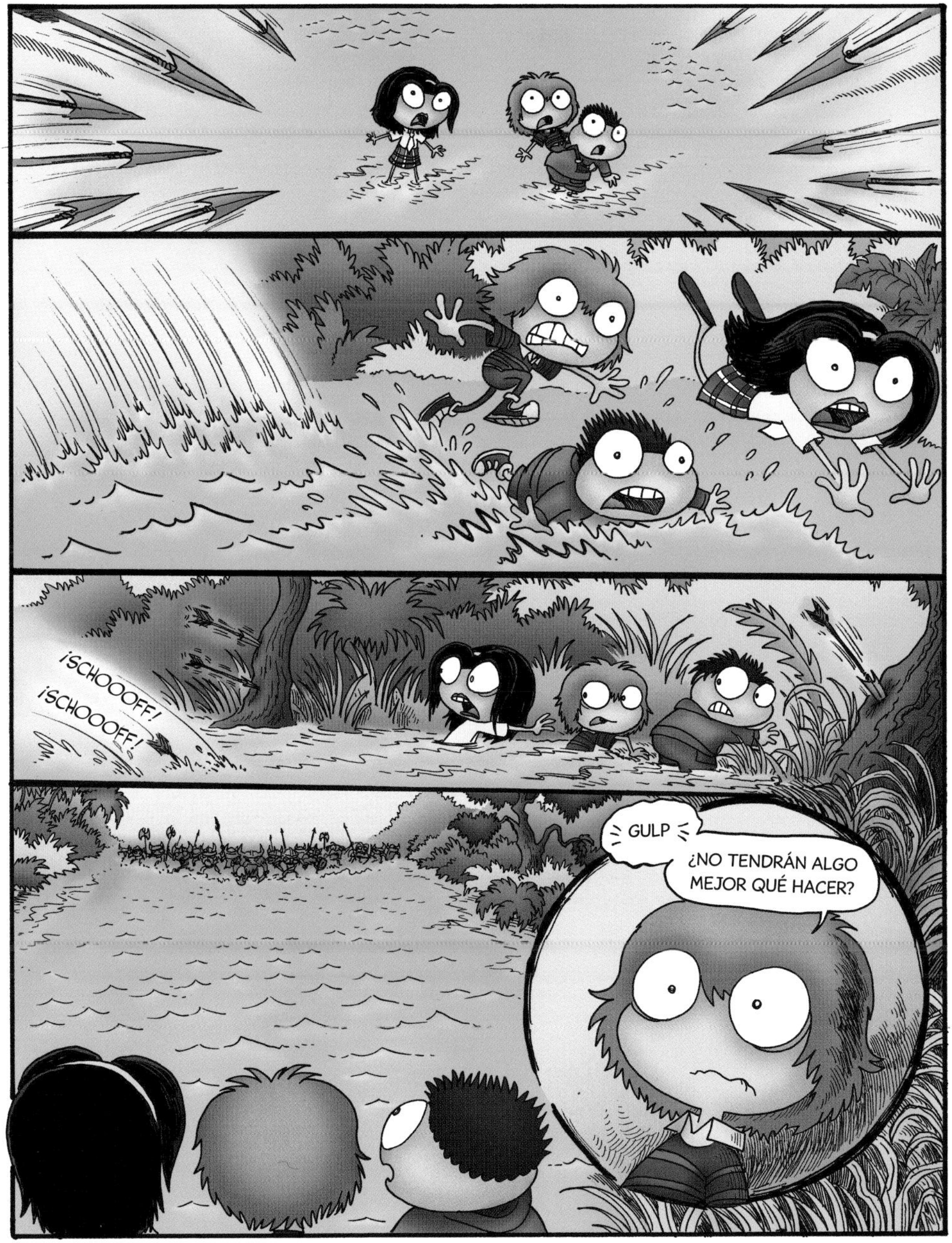
¡SCHOOOFF!
¡SCHOOOFF!
GULP
¿NO TENDRÁN ALGO MEJOR QUÉ HACER?

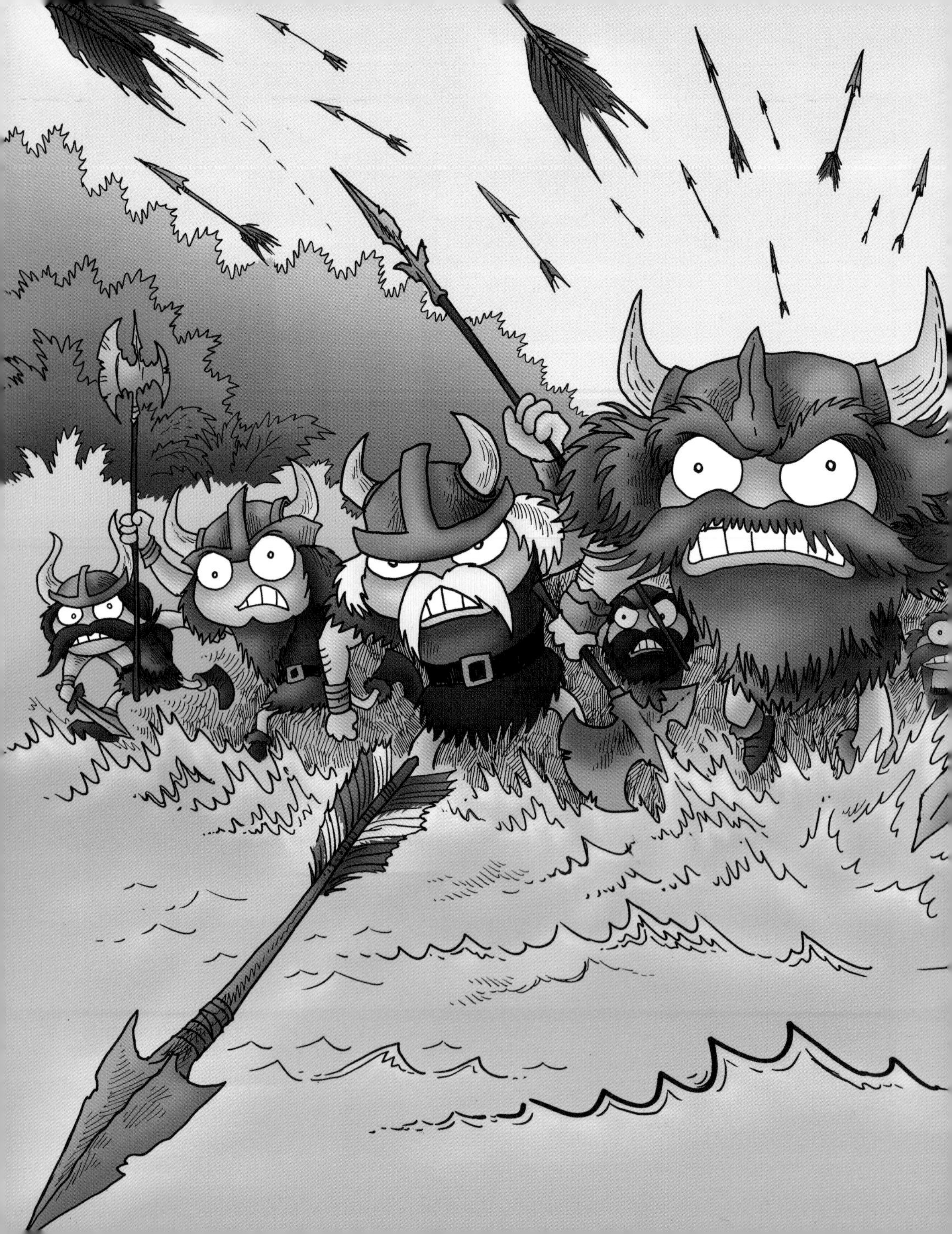

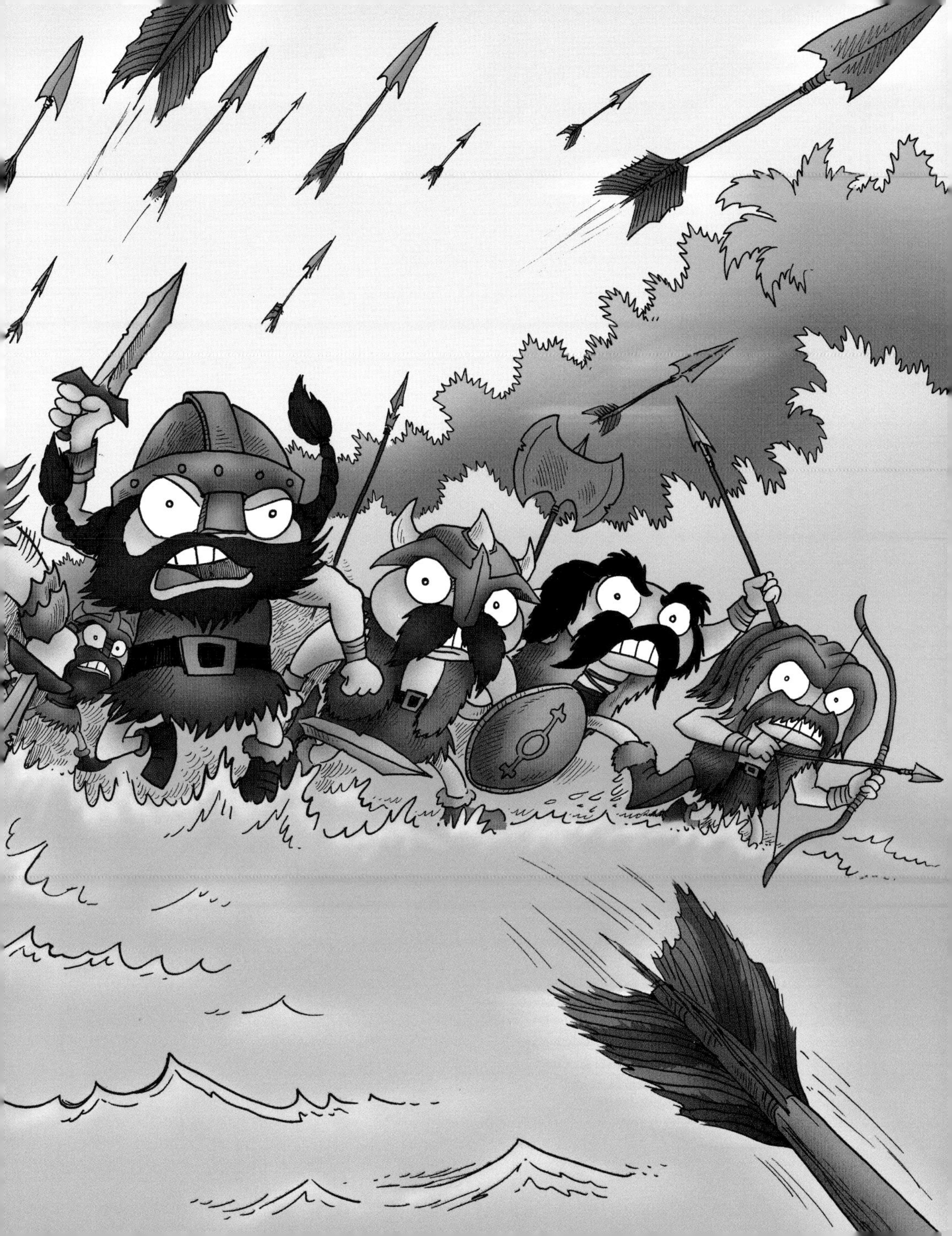

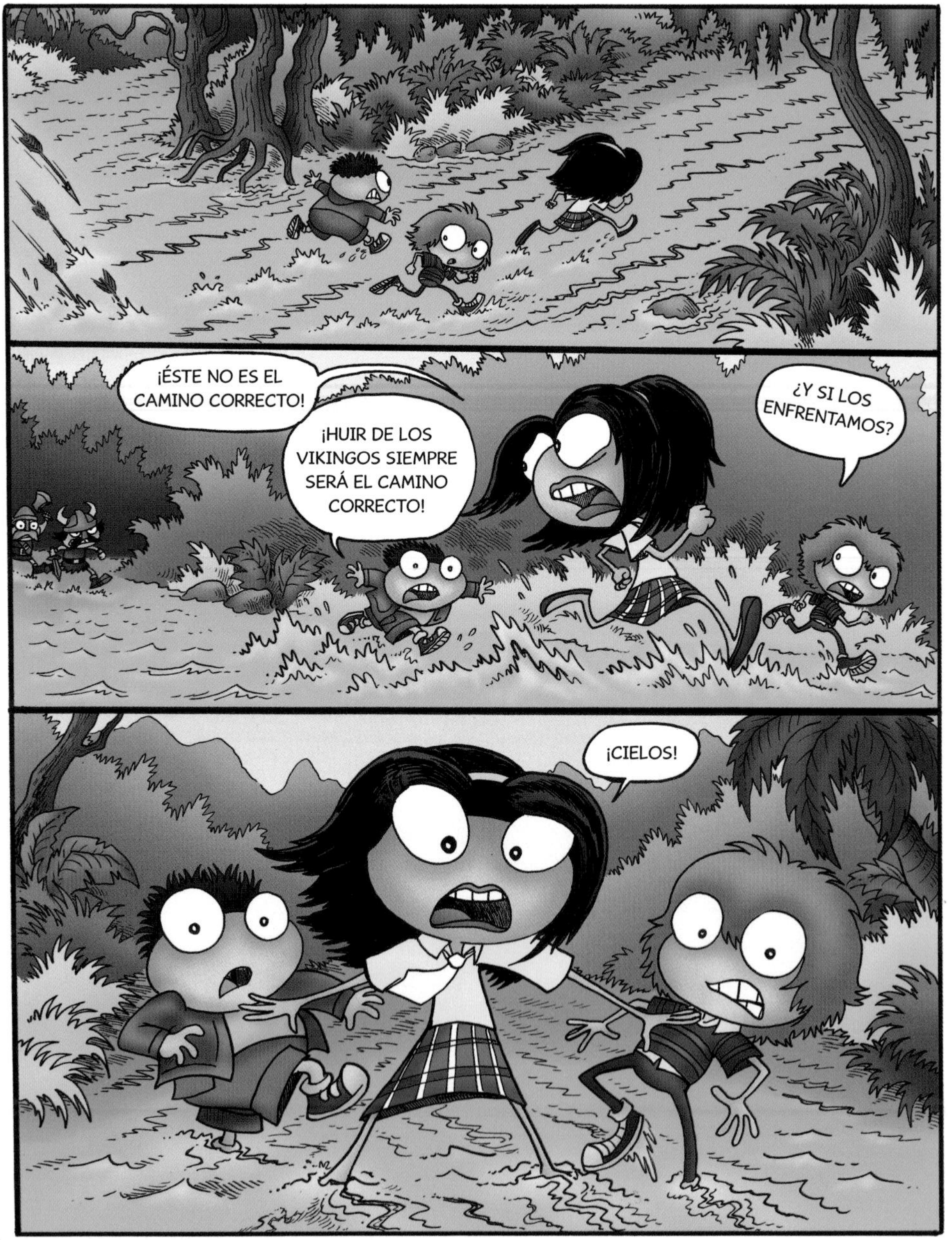
¡ÉSTE NO ES EL CAMINO CORRECTO!
¡HUIR DE LOS VIKINGOS SIEMPRE SERÁ EL CAMINO CORRECTO!
¿Y SI LOS ENFRENTAMOS?
¡CIELOS!

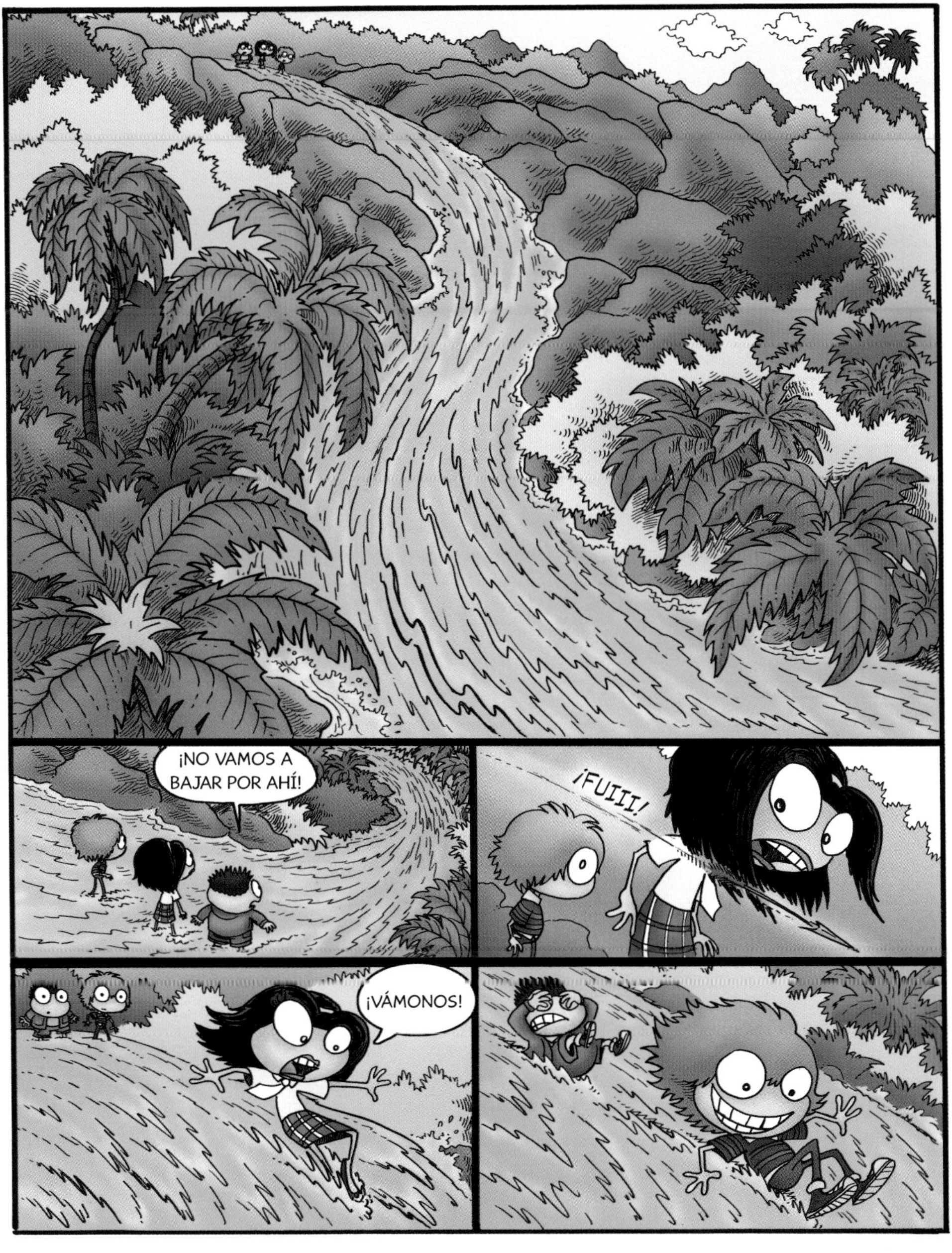
¡NO VAMOS A BAJAR POR AHÍ!
¡FUIII!
¡VÁMONOS!

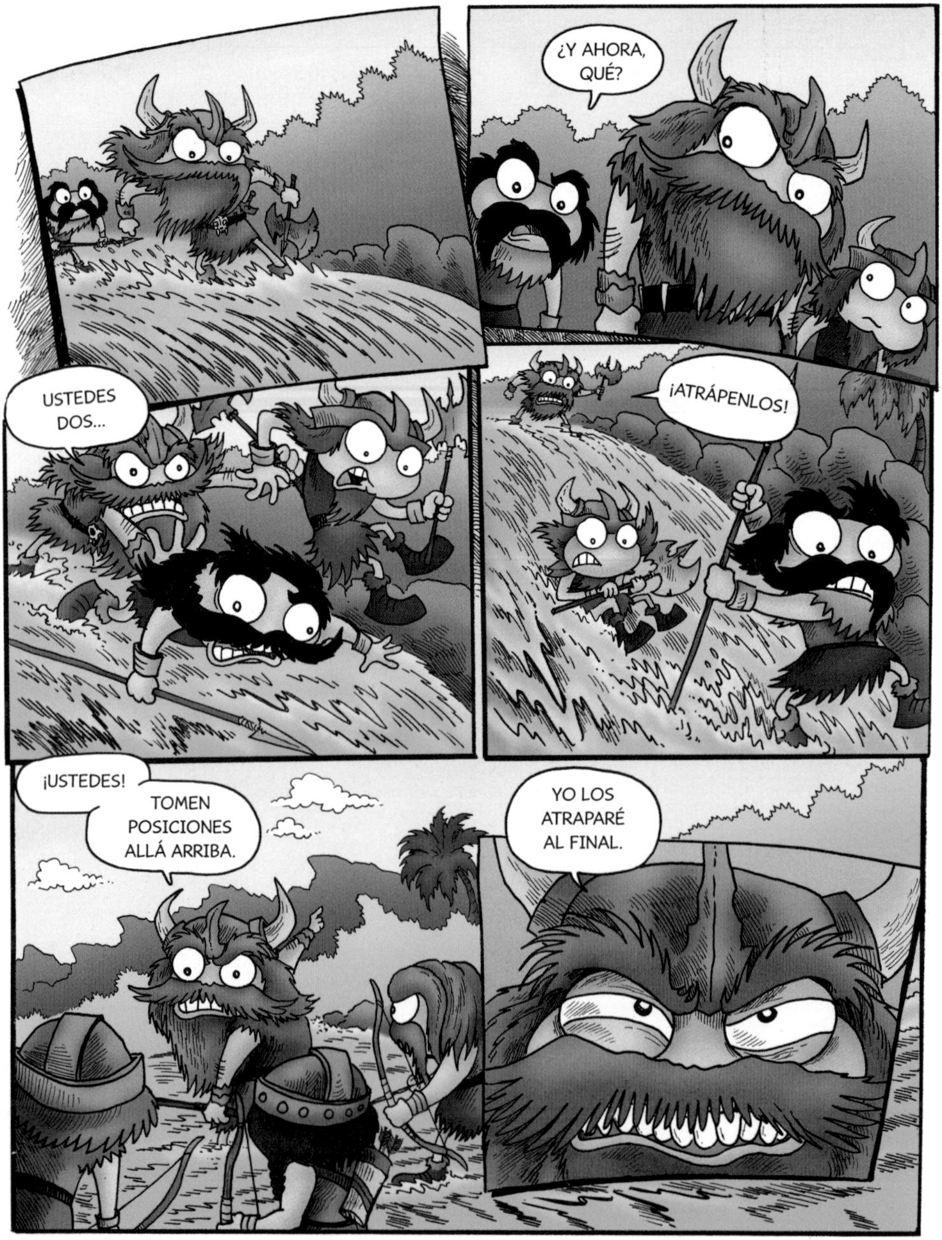
¿Y AHORA, QUÉ?
USTEDES DOS...
¡ATRÁPENLOS!
¡USTEDES!
TOMEN POSICIONES ALLÁ ARRIBA.
YO LOS ATRAPARÉ AL FINAL.

# Capítulo 9

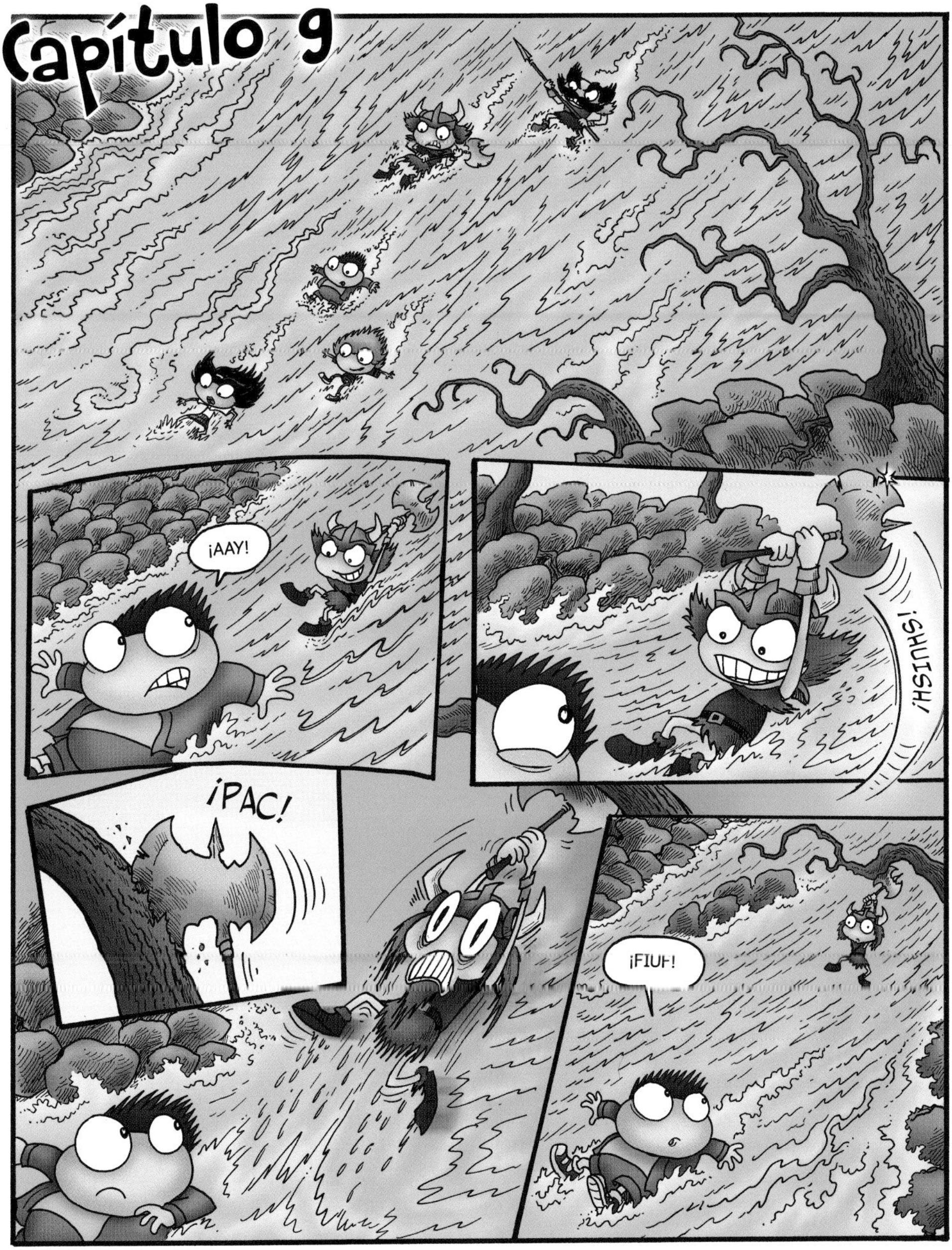
¡AAY!
¡SHUISH!
¡PAC!
¡FIUF!

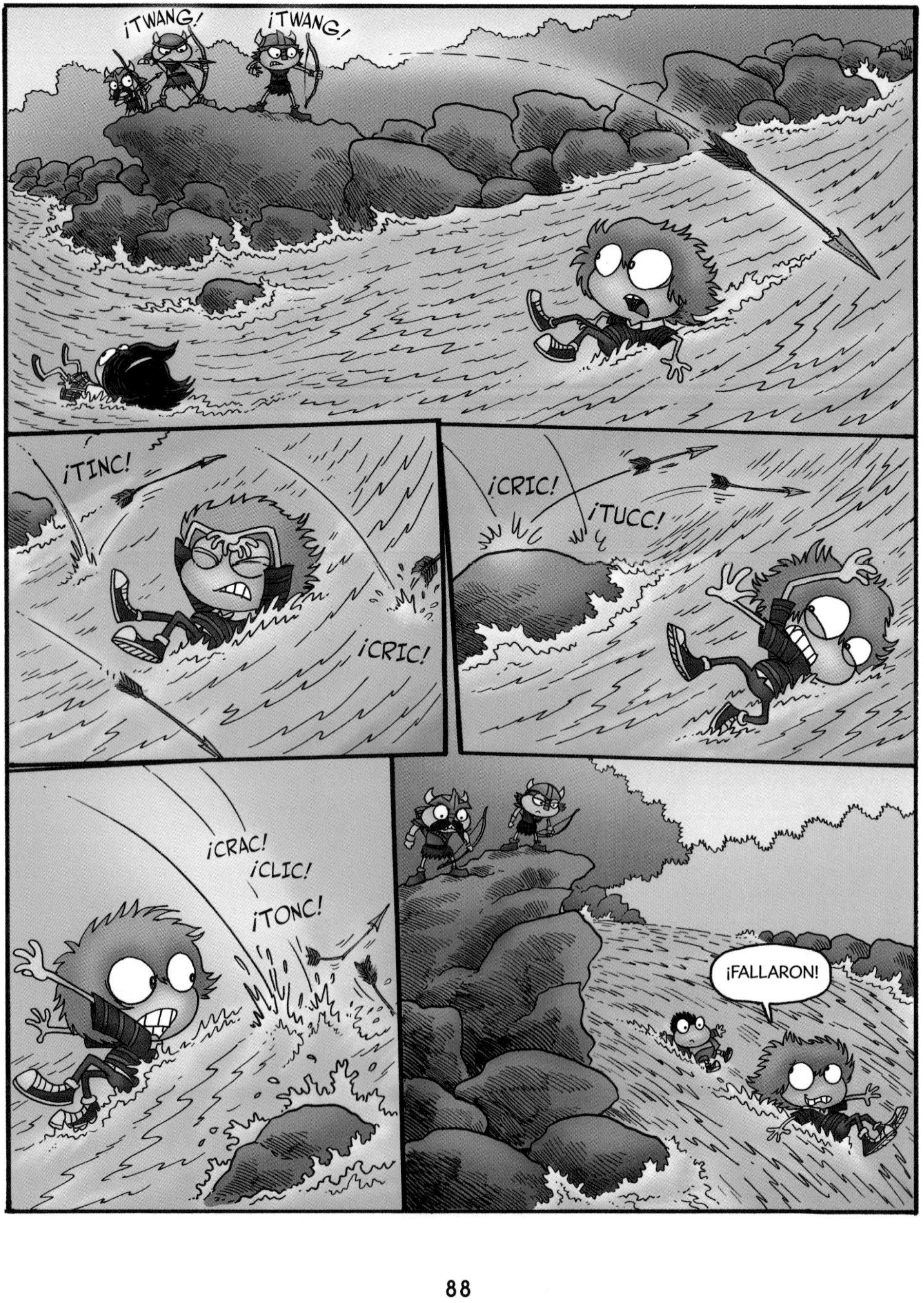
¡TWANG!
¡TWANG!
¡TINC!
¡CRIC!
¡CRIC!
¡TUCC!
¡CRAC!
¡CLIC!
¡TONC!
¡FALLARON!

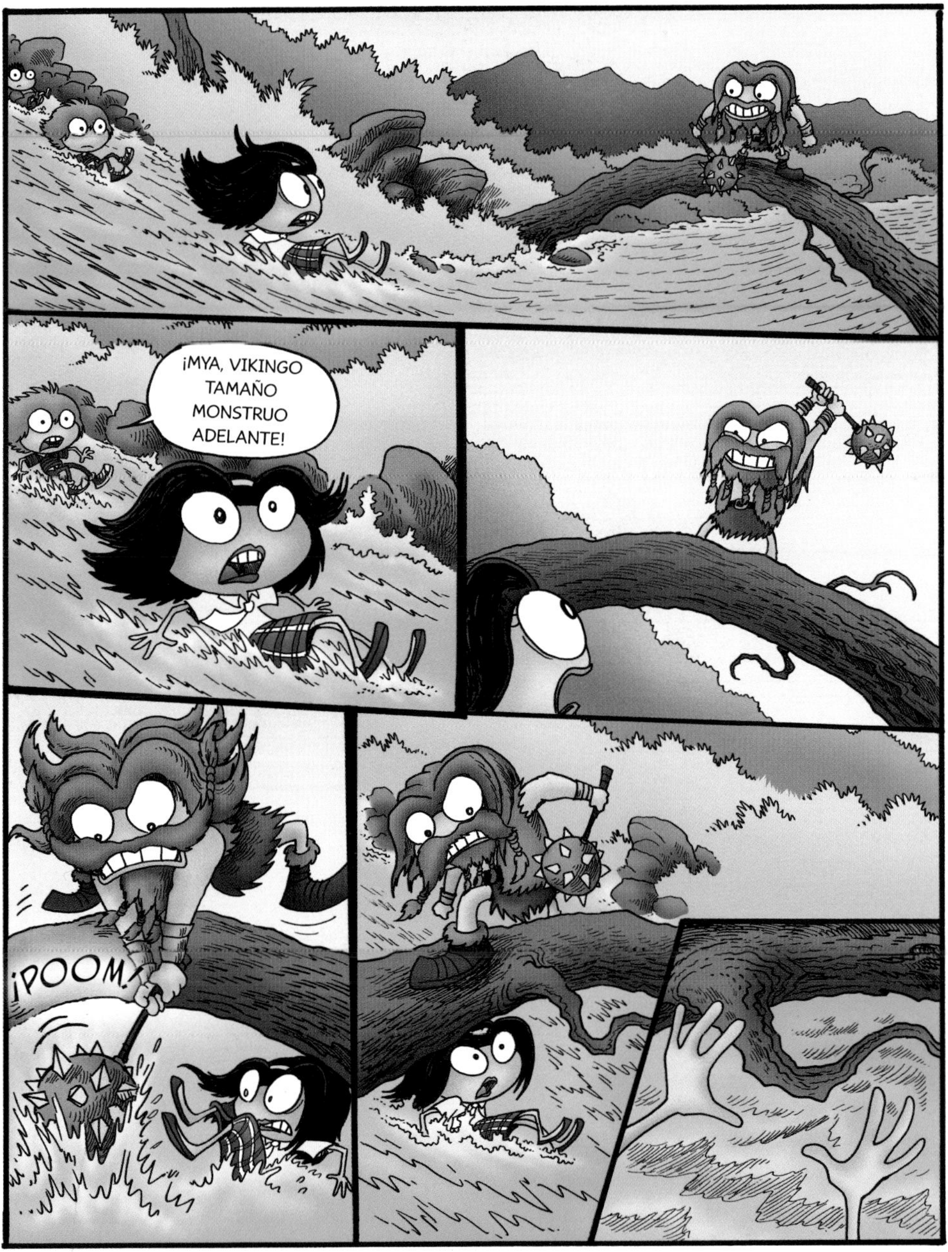
¡MYA, VIKINGO TAMAÑO MONSTRUO ADELANTE!
¡POOM!

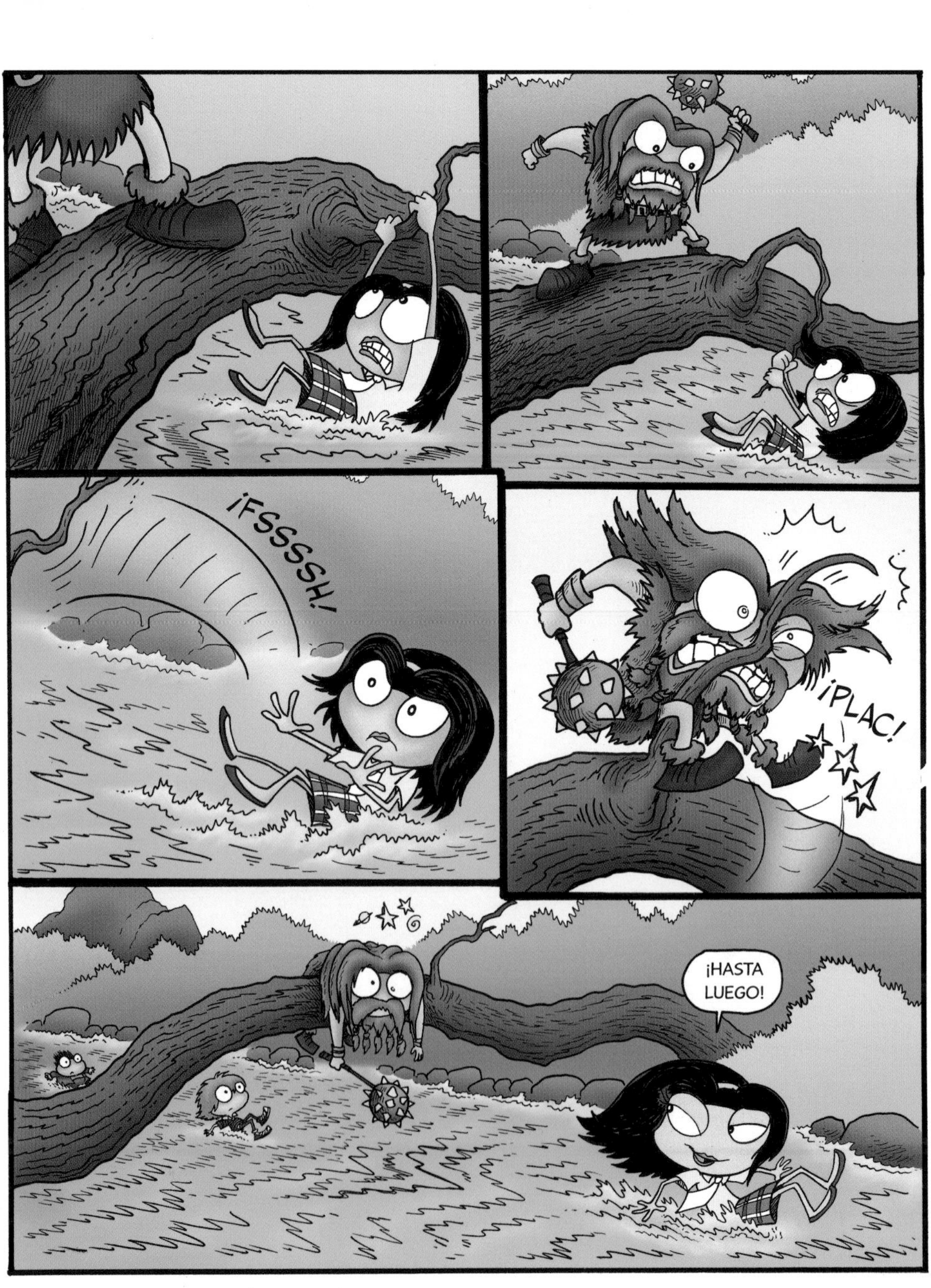
¡FSSSSH!
¡PLAC!
¡HASTA LUEGO!

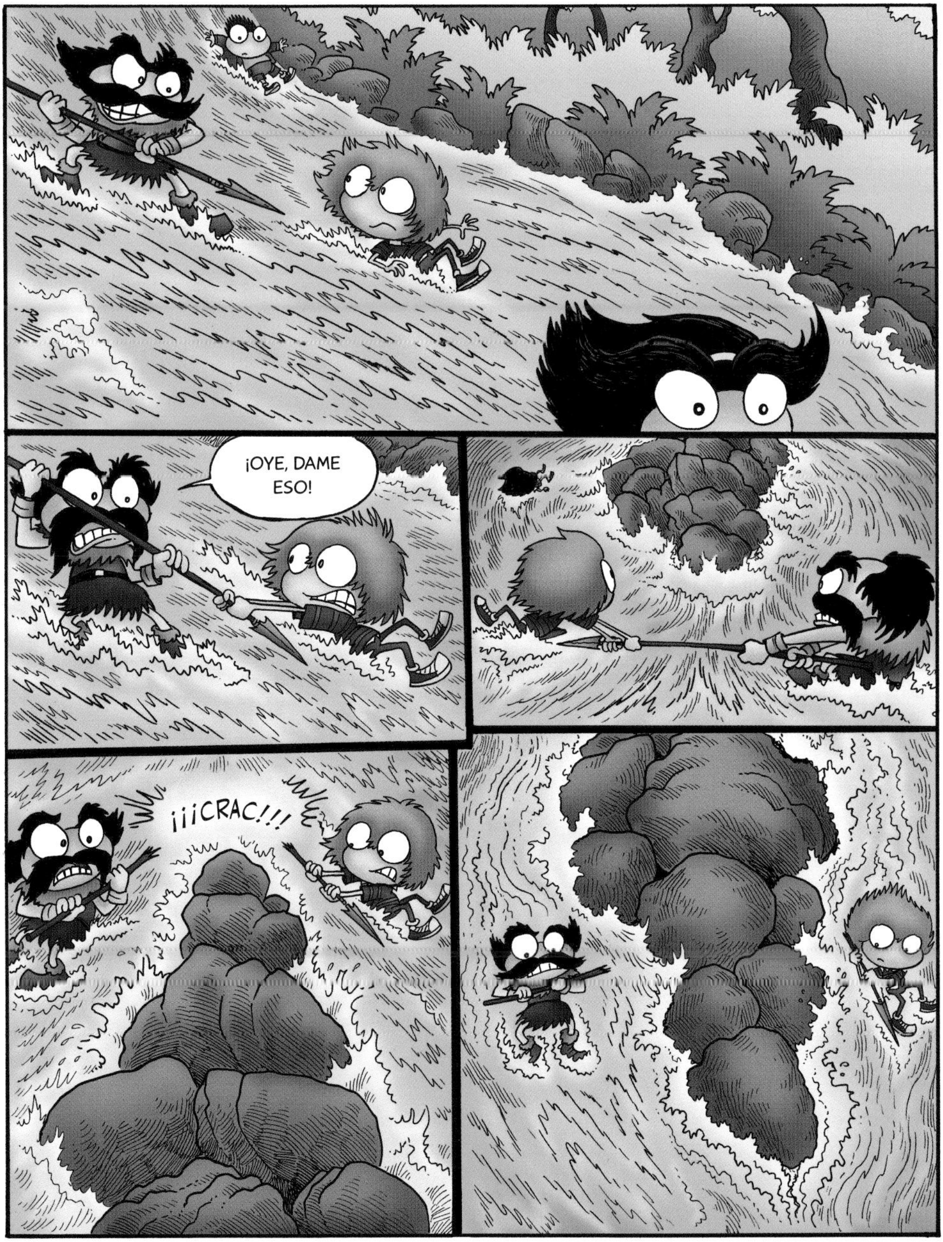
¡OYE, DAME ESO!
¡¡¡CRAC!!!

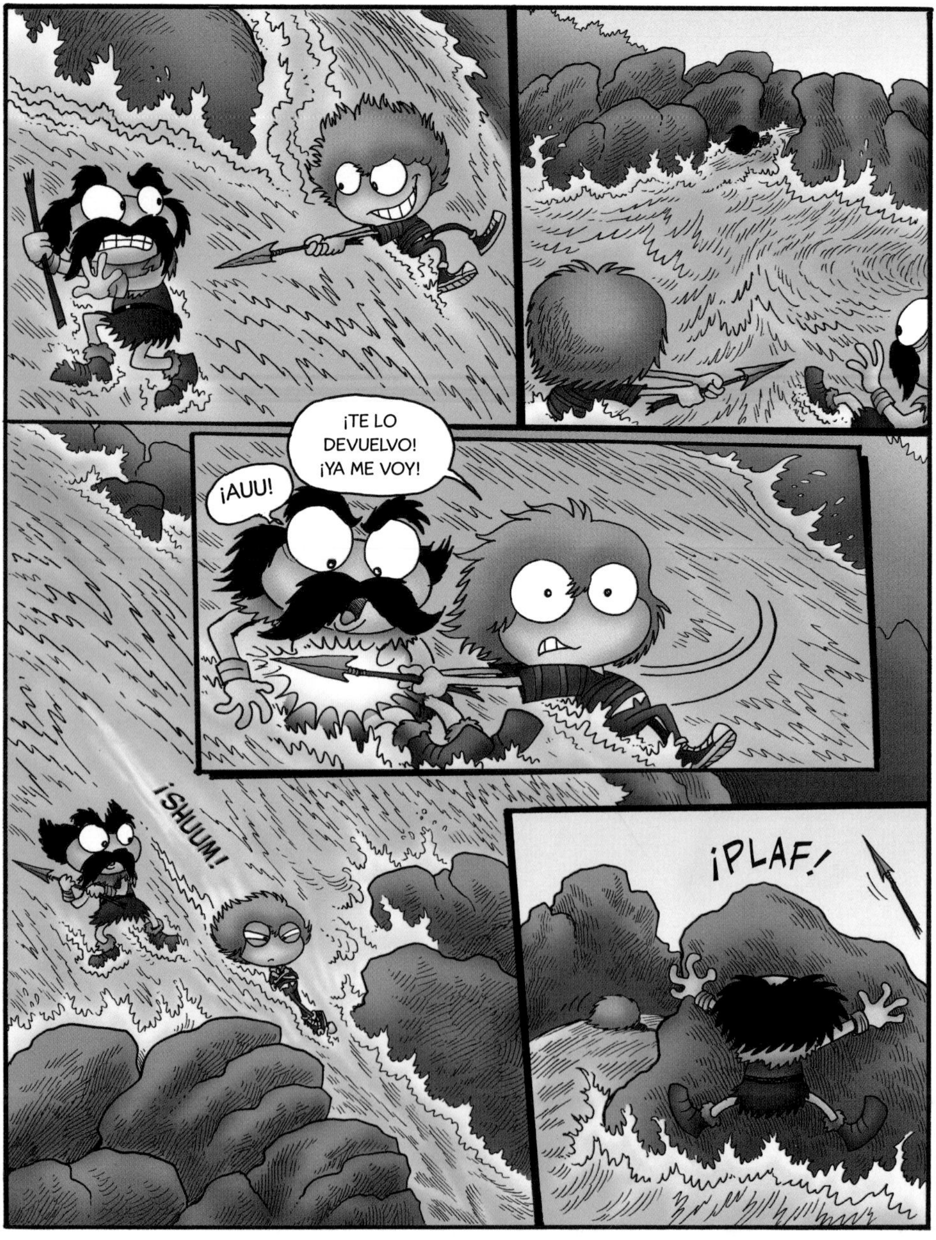
¡TE LO DEVUELVO! ¡YA ME VOY!
¡AUU!
¡SHUUM!
¡PLAF!

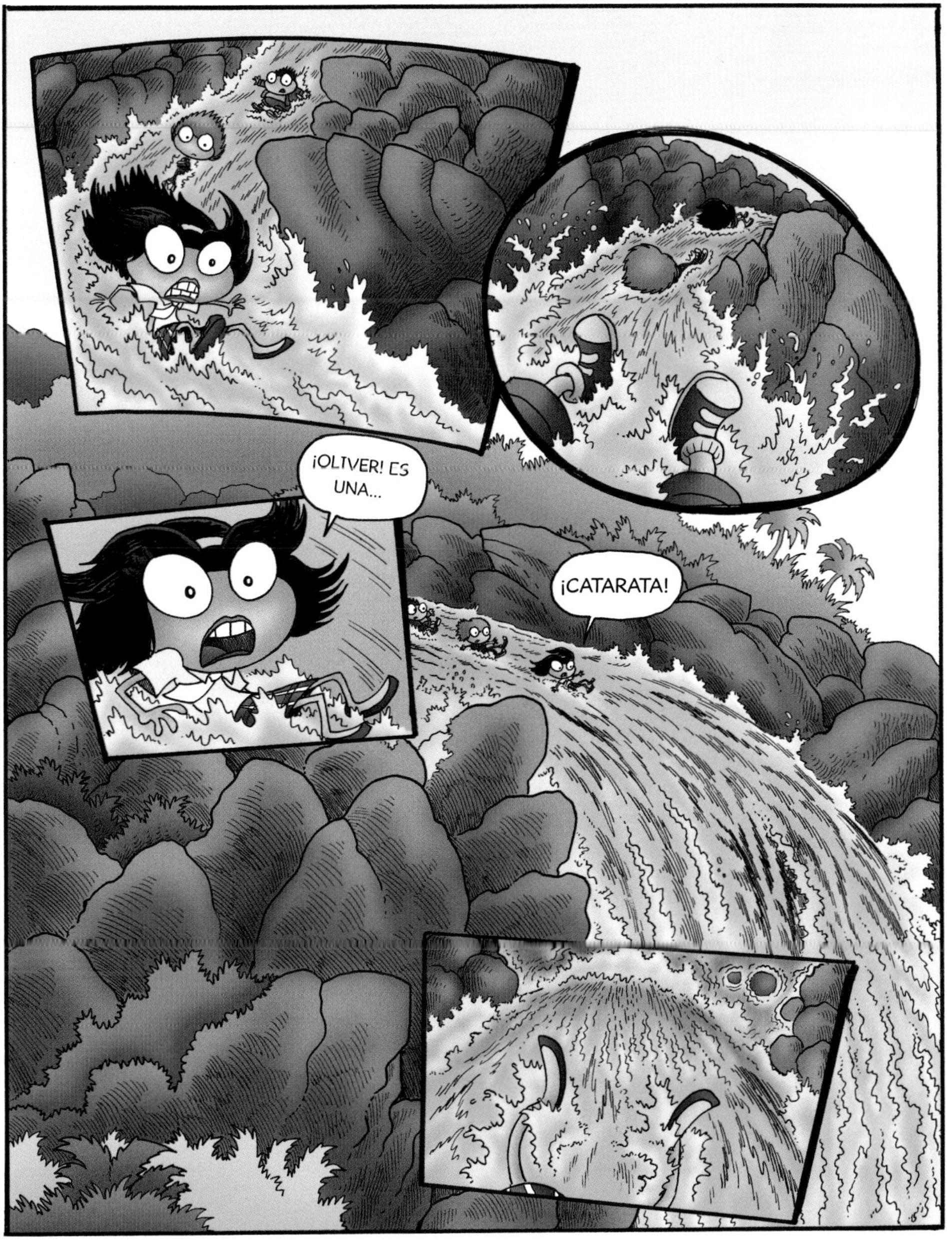
¡OLIVER! ES UNA...
¡CATARATA!

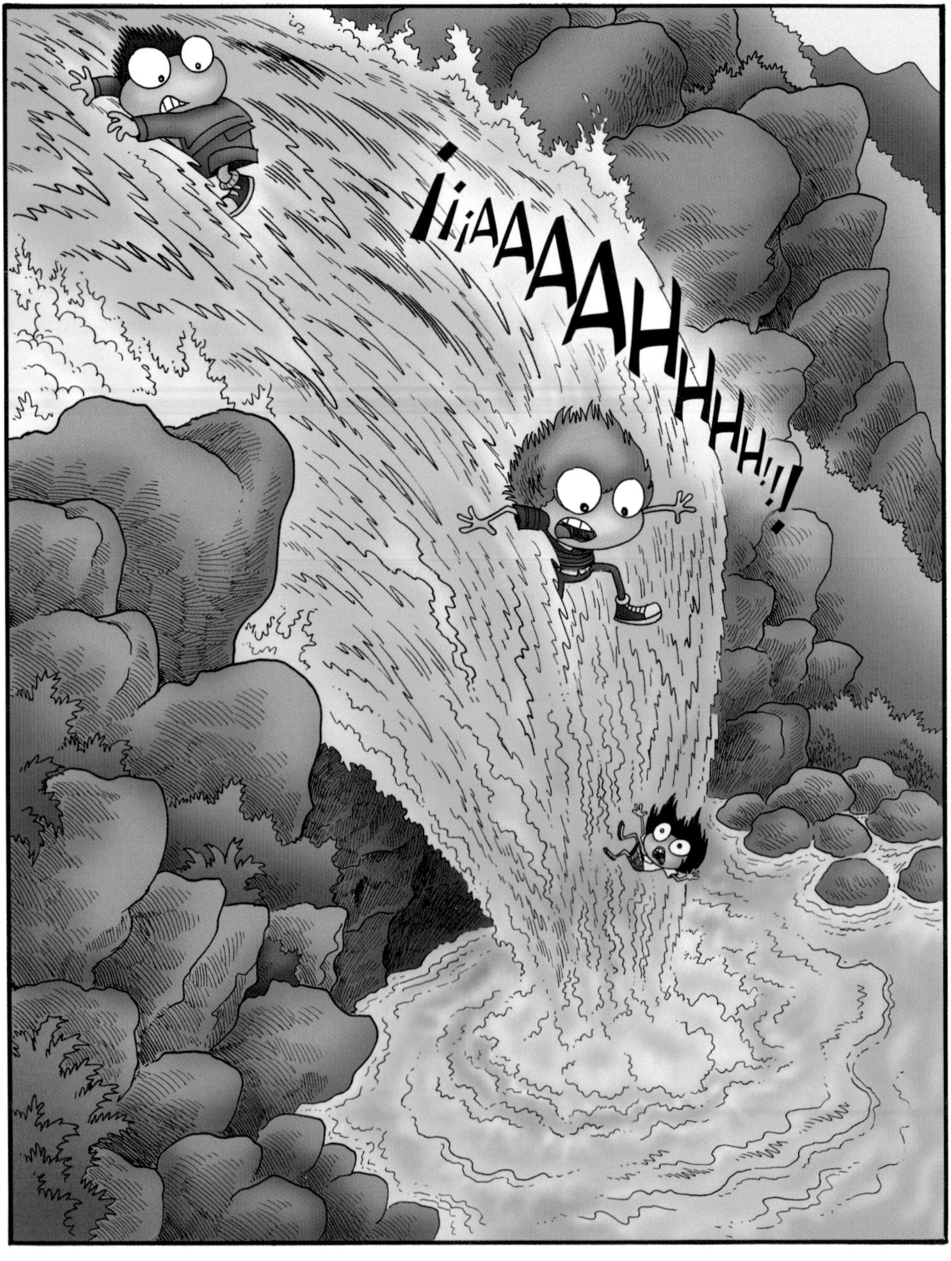
¡¡¡AAAAAHHHHH!!!

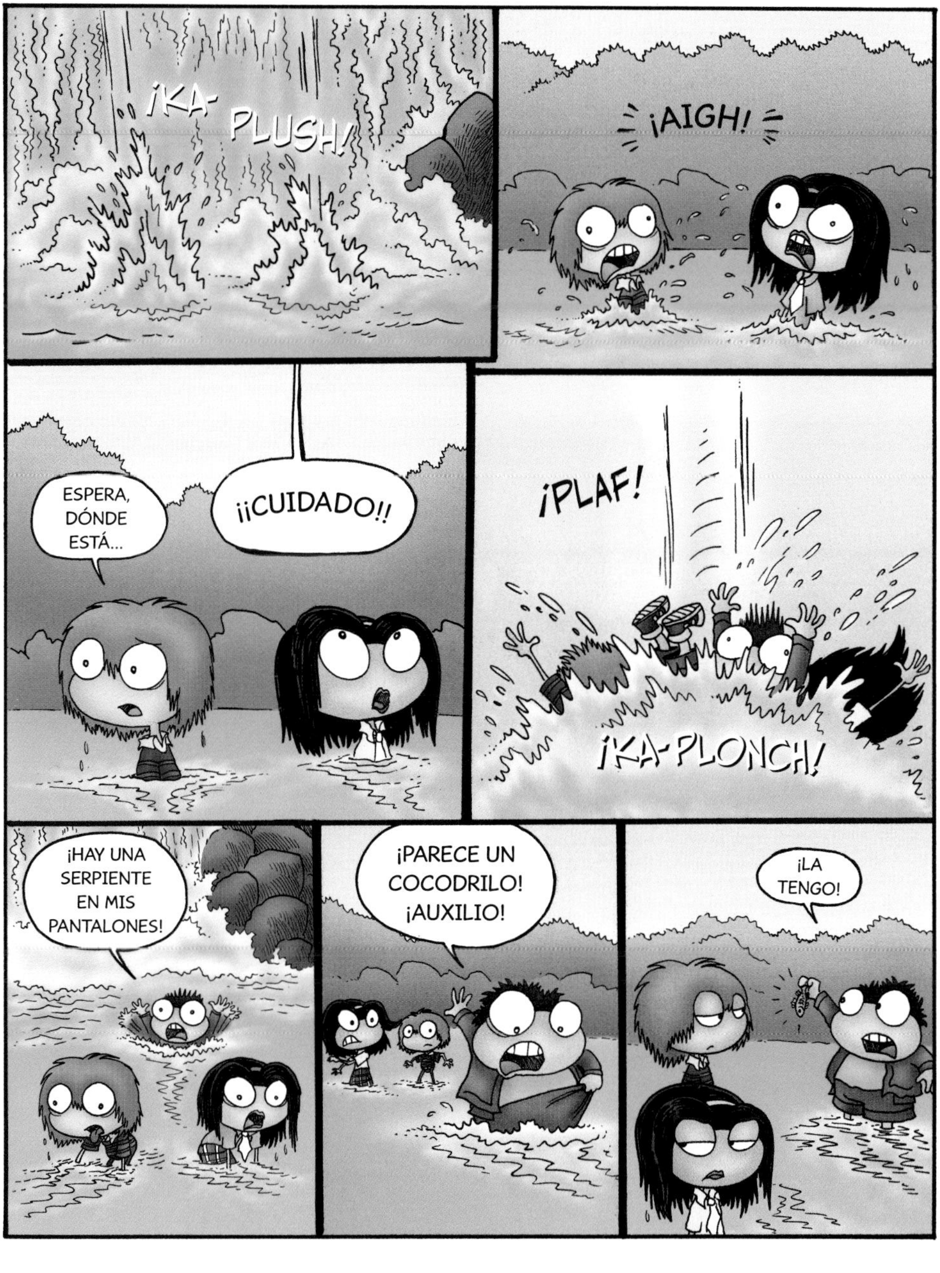
¡KA- PLUSH!
¡AIGH!
ESPERA, DÓNDE ESTÁ...
¡¡CUIDADO!!
¡PLAF!
¡KA-PLONCH!
¡HAY UNA SERPIENTE EN MIS PANTALONES!
¡PARECE UN COCODRILO! ¡AUXILIO!
¡LA TENGO!

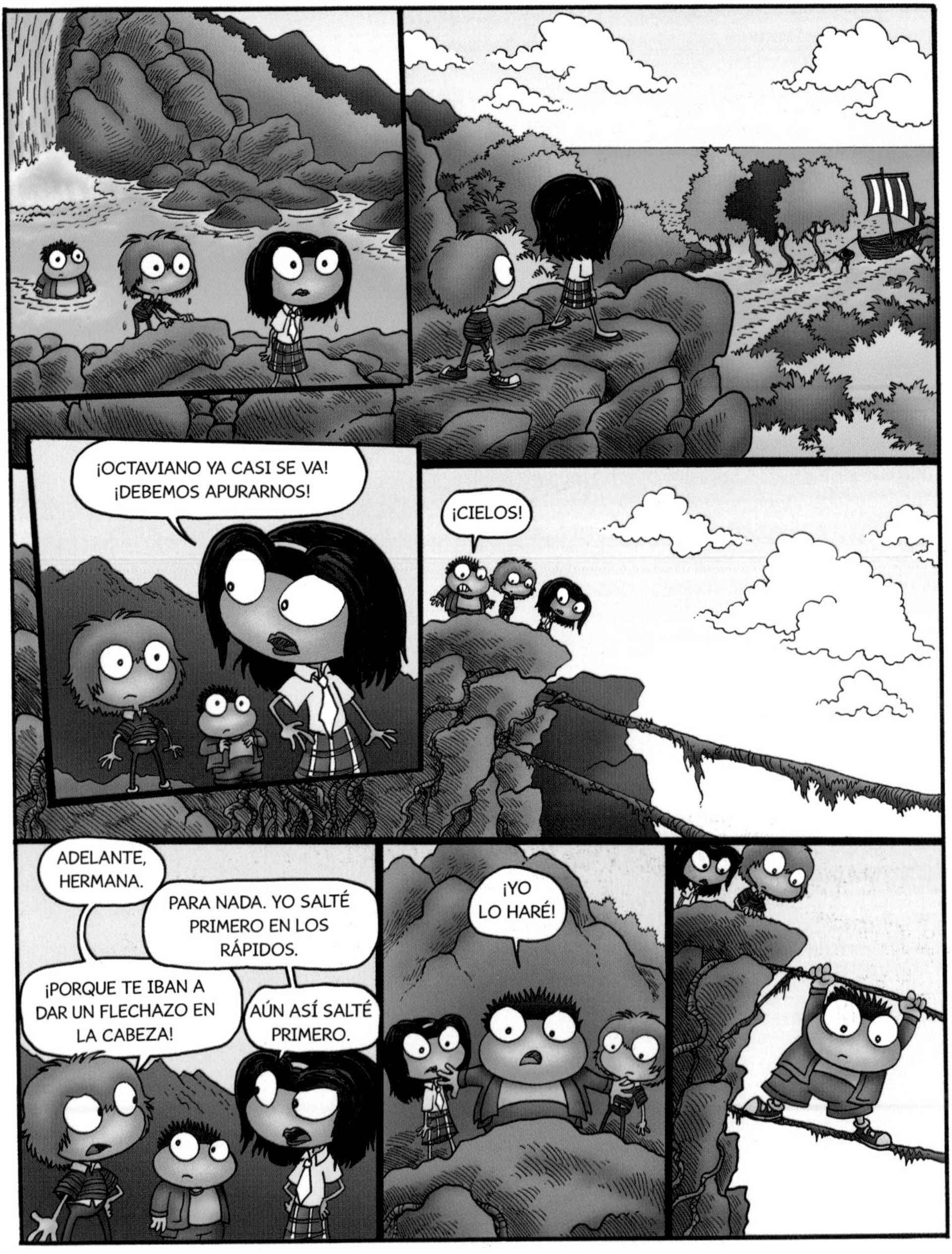
¡OCTAVIANO YA CASI SE VA! ¡DEBEMOS APURARNOS!
¡CIELOS!
ADELANTE, HERMANA.
PARA NADA. YO SALTÉ PRIMERO EN LOS RÁPIDOS.
¡PORQUE TE IBAN A DAR UN FLECHAZO EN LA CABEZA!
AÚN ASÍ SALTÉ PRIMERO.
¡YO LO HARÉ!

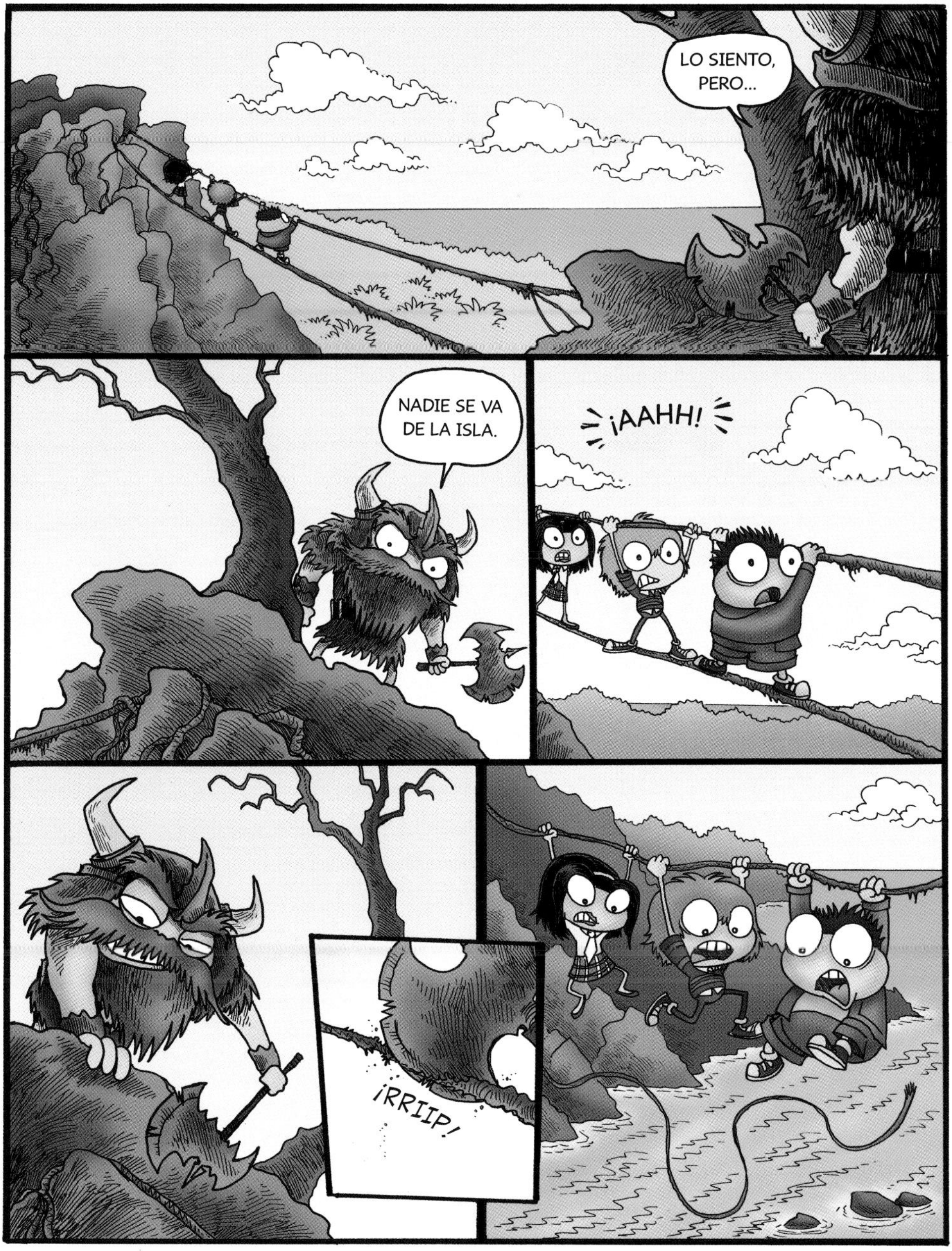
LO SIENTO, PERO...
NADIE SE VA DE LA ISLA.
¡AAHH!
¡RRIIP!

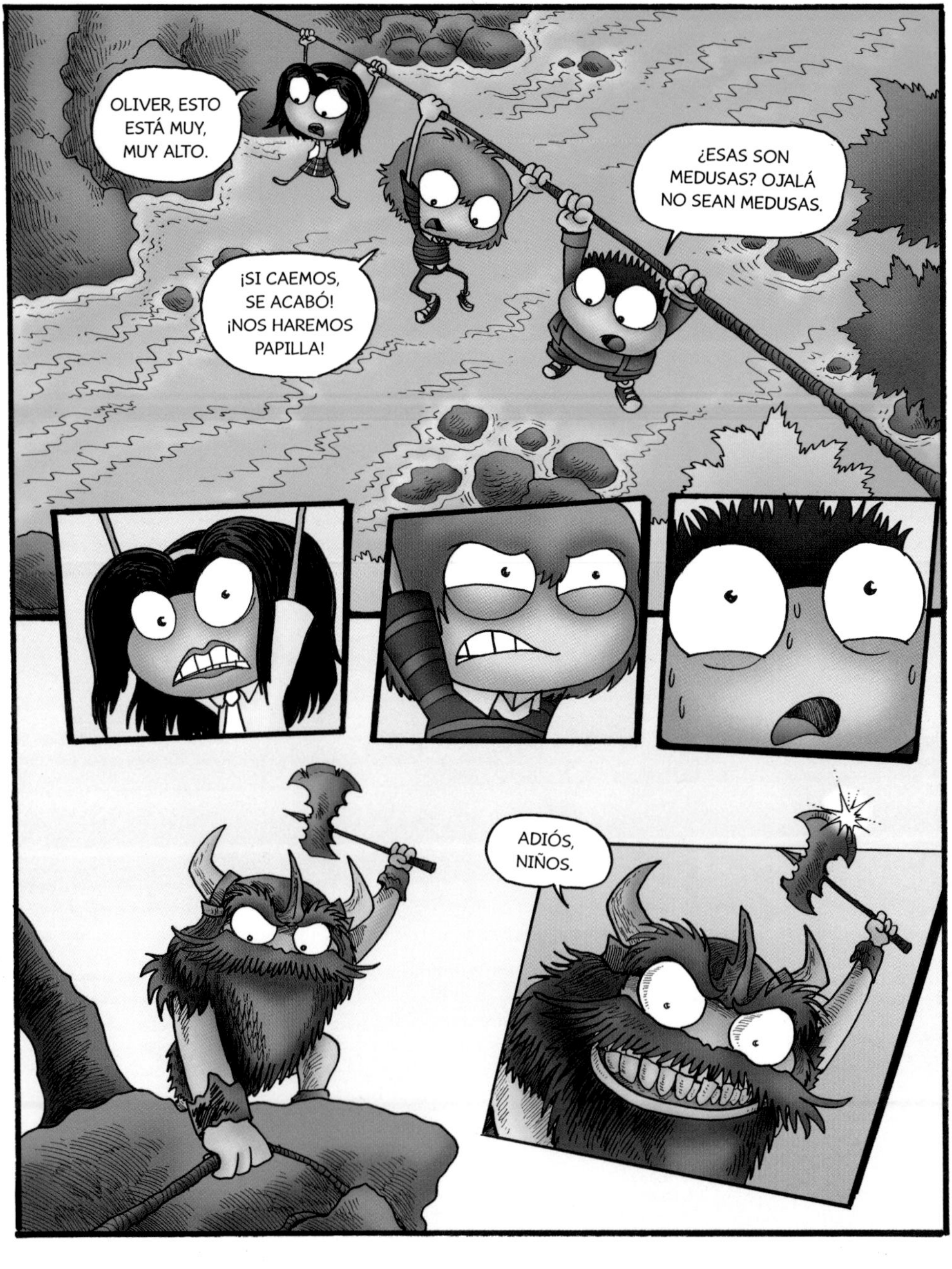
OLIVER, ESTO ESTÁ MUY, MUY ALTO.
¿ESAS SON MEDUSAS? OJALÁ NO SEAN MEDUSAS.
¡SI CAEMOS, SE ACABÓ! ¡NOS HAREMOS PAPILLA!
ADIÓS, NIÑOS.

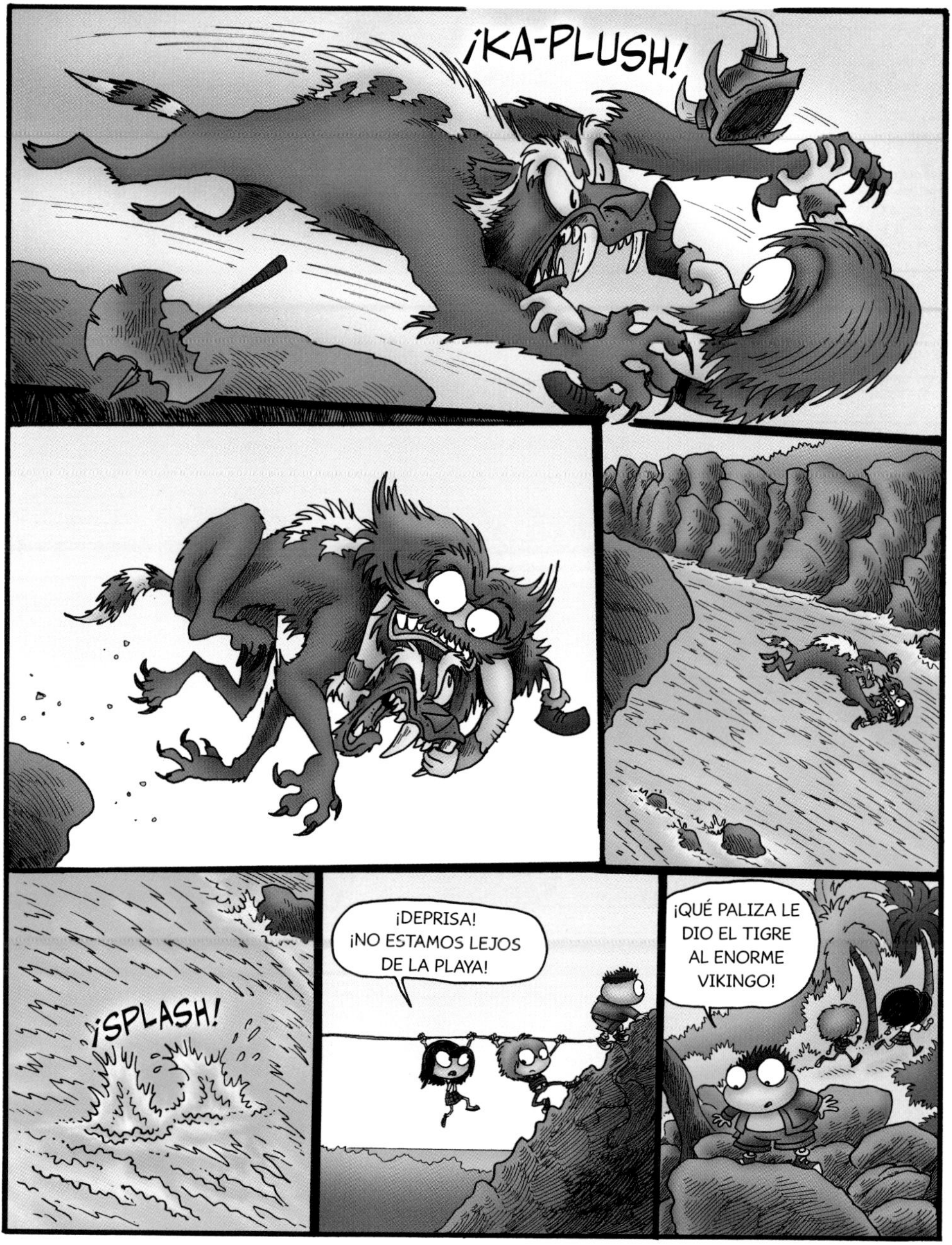
¡KA-PLUSH!
¡SPLASH!
¡DEPRISA! ¡NO ESTAMOS LEJOS DE LA PLAYA!
¡QUÉ PALIZA LE DIO EL TIGRE AL ENORME VIKINGO!

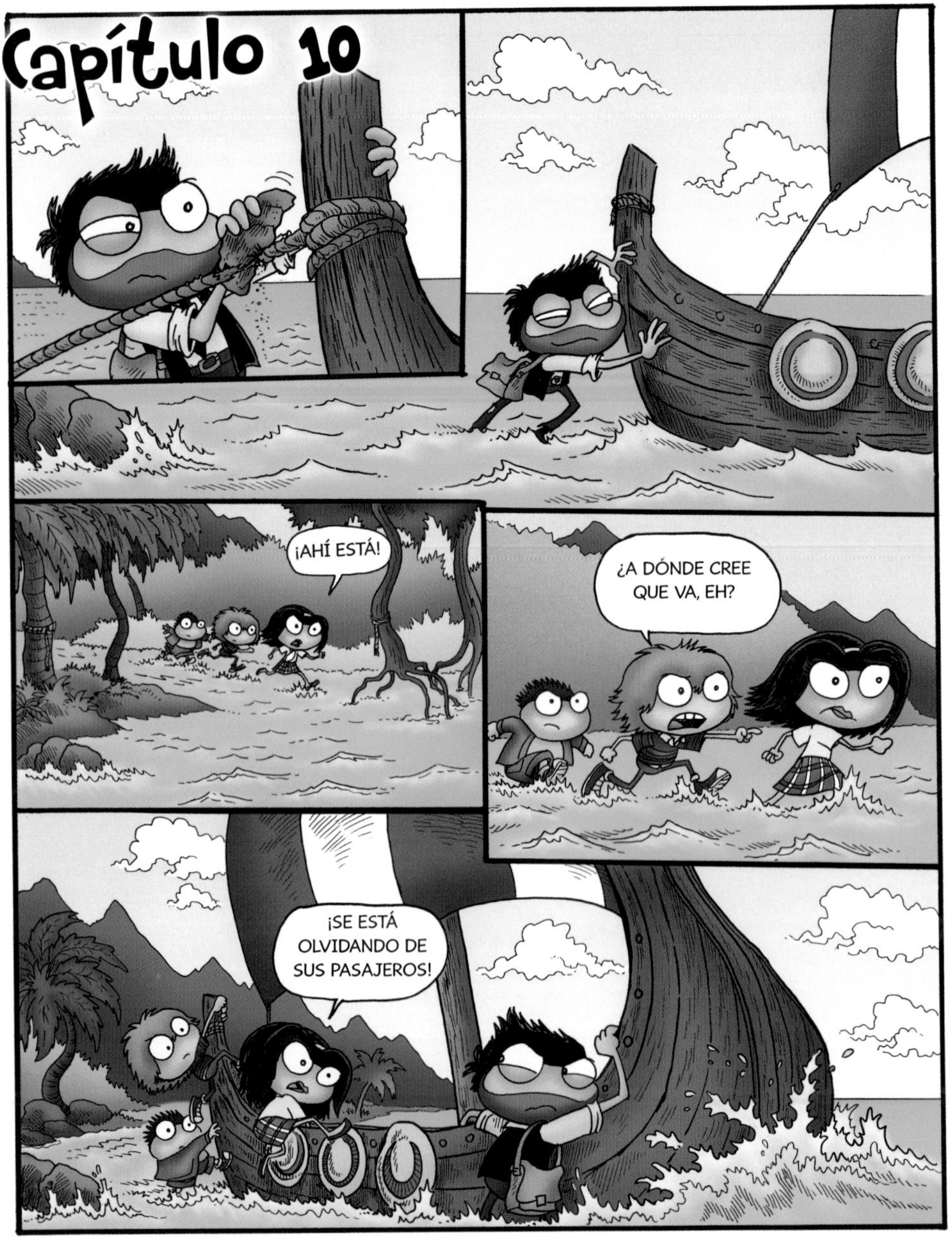
Capítulo 10
¡AHÍ ESTÁ!
¿A DÓNDE CREE QUE VA, EH?
¡SE ESTÁ OLVIDANDO DE SUS PASAJEROS!

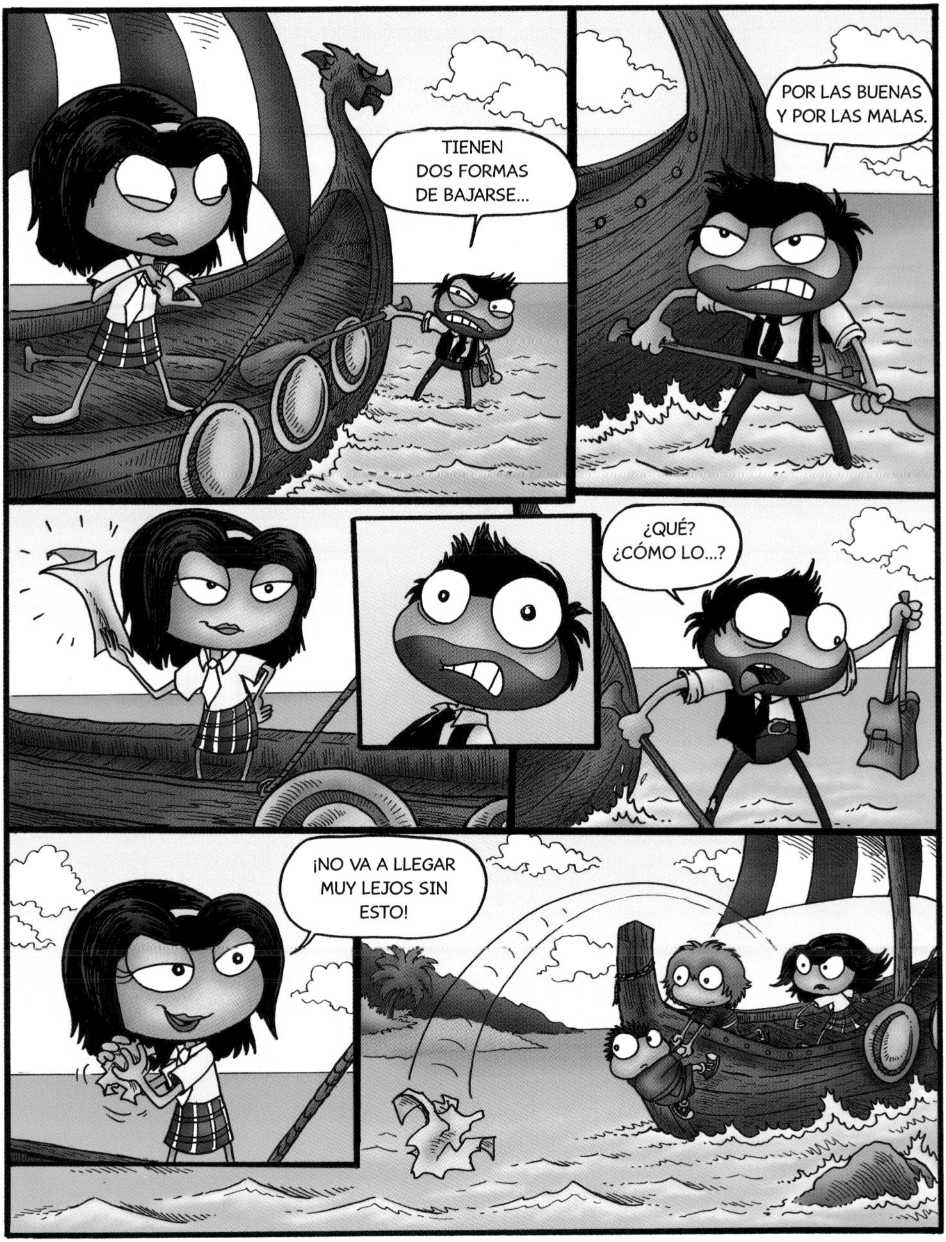

TIENEN DOS FORMAS DE BAJARSE...
POR LAS BUENAS Y POR LAS MALAS.
¿QUÉ? ¿CÓMO LO...?
¡NO VA A LLEGAR MUY LEJOS SIN ESTO!

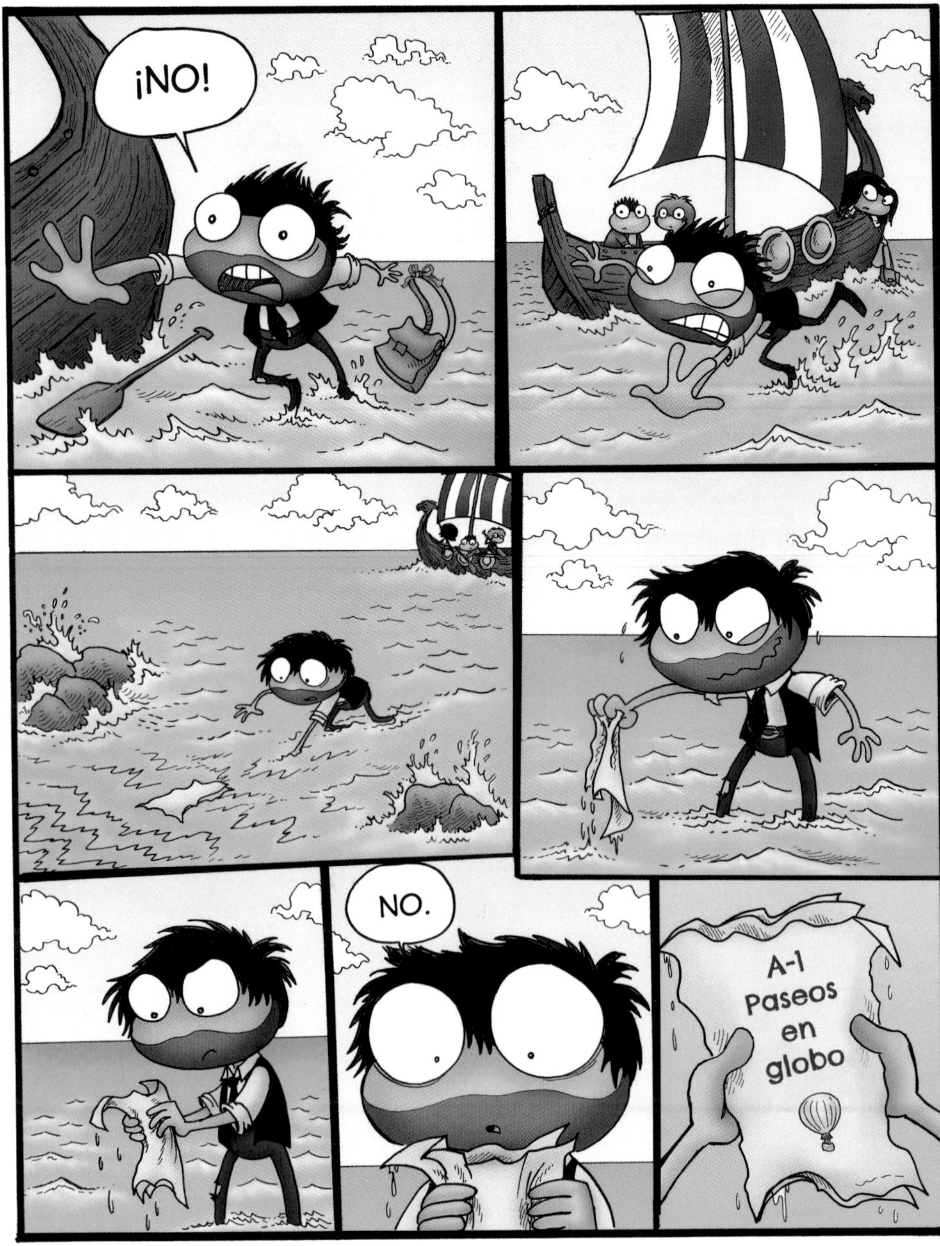
¡NO!
NO.
A-1
Paseos
en
globo

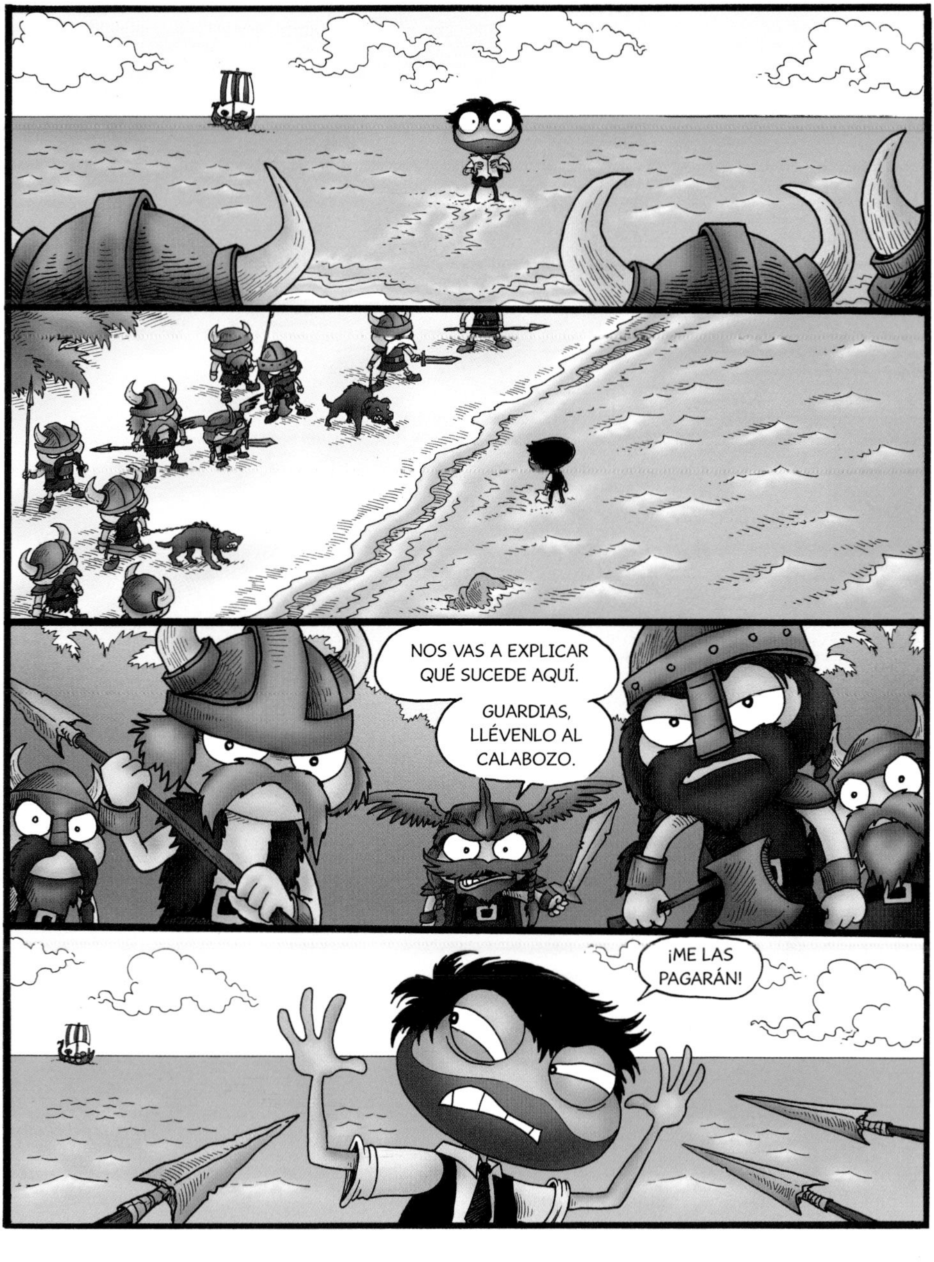
NOS VAS A EXPLICAR QUÉ SUCEDE AQUÍ.
GUARDIAS, LLÉVENLO AL CALABOZO.
¡ME LAS PAGARÁN!

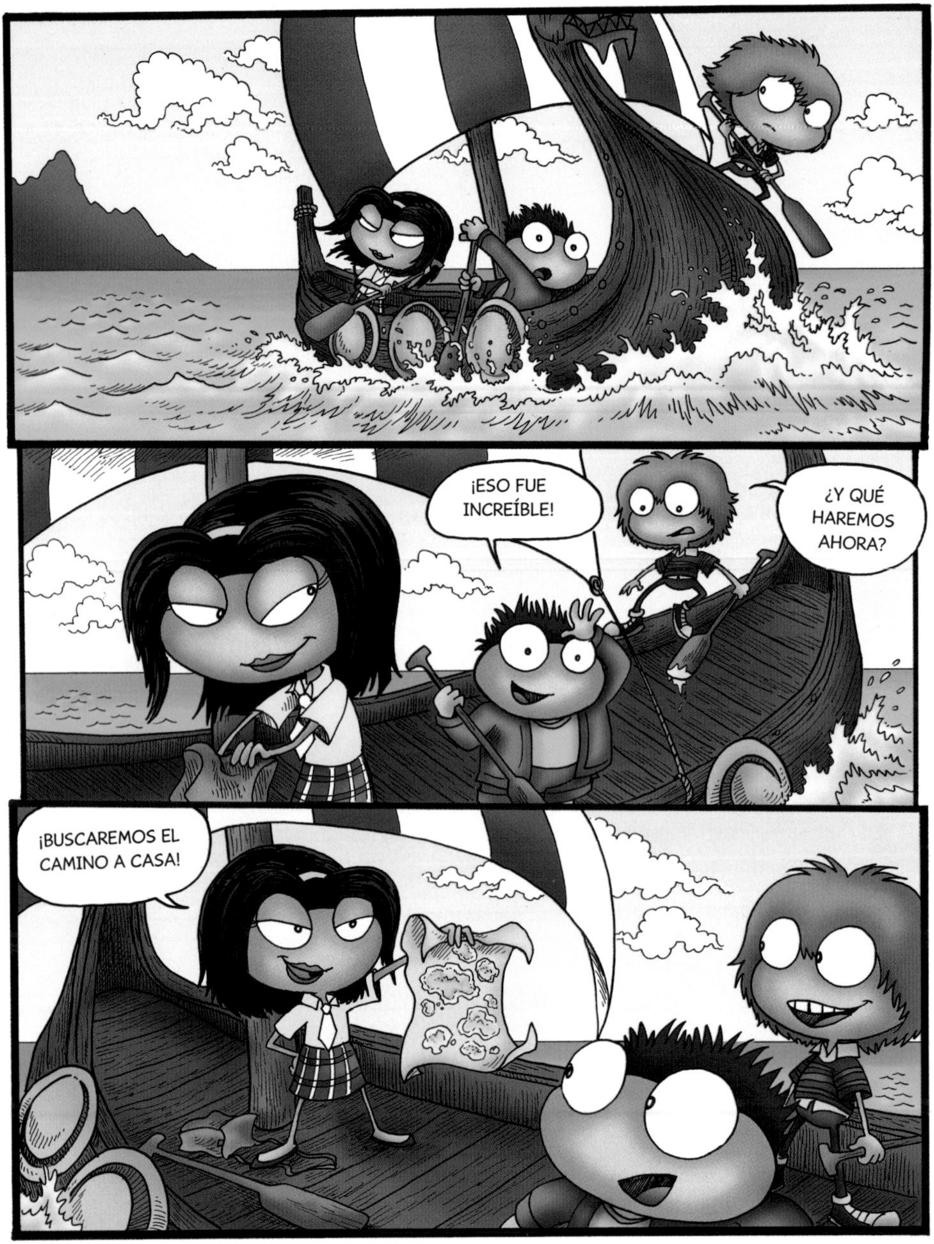
¡ESO FUE INCREÍBLE!
¿Y QUÉ HAREMOS AHORA?
¡BUSCAREMOS EL CAMINO A CASA!

LA AVENTURA CONTINÚA Y EL MISTERIO SIGUE EN...

## Poptrópica

### LIBRO 2

Mientras Octaviano los sigue de cerca, Mya, Oliver y Jorge buscan cómo volver a casa con la ayuda del mapa mágico. Pero otra amenaza aparece: una sociedad secreta cuya misión es impedir que los forasteros interfieran con las islas de Poptrópica.

El peligro acecha por todos lados y los niños se ven atrapados a bordo de una expedición perdida al Ártico. ¿Lograrán volver a casa o sus esperanzas quedarán congeladas?

GRACIAS A JEFF FAULCONER, JEFF KINNEY, CHARLES KOCHMAN Y, POR SUPUESTO, A JESS BRALLIER POR TRAERME A ESTE LOCO PROYECTO.

-KM

## ACERCA DE LOS AUTORES

**POPTRÓPICA** es más conocida por su sitio web, en el que se comparten historias a través del alfabetismo de videojuegos. Cada mes, millones de niños de todo el mundo se entretienen e informan con las divertidas aventuras de Poptrópica, con apariciones de personajes de *Diario de Greg, Nate, el grande, Charlie Brown, Galactic Hot Dogs, Timmy Failure, Magic Tree House* y *Charlie y la fábrica de chocolate.*

**JACK CHABERT** es el diseñador de juegos de Poptrópica, el creador y autor de *Eerie elementary.* Bajo un seudónimo, es autor de más de veinticinco títulos, entre ellos, algunos de franquicias como Hora de aventura, Un show más, Uncle Grandpa y Steven Universe. Chabert vive en Nueva York con su esposa.

**KORY MERRITT** es el cocreador de Poptrópica. Su primer libro, *The Dreadful Fate of Jonathan York,* fue publicado en otoño de 2015. Merritt da clases de arte para niños desde preescolar hasta sexto grado en Hammondsport, Nueva York.